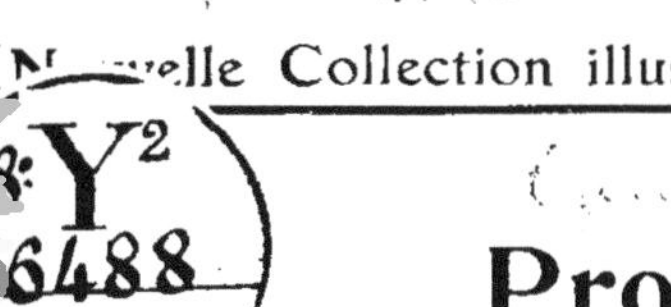

Nouvelle Collection illustrée. L'ouvrage complet **95** centimes.

Prosper Mérimée

DE L'ACADÉMIE FRANÇAISE

Diane de Turgis

Chronique du règne de Charles IX

Calmann-Lévy, éditeurs

DIANE DE TURGIS

[illegible]

PROSPER MERIMÉE

DE L'ACADÉMIE FRANÇAISE

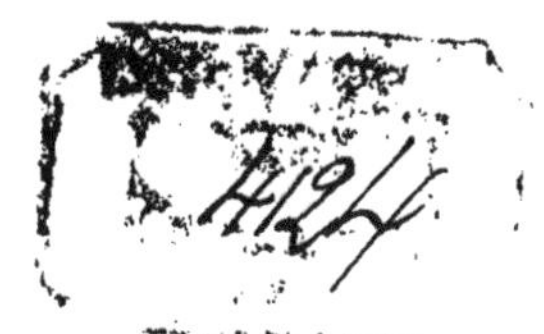

Diane de Turgis

CHRONIQUE
DU RÈGNE DE
CHARLES IX

ILLUSTRATIONS

DE

ÉDOUARD TOUDOUZE

PARIS

CALMANN-LÉVY, ÉDITEURS

3, RUE AUBER, 3

I

LES REITRES

The black bands came over
The Alps and their snow,
With Bourbon the rover
They passed the broad Po.

LORD BYRON, *the deformed transformed.*

Non loin d'Étampes, en allant du côté de Paris, on voit encore un grand bâtiment carré, avec des fenêtres en ogive, ornées de quelques sculptures grossières. Au-dessus de la porte est une niche qui contenait autrefois une madone de pierre ; mais dans la révolution elle eut le sort de bien des saints et des saintes, et fut brisée en cérémonie par le président du club révolutionnaire de Larcy. Depuis on a remis à sa place une autre vierge, qui n'est que de plâtre à la vérité, mais qui, au moyen de quelques lambeaux de soie et de quelques grains de verre, représente encore assez bien, et donne un air respectable au cabaret de Claude Giraut.

Il y a plus de deux siècles, c'est-à-dire en 1572, ce bâtiment était destiné, comme à présent, à recevoir les voyageurs altérés ; mais il avait alors une tout autre apparence. Les murs étaient couverts d'inscriptions attestant les fortunes diverses d'une guerre civile. A côté de ces mots : *Vive monsieur le prince*[1] *!* on lisait : *Vive le duc de Guise ! Mort aux huguenots!* Un peu plus loin, un soldat avait dessiné, avec du charbon, une potence et un pendu et, de peur de méprise, il avait ajouté cette inscription : *Gaspard de Châtillon.* Cependant il paraissait que les protestants avaient ensuite dominé dans ces parages, car le nom de leur chef avait été biffé et remplacé par celui du duc de Guise. D'autres inscriptions, à demi effacées, assez difficiles à lire, et plus encore à traduire en termes décents, prouvaient que le roi et sa mère avaient été aussi peu respectés que ces chefs de parti. Mais c'était la pauvre madone qui semblait avoir eu le plus à souffrir des fureurs civiles et religieuses. La statue, écornée en vingt endroits par des balles, attestait le zèle des soldats huguenots à détruire ce qu'ils appelaient « des images païennes ». Tandis que le dévot catholique ôtait respectueusement son bonnet en passant devant la statue, le cavalier protestant se croyait obligé de lui lâcher un coup d'arquebuse ; et, s'il l'avait touché, il s'estimait autant que s'il eût abattu la bête de l'Apocalypse et détruit l'idolâtrie.

Depuis plusieurs mois, la paix était faite entre les deux sectes rivales ; mais c'était des lèvres et non du cœur qu'elle avait été jurée. L'animosité des deux partis subsistait toujours aussi implacablement. Tout rappelait que la guerre cessait à peine, tout annonçait que la paix ne pouvait être de longue durée.

L'auberge du *Lion d'Or* était remplie de soldats. A leur accent étranger, à leur costume bizarre, on les reconnaissait pour ces cavaliers allemands nommés *reîtres*[2], qui venaient offrir leurs services au parti protestant, surtout quand il était en état de les bien payer. Si l'adresse de ces étrangers à manier leurs chevaux et leur dextérité à se servir des armes à feu les rendaient redoutables un jour de bataille, d'un autre côté, ils avaient la réputation, peut-être encore plus justement acquise, de pillards consommés et d'impitoyables vainqueurs. La troupe qui s'était établie dans l'auberge était d'une cinquantaine de cavaliers : ils avaient quitté Paris la veille, et se rendaient à Orléans pour y tenir garnison.

Tandis que les uns pansaient leurs chevaux attachés à la muraille, d'autres attisaient le feu, tournaient les broches et s'occupaient de la cuisine. Le malheureux maître de l'auberge, le bonnet à la main et la larme à l'œil, contemplait la scène de désordre dont sa cuisine était le théâtre. Il voyait sa basse-cour détruite, sa cave au pillage, ses bouteilles, dont on cassait le goulot sans que l'on daignât les déboucher ; et le pis, c'est qu'il savait bien que, malgré les sévères ordonnances du roi pour la discipline des gens de guerre, il n'avait point de dédommagement à attendre de ceux qui le traitaient en ennemi. C'était une vérité reconnue dans ce temps malheureux, qu'en paix ou en guerre, une troupe armée vivait toujours à discrétion partout où elle se trouvait.

Devant une table de chêne, noircie par la graisse et la fumée, était assis le capitaine des reîtres. C'était un grand et gros homme de cinquante ans environ, avec un nez aquilin, le teint fort enflammé, les cheveux grisonnants et rares, couvrant mal une cicatrice qui commençait à l'oreille gauche, et qui venait se perdre dans son épaisse moustache. Il avait ôté sa cuirasse et son casque, et n'avait conservé qu'un pourpoint de cuir de Hongrie, noirci par le frottement de ses armes, et soigneusement rapiécé en plusieurs endroits. Son sabre et ses pistolets étaient déposés sur un banc à sa portée ; seulement il conservait sur lui un large poignard, arme qu'un homme prudent ne quittait que pour se mettre au lit.

A sa gauche était assis un jeune homme, haut en couleur, grand et assez bien fait. Son pourpoint était brodé, et dans tout son costume on remarquait un peu plus de recherche que dans celui de son compagnon. Ce n'était pourtant que le cornette du capitaine.

Deux jeunes femmes de vingt à vingt-cinq ans leur tenaient compagnie, assises à la même table. Il y avait un mélange de misère et de luxe dans leurs vêtements, qui n'avaient pas été faits pour elles, et que les chances de la guerre semblaient avoir mis entre leurs mains. L'une portait

1. Le prince de Condé.
2. Par corruption du mot allemand *reuter*, cavalier.

une espèce de corps en damas broché d'or, mais tout terni, avec une simple robe de toile. L'autre avait une robe de velours violet avec un chapeau d'homme, de feutre gris, orné d'une plume de coq. Toutes les deux étaient jolies ; mais leurs regards hardis et la liberté de leurs discours se ressentaient de l'habitude qu'elles avaient de vivre avec les soldats. Elles avaient quitté l'Allemagne sans emploi bien réglé. La robe de velours était bohême ; elle savait tirer les cartes et jouer de la mandoline. L'autre avait des connaissances en chirurgie, et semblait tenir une place distinguée dans l'estime du cornette.

Ces quatre personnes, chacune en face d'une grande bouteille et d'un verre, devisaient ensemble et buvaient en attendant que le dîner fût cuit.

La conversation languissait, quand un jeune homme d'une taille élevée, et assez élégamment vêtu, arrêta devant la porte de l'auberge le bon cheval alezan qu'il montait. Le trompette des reîtres se leva du banc sur lequel il était assis, et, s'avançant vers l'étranger, prit la bride du cheval. L'étranger se préparait à le remercier pour ce qu'il regardait comme un acte de politesse ; mais il fut bientôt détrompé car le trompette ouvrit la bouche du cheval et considéra ses dents d'un œil connaisseur ; puis, reculant de quelques pas, et regardant les jambes et la croupe du noble animal, il secoua la tête de l'air d'un homme satisfait :

— Beau cheval, montsir, que vous montez là ! dit-il en son jargon ;

Et il ajouta quelques mots en allemand qui firent rire ses camarades, au milieu desquels il alla se rasseoir.

Cet examen sans cérémonie n'était pas du goût du voyageur ; cependant il se contenta de jeter un regard de mépris sur le trompette, et mit pied à terre sans être aidé de personne.

L'hôte, qui sortit alors de sa maison, prit respectueusement la bride de ses mains, et lui dit à l'oreille, assez bas pour que les reîtres ne l'entendissent point :

— Dieu vous soit en aide, mon jeune gentilhomme ! mais vous arrivez bien à la male heure ; car la compagnie de ces parpaillots, à qui saint Christophe puisse tordre le cou ! n'est guère agréable pour de bons chrétiens comme vous et moi.

Le jeune homme sourit amèrement.

— Ces messieurs, dit-il, sont des cavaliers protestants?

— Et des reîtres, par-dessus le marché, continua l'aubergiste. Que Notre-Dame les confonde ! depuis une heure qu'ils sont ici, ils ont brisé la moitié de mes meubles. Ce sont tous des pillards impitoyables, comme leur chef, monsieur de Châtillon, ce bel amiral de Satan.

— Pour une barbe grise comme vous, répondit le jeune homme, vous montrez peu de prudence. Si par aventure vous parliez à un protestant, il pourrait bien vous répondre par quelque bon horion.

Et, en disant ces paroles, il frappait sa botte de cuir blanc avec la houssine dont il se servait à cheval.

— Comment !... quoi !... vous huguenot !... protestant ! veux-je dire, s'écria l'aubergiste stupéfait.

Il recula d'un pas, et considéra l'étranger de la tête aux pieds comme pour chercher dans son costume quelque signe d'après lequel il pût deviner à quelle religion il appartenait. Cet examen et la physionomie ouverte et riante du jeune homme le rassurant un peu, il reprit plus bas :

— Un protestant avec un habit de velours vert ! un huguenot avec une fraise à l'espagnole ! oh ! cela n'est pas possible ! Ah ! mon jeune seigneur, tant de braverie ne se voit pas chez les hérétiques. Sainte Marie ! un pourpoint de fin velours, c'est trop beau pour ces crasseux-là.

La houssine siffla à l'instant, et, frappant le pauvre aubergiste sur la joue, fut pour lui comme la profession de foi de son interlocuteur.

— Insolent bavard ! voilà pour t'apprendre à retenir ta langue. Allons, mène mon cheval à l'écurie, et qu'il ne manque de rien.

L'aubergiste baissa tristement la tête, et emmena le cheval sous une espèce de hangar, murmurant tout bas mille malédictions contre les hérétiques allemands et français ; et si le jeune homme ne l'eût suivi pour voir comment son cheval serait traité, la pauvre bête eût sans doute été privée de son souper en qualité d'hérétique.

L'étranger entra dans la cuisine et salua les personnes qui s'y trouvaient rassemblées, en soulevant avec grâce le bord de son grand chapeau ombragé d'une plume jaune et noire. Le capitaine lui ayant rendu son salut, tous les deux se considérèrent quelque temps sans parler.

— Capitaine, dit le jeune étranger, je suis un gentilhomme protestant, et je me réjouis de rencontrer ici quelques-uns de mes frères en religion. Si vous l'avez pour agréable, nous souperons ensemble.

Le capitaine, que la tournure distinguée et l'élégance du costume de l'étranger avaient prévenu favorablement, lui répondit qu'il lui faisait honneur. Aussitôt mademoiselle Mila, la jeune bohême dont nous avons parlé, lui fit place sur son banc, à côté d'elle ; et, comme elle était fort serviable de son naturel, elle lui donna même son verre, que le capitaine remplit à l'instant.

— Je m'appelle Dietrich Hornstein, dit le capitaine choquant son verre contre celui du jeune homme. Vous avez sans doute entendu parler du capitaine Dietrich Hornstein? C'est moi qui menai les Enfants-Perdus à la bataille de Dreux et puis à celle d'Arnay-le-Duc.

L'étranger comprit cette manière détournée de lui demander son nom ; il repondit :

— J'ai le regret de ne pouvoir vous dire un nom aussi célèbre que le vôtre, capitaine ; je veux parler du mien, car celui de mon père est bien connu dans nos guerres civiles. Je m'appelle Bernard de Mergy.

— A qui dites-vous ce nom-là ! s'écria le capitaine en remplissant son verre jusqu'au bord. J'ai connu votre père, monsieur Bernard de Mergy ; je l'ai connu depuis les premières guerres, comme l'on connait un ami intime. A sa santé, monsieur Bernard.

Le capitaine avança son verre et dit quelques mots en allemand à sa troupe. Au moment où le vin touchait ses lèvres, tous ses cavaliers jetèrent en l'air leurs chapeaux en poussant une acclamation. L'hôte crut que c'était un signal de massacre, et se jeta à genoux. Bernard lui-même fut un peu surpris de cet honneur extraordinaire ; cependant il se crut obligé de répondre à cette politessse germanique, en buvant à la santé du capitaine.

Les bouteilles, déjà vigoureusement attaquées avant son arrivée, ne pouvaient plus suffire pour ce toast nouveau.

— Lève-toi, cafard, dit le capitaine, en se tournant du côté de l'hôte qui était encore à genoux ; lève-toi, et va nous chercher du vin. Ne vois-tu pas que les bouteilles sont vides.

Et le cornette, pour lui en donner la preuve, lui en jeta une à la tête. L'hôte courut à la cave.

— Cet homme est un insolent fieffé, dit Mergy, mais vous auriez pu lui faire plus de mal que vous n'auriez voulu si cette bouteille l'avait attrapé.

— Bah ! dit le cornette en riant d'un gros rire.

— La tête d'un papiste, dit Mila, est plus dure que cette bouteille, bien qu'elle soit encore plus vide.

Le cornette rit plus fort, et fut imité par tous les assistants, et même Mergy, qui cependant souriait à la jolie bouche de la bohême plus qu'à sa cruelle plaisanterie.

On apporta du vin, le souper suivit, et, après un instant de silence, le capitaine reprit, la bouche pleine :

— Si j'ai connu monsieur de Mergy ! Il était colonel des gens de pied lors de la première entreprise de monsieur le Prince. Nous avons couché deux mois de suite dans le même logis pendant le siège d'Orléans. Et comment se porte-t-il présentement?

— Assez bien pour son grand âge, Dieu merci ! Il m'a parlé bien souvent des reîtres, et des belles charges qu'ils firent à la bataille de Dreux.

— J'ai connu aussi son fils aîné... votre frère, le capitaine George. Je veux dire avant...

Mergy parut embarrassé.

— C'était un brave à trois poils, continua le capitaine ; mais, malpeste ! il avait la tête chaude. J'en suis fâché pour votre père, son abjuration a dû lui faire beaucoup de peine.

Mergy rougit jusqu'au blanc des yeux ; il balbutia quelques mots pour excuser son frère ; mais il était facile de voir qu'il le jugeait encore plus sévèrement que le capitaine des reîtres.

— Ah ! je vois que cela vous fait de la peine, dit le capitaine ; eh bien ! n'en parlons plus. C'est une perte pour la religion, et une grande acquisition pour le roi qui, dit-on, le traite fort honorablement.

— Vous venez de Paris, interrompit Mergy, cherchant à détourner la conversation. Monsieur l'Amiral est-il arrivé? Vous l'avez vu sans doute? Comment se porte-t-il maintenant?

— Il arrivait de Blois avec la Cour comme nous partions. Il se porte à merveille ; frais et gaillard. Il a encore vingt guerres civiles dans le ventre, le cher homme. Sa majesté le traite avec tant de distinction, que tous les papaux en crèvent de dépit.

— Vraiment ! Jamais le roi ne pourra reconnaître assez son mérite.

— Tenez, hier j'ai vu le roi sur l'escalier du Louvre, qui serrait la main de l'Amiral. Monsieur de Guise, qui venait derrière, avait l'air piteux d'un basset qu'on fouette ; et moi, savez-vous à quoi je pensais? Il me semblait voir l'homme qui montre le lion à la foire ; il lui fait donner la patte comme on fait d'un chien ; mais, quoique Gilles fasse bonne contenance et beau semblant, cependant il n'oublie jamais que la patte qu'il tient a de terribles griffes. Oui, par ma barbe ! on eût dit que le roi sentait les griffes de l'Amiral.

— L'Amiral a le bras long, dit le cornette. (C'était une espèce de proverbe dans l'armée protestante.)

— C'est un bien bel homme pour son âge, observa mademoiselle Mila.

— Je l'aimerais mieux pour amant qu'un jeune papiste, repartit mademoiselle Trudchen, l'amie du cornette.

— C'est la colonne de la religion, dit Mergy, voulant donner aussi sa part de louanges.

— Oui, mais il est diablement sévère sur la discipline, dit le capitaine en secouant la tête.

Son cornette cligna de l'œil d'un air significatif, et sa grosse physionomie se contracta pour faire une grimace qu'il croyait être un sourire.

— Je ne m'attendais pas, dit Mergy, à entendre un vieux soldat comme vous, capitaine, reprocher à monsieur l'Amiral l'exacte discipline qu'il fait observer dans son armée.

— Oui, sans doute, il faut de la discipline ; mais enfin on doit aussi tenir compte au soldat de toutes les peines qu'il endure, et ne pas lui défendre de prendre du bon temps quand par hasard il en trouve l'occasion. Bah ! chaque homme a ses défauts ; et, quoiqu'il m'ait fait pendre, buvons à la santé de monsieur l'Amiral.

— L'Amiral vous a fait pendre ! s'écria Mergy ; vous êtes bien gaillard pour un pendu.

— Oui, *sacrament!* il m'a fait pendre ; mais je ne suis pas rancunier, et buvons à sa santé.

Avant que Mergy pût renouveler ses questions, le capitaine avait rempli tous les verres, ôté son chapeau et ordonné à ses cavaliers de pousser trois hourras. Les verres vidés et le tumulte apaisé, Mergy reprit :

— Pourquoi donc avez-vous été pendu, capitaine?

— Pour une bagatelle : un méchant couvent de Saintonge pillé, puis brûlé par hasard.

— Oui, mais tous les moines n'étaient pas sortis, interrompit le cornette en riant à gorge déployée de sa plaisanterie.

— Eh ! qu'importe que pareille canaille brûle un peu plus tôt ou un peu plus tard? Cependant l'Amiral, le croiriez-vous, monsieur de Mergy? l'Amiral s'en fâcha tout de bon ; il me fit arrêter, et, sans plus de cérémonie, son grand prévôt jeta son dévolu sur moi. Alors tous ses gentilshommes et tous les seigneurs qui l'entouraient jusqu'à monsieur de Lanoue, qui, comme on le sait, n'est pas tendre pour le soldat (car Lanoue, disent-ils, noue et ne dénoue pas), tous les capitaines le prièrent de me pardonner, mais lui refusa tout net. Ventre de loup ! comme il était en colère ! il mâchait son cure-dent de rage ; et vous savez le proverbe : *Dieu nous garde des patenôtres de monsieur de Montmorency et du cure-dent de monsieur l'Amiral !* — Dieu m'absolve ! disait-il, il faut tuer la picorée tandis qu'elle n'est encore que petite fille ; si nous la laissons devenir grande dame, c'est elle qui nous tuera. Là-dessus arrive le ministre, son livre sous le bras : on nous mène tous deux sous un certain chêne... il me semble que je le vois encore, avec une branche en avant, qui avait l'air d'avoir poussé là tout exprès : on m'attache la corde au cou... Toutes les fois que je pense à cette corde-là, mon gosier devient sec comme de l'amadou.

— Voici pour l'humecter, dit Mila.

Et elle remplit jusqu'au bord le verre du narrateur.

Le capitaine le vida d'un seul trait, et poursuivit de la sorte :

— Je me regardais déjà ni plus ni moins qu'un gland de chêne, quand je m'avisai de dire à l'Amiral :

» — Eh! Monseigneur, est-ce qu'on pend ainsi un homme qui a commandé les Enfants-Perdus à Dreux?

» Je le vis cracher son cure-dent, et en

prendre un neuf. Je me dis : — Bon! c'est bon signe. Il appela le capitaine Cormier, et lui parla bas; puis il dit au prévôt :

» — Allons, qu'on me hisse cet homme.

» Et là-dessus il tourne les talons. On me hissa tout de bon, mais le brave Cormier mit l'épée à la main et coupa aussitôt la corde, de sorte que je tombai de ma branche, rouge comme une écrevisse cuite.

— Je vous félicite, dit Mergy, d'en avoir été quitte à si bon compte.

Il considérait le capitaine avec attention, et semblait éprouver quelque peine à se trouver dans la compagnie d'un homme qui avait mérité justement la potence ; mais, dans ce temps malheureux, les crimes étaient si fréquents qu'on ne pouvait guère les juger avec autant de rigueur qu'on le ferait aujourd'hui. Les cruautés d'un parti autorisaient en quelque sorte les représailles, et les haines de religion étouffaient presque tout sentiment de sympathie nationale. D'ailleurs, s'il faut dire la vérité, les agaceries secrètes de mademoiselle Mila, qu'il commençait à trouver très jolie, et les fumées du vin qui opéraient plus efficacement sur son jeune cerveau que sur les têtes endurcies des reitres, tout cela lui donnait alors une indulgence extraordinaire pour ses compagnons de table.

— J'ai caché le capitaine dans un chariot couvert pendant plus de huit jours, dit Mila, et je ne l'en laissais sortir que la nuit.

— Et moi, ajouta Trudchen, je lui apportais à manger et à boire : il est là pour le dire.

— L'Amiral fit semblant d'être fort en colère contre Cormier ; mais tout cela était une farce jouée entre eux deux. Pour moi, je fus longtemps à la suite de l'armée, n'osant jamais me montrer devant l'Amiral ; enfin, au siège de Longnac, il me découvrit dans la tranchée, et il me dit :

» — Dietrich, mon ami, puisque tu n'es pas pendu, va te faire arquebuser.

» Et il me montrait la brèche ; je compris ce qu'il voulait dire, je montai bravement à l'assaut, et je me présentai à lui le lendemain, dans la grande rue, tenant à la main mon chapeau percé d'une arquebusade.

» — Monseigneur, lui dis-je, j'ai été arquebusé comme j'ai été pendu.

» Il sourit et me donna sa bourse en disant :

» — Voilà pour t'avoir un chapeau neuf.

» Depuis ce temps nous avons toujours été bons amis. Ah! quel beau sac que celui de cette ville de Longnac! l'eau m'en vient à la bouche rien que d'y penser!

— Ah! quels beaux habits de soie! s'écria Mila.

— Quelle quantité de beau linge! s'écria Trudchen.

— Comme nous avons donné chez les religieuses du grand couvent! dit le cornette. Deux cents arquebusiers à cheval logés avec cent religieuses!...

— Il y en eut plus de vingt qui abjurèrent le papisme, dit Mila, tant elles trouvèrent les huguenots de leur goût.

— C'était là, s'écria le capitaine, c'était là qu'il faisait beau voir nos argoulets[1] allant à l'abreuvoir avec les chasubles des prêtres sur le dos, nos chevaux mangeant l'avoine sur l'autel, et nous buvant le bon vin des prêtres dans leurs calices d'argent!

Il tourna la tête pour demander à boire, et vit l'aubergiste les mains jointes et les yeux levés au ciel avec une expression d'horreur indéfinissable.

— Imbécile! dit le brave Dietrich Hornstein en levant les épaules. Comment peut-il se trouver un homme aussi sot pour croire à toutes les fadaises que débitent les prêtres papistes! Tenez, monsieur de Mergy, à la bataille de Moncontour je tuai d'un coup de pistolet un gentilhomme du duc d'Anjou ; en lui ôtant son pourpoint, savez-vous ce que je vis sur son estomac? un grand morceau de soie tout couvert de noms de saints. Il prétendait par là se garantir des balles. Parbleu! je lui appris qu'il n'y a point de scapulaire que ne traverse une balle protestante.

— Oui, des scapulaires, interrompit le cornette ; mais dans mon pays on vend des parchemins qui garantissent du plomb et du fer.

— Je préférerais une cuirasse bien forgée, de bon acier, dit Mergy, comme celles que fait Jacob Leschot, dans les Pays-Bas.

— Écoutez donc, reprit le capitaine, il ne faut pas nier qu'on puisse rendre dur ; moi, qui vous parle, j'ai vu à Dreux un gentilhomme frappé d'une arquebusade au beau milieu de la poitrine ; il connaissait la recette de l'onguent qui rend dur,

1. Éclaireurs, troupes légères.

et s'en était frotté sous son buffle : eh bien, on ne voyait pas même la marque noire et rouge que laisse une contusion.

— Et ne croyez-vous pas plutôt que ce buffle dont vous parlez suffisait seul pour amortir l'arquebusade?

— Oh ! vous autres Français, vous ne voulez croire à rien. Mais que diriez-vous si vous aviez vu comme moi un gendarme silésien mettre sa main sur une table, et personne ne pouvoir l'entamer à grands

ÉCOUTEZ-MOI DONC, DIT MILA

coups de couteau? Mais vous riez et vous ne croyez pas que cela soit possible? demandez à Mila. Vous voyez bien cette fille-là? elle est d'un pays où les sorciers sont aussi communs que les moines dans ce pays-ci ; c'est elle qui vous en conterait des histoires effrayantes. Quelquefois, dans les longues soirées d'automne, quand nous sommes assis en plein air autour du feu, les cheveux m'en dressent à la tête, des aventures qu'elle nous conte.

— Je serais ravi d'en entendre une, dit Mergy ; belle Mila, faites-moi ce plaisir.

— Oui, Mila, poursuivit le capitaine, raconte-nous quelques histoires pendant que nous achèverons de vider ces bouteilles.

— Écoutez-moi donc, dit Mila ; et vous mon jeune gentilhomme, qui ne croyez à rien, vous allez, s'il vous plaît, garder vos doutes pour vous seul.

— Comment pouvez-vous dire que je ne crois à rien? lui répondit Mergy à voix basse ; sur ma foi, je crois que vous m'avez ensorcelé, car je suis déjà tout amoureux de vous.

Mila le repoussa doucement, car la bouche de Mergy touchait presque sa joue ; et, après avoir jeté à droite et à gauche un regard furtif pour s'assurer que tout le monde l'écoutait, elle commença de la sorte :

— Capitaine, vous avez été sans doute à Hameln?

— Jamais.

— Et vous, cornette?

— Ni moi non plus.

— Comment ! ne trouverai-je personne qui ait été à Hameln?

— J'y ai passé un an, dit un cavalier en s'avançant.

— Eh bien ! Fritz, tu as vu l'église de Hameln?

— Plus de cent fois.

— Et ses vitraux coloriés?

— Certainement.

— Et qu'as-tu vu peint sur ces vitraux?

— Sur ces vitraux?... A la fenêtre de gauche, je crois qu'il y a un grand homme noir qui joue de la flûte, et des petits enfants qui courent après lui.

— Justement. Eh bien, je vais vous conter l'histoire de cet homme noir et de ces enfants.

» Il y a bien des années, les gens de Hameln furent tourmentés par une multitude innombrable de rats qui venaient du Nord, par troupes si épaisses que la terre en était toute noire, et qu'un charretier n'aurait pas osé faire traverser à ses chevaux un chemin où ces animaux défilaient. Tout était dévoré en moins de rien ; et, dans une grange, c'était une moindre affaire pour ces rats de manger un tonneau de blé que ce n'est pour moi de boire un verre de ce bon vin. »

Elle but, s'essuya la bouche et continua.

— Souricières, ratières, pièges, poison étaient inutiles. On fait venir de Brême un bateau chargé de onze cents chats ; mais rien n'y faisait. Pour mille qu'on en tuait, il en revenait dix mille, et plus affamés que les premiers. Bref, s'il n'était venu remède à ce fléau, pas un grain de blé ne fût resté dans Hameln, et tous les habitants seraient morts de faim.

» Voilà qu'un certain vendredi se présente devant le bourgmestre de la ville un grand homme, basané, sec, grands yeux, bouche fendue jusqu'aux oreilles, habillé d'un pourpoint rouge, avec un chapeau pointu, de grandes culottes garnies de rubans, des bas gris et des souliers avec des rosettes couleur de feu. Il avait un petit sac de peau au côté. Il me semble que je le vois encore. »

Tous les yeux se tournèrent involontairement vers la muraille sur laquelle Mila fixait ses regards.

— Vous l'avez donc vu? demanda Mergy.

— Non pas moi, mais ma grand'mère ; et elle se souvenait si bien de sa figure qu'elle aurait pu faire son portrait.

— Et que dit-il au bourgmestre?

— Il lui offrit, moyennant cent ducats, de délivrer la ville du fléau qui la désolait. Vous pensez bien que le bourgmestre et les bourgeois y topèrent d'abord. Aussitôt l'étranger tira de son sac une flûte de bronze ; et, s'étant planté sur la place du marché, devant l'église, mais en lui tournant le dos, notez bien, il commença à jouer un air étrange, et tel que jamais flûteur allemand n'en a joué. Voilà qu'en entendant cet air, de tous les greniers, de tous les trous de murs, de dessous les chevrons et les tuiles des toits, rats et souris, par centaines, par milliers, accoururent à lui. L'étranger, toujours flûtant, s'achemina vers le Weser ; et là, ayant tiré ses chausses, il entra dans l'eau suivi de tous les rats de Hameln, qui furent aussitôt noyés. Il n'en restait plus qu'un seul dans toute la ville, et vous allez voir pourquoi. Le magicien, car c'en était un, demanda à un traînard, qui n'était pas encore entré dans le Weser, pourquoi Klauss, le rat blanc, n'était pas encore venu.

» — Seigneur, répondit le rat, il est si vieux qu'il ne peut plus marcher.

» — Va donc le chercher toi-même, répondit le magicien.

» Et le rat de rebrousser chemin vers la ville, d'où il ne tarda pas à revenir avec un vieux gros rat blanc, si vieux, si vieux, qu'il ne pouvait pas se traîner. Les deux rats, le plus jeune tirant le vieux par la queue, entrèrent tous les deux dans le Weser, et se noyèrent comme leurs camarades. Ainsi la ville en fut purgée. Mais, quand l'étranger se présenta à l'hôtel de ville pour toucher la récompense promise, le bourgmestre et les bourgeois, réfléchissant qu'ils n'avaient plus rien à craindre des rats, et s'imaginant qu'ils auraient bon marché d'un homme sans protecteurs, n'eurent pas honte de lui offrir dix ducats, au lieu des cent qu'ils avaient promis. L'étranger réclama : on le renvoya bien loin. Il menaça de se faire payer plus cher s'ils ne maintenaient leur marché au pied de la lettre. Les bourgeois firent de grands éclats de rire à cette menace, et le mirent à la porte de l'hôtel de ville, l'appelant *beau preneur de rats!* injure que répétèrent les enfants de la ville en le suivant par les rues jusqu'à la Porte-Neuve. Le vendredi suivant, à l'heure de midi, l'étranger reparut sur la place du marché, mais cette fois avec un chapeau de couleur pourpre, retroussé d'une façon toute bizarre. Il tira de son sac une flûte bien différente de la première et, dès qu'il eut commencé d'en jouer, tous les garçons de la ville, depuis six jusqu'à quinze ans, le suivirent et sortirent de la ville avec lui.

— Et les habitants de Hameln les laissèrent emmener? demandèrent à la fois Mergy et le capitaine.

— Ils les suivirent jusqu'à la montagne de Koppenberg, auprès d'une caverne qui est maintenant bouchée. Le joueur de flûte entra dans la caverne et tous les enfants avec lui. On entendit quelque temps le son de la flûte ; il diminua peu à peu ; enfin l'on entendit plus rien. Les enfants avaient diparu, et depuis lors on n'en eut jamais de nouvelles.

La bohémienne s'arrêta pour observer sur les traits de ses auditeurs l'effet produit par son récit.

Le reître qui avait été à Hameln prit la parole et dit :

— Cette histoire est si vraie que, lorsqu'on parle à Hameln de quelque événement extraordinaire, on dit : « Cela est arrivé vingt ans, dix ans, après la sortie de nos enfants... le seigneur de Falkenstein pilla notre ville soixante ans après la sortie de nos enfants. »

— Mais le plus curieux, dit Mila, c'est que dans le même temps parurent, bien loin de là, en Transylvanie, certains enfants qui parlaient bon allemand, et qui ne pouvaient dire d'où ils venaient. Ils se marièrent dans le pays, apprirent leur langue à leurs enfants, d'où il vient que jusqu'à ce jour on parle allemand en Transylvanie.

— Et ce sont les enfants de Hameln que le diable a transportés là ? demanda Mergy en souriant.

— J'atteste le ciel que cela est vrai ! s'écria le capitaine, car j'ai été en Transylvanie, et je sais bien qu'on y parle allemand, tandis que tout autour on parle un baragouin infernal.

L'attestation du capitaine valait bien des preuves comme il y en a tant.

— Voulez-vous que je vous dise votre bonne aventure ? demanda Mila à Mergy.

— Volontiers, répondit Mergy en passant son bras gauche autour de la taille de la bohémienne, tandis qu'il lui donnait sa main droite ouverte.

Mila la considéra pendant près de cinq minutes sans parler, et secouant la tête de temps en temps d'un air pensif.

— Eh bien ! ma belle enfant, aurai-je pour ma maîtresse la femme que j'aime ?

Mila lui donna une chiquenaude sur la main :

— Heur et malheur, dit-elle ; des yeux bleus font du mal et du bien. Le pire, c'est que tu verseras ton propre sang.

Le capitaine et le cornette gardèrent le silence, paraissant tous les deux également frappés de la fin sinistre de cette prophétie.

L'aubergiste faisait de grands signes de croix à l'écart.

— Je croirai que tu es véritablement sorcière, dit Mergy, si tu peux me dire ce que je vais faire tout à l'heure.

— Tu m'embrasseras, murmura la bohémienne à son oreille.

— Elle est sorcière ! s'écria Mergy en l'embrassant.

Il continua de s'entretenir tout bas avec la jolie devineresse, et leur bonne intelligence semblait s'accroître à chaque instant.

Trudchen prit une espèce de mandoline qui avait à peu près toutes ses cordes, et préluda par une marche allemande. Alors, voyant autour d'elle un cercle de soldats, elle chanta dans sa langue une chanson de guerre, dont les reîtres entonnèrent le refrain à tue-tête. Le capitaine, excité par son exemple, se mit à chanter, d'une voix à faire casser tous les verres, une vieille chanson huguenote dont la musique était au moins aussi barbare que les paroles.

Le prince de Condé,
Il a été tué ;
Mais monsieur l'Amiral
Est encore à cheval
Avec La Rochefoucauld,
Pour chasser tous les papaux,
Papaux, papaux, papaux !

Tous les reîtres, échauffés, par le vin commencèrent à chanter chacun un air différent. Les plats et les bouteilles couvrirent le plancher de leurs débris ; la cuisine retentit de jurements, d'éclats de rire et de chansons bachiques. Bientôt cependant le sommeil, favorisé par les fumées du vin d'Orléans, fit sentir son pouvoir à la plupart des acteurs de cette scène de bacchanale. Les soldats se couchèrent sur des bancs ; le cornette, après avoir posé deux sentinelles à la porte, se traîna en chancelant vers son lit ; le capitaine, qui avait observé encore le sentiment de la ligne droite, monta sans louvoyer l'escalier qui conduisait à la chambre de l'hôte, qu'il avait choisie comme la meilleure de l'auberge.

Et Mergy et la bohémienne? Avant la chanson du capitaine, ils avaient disparu l'un et l'autre.

II

LE LENDEMAIN D'UNE FÊTE

UN PORTEUR

Je dis que je veux avoir de l'argent tout à l'heure

MOLIÈRE, *les Précieuses ridicules*.

Il était grand jour depuis longtemps quand Mergy s'éveilla, la tête encore un peu troublée par les souvenirs de la soirée précédente. Ses habits étaient étendus pêle-mêle dans la chambre, et sa valise était ouverte à terre. Se levant sur son séant, il considéra quelque temps cette scène de désordre en se frottant la tête, comme pour rappeler ses idées. Ses traits exprimaient à la fois la fatigue, l'étonnement et l'inquiétude.

Un pas lourd se fit entendre sur l'escalier de pierre qui conduisait à sa chambre. La porte s'ouvrit sans que l'on eût daigné frapper, et l'aubergiste entra avec une mine encore plus refrognée que la veille ; mais il était facile de lire dans ses regards une expression d'impertinence qui avait remplacé celle de la peur.

Il jeta un coup d'œil sur la chambre, et se signa comme saisi d'horreur à la vue de tant de confusion.

— Ah ! ah ! mon jeune gentilhomme, s'écria-t-il, encore au lit? Çà, levons-nous, car nous allons avoir nos comptes à régler.

Mergy, bâillant d'une manière effrayante, mit une jambe hors du lit.

— Pourquoi tout ce désordre ? pourquoi ma valise est-elle ouverte? demanda-t-il d'un ton au moins aussi mécontent que celui de l'hôte.

— Pourquoi, pourquoi? répondit celui-ci : qu'en sais-je? Je me soucie bien de votre valise. Vous avez mis ma maison dans un bien plus grand désordre. Mais, par saint Eustache, mon bon patron, vous me le payerez.

Comme il parlait, Mergy passait son haut-de-chausse d'écarlate, et, par le mouvement qu'il faisait, sa bourse tomba de sa poche ouverte. Il faut que le son qu'elle rendit lui parût autre qu'il ne s'y attendait, car il la ramassa sur-le-champ avec inquiétude et l'ouvrit.

— On m'a volé ! s'écria-t-il en se tournant vers l'aubergiste.

Au lieu de vingt écus d'or que contenait sa bourse, il n'en trouvait que deux.

Maître Eustache haussa les épaules et sourit d'un air de mépris.

— On m'a volé ! répéta Mergy en nouant sa ceinture à la hâte. J'avais vingt écus d'or dans cette bourse, et je prétends les ravoir : c'est dans votre maison qu'ils m'ont été pris.

— Par ma barbe ! j'en suis bien aise, s'écria insolemment l'aubergiste ; cela vous apprendra à vous anger de sorcières et de voleuses. Mais, ajouta-t-il plus bas, qui se ressemble s'assemble. Tout ce bon gibier de Grève, hérétiques, sorciers et voleurs, se hantent et frayent ensemble.

— Que dis-tu, maraud? s'écria Mergy, d'autant plus en colère qu'il sentait intérieurement la vérité du reproche.

Et comme tout homme dans son tort, il saisissait aux cheveux l'occasion d'une querelle.

— Je dis, répliqua l'aubergiste en élevant la voix et mettant le poing sur la hanche, je dis que vous avez tout cassé dans ma maison, et je prétends que vous me payiez jusqu'au dernier sou.

— Je payerai mon écot et pas un liard de plus. Où est le capitaine Corn... Hornstein?

— On m'a bu, continua maître Eustache, criant toujours plus haut, on m'a bu plus de deux cents bouteilles de bon vieux vin, mais vous m'en répondez.

Mergy avait fini de s'habiller tout à fait.

— Où est le capitaine? cria-t-il d'une voix tonnante.

— Il est parti il y a plus de deux heures, et puisse-t-il aller au diable ainsi que tous les huguenots en attendant que nous les brûlions tous !

Un vigoureux soufflet fut la seule réponse que Mergy put trouver dans le moment.

La surprise et la force du coup firent reculer l'aubergiste de deux pas. Le manche de corne d'un grand couteau sortait d'une poche de sa culotte ; il y porta la main. Sans doute quelque grand malheur serait arrivé s'il eût cédé au premier mouvement de sa colère. Mais la prudence arrêta l'effet de son courroux en lui faisant remarquer que Mergy étendait la main vers le chevet de son lit, d'où pendait une longue épée. Il renonça aussitôt à un combat inégal, et descendit précipitamment l'escalier en criant à tue-tête :

— Au meurtre ! au feu !

Maître du champ de bataille, mais fort inquiet des suites de sa victoire, Mergy boucla son ceinturon, y passa ses pistolets, ferma sa valise, et, la tenant à la main, il résolut d'aller porter sa plainte au juge le plus proche. Il ouvrit sa porte, et il mettait le pied sur la première marche de l'escalier, quand une troupe ennemie se présenta inopinément à sa rencontre.

L'hôte marchait le premier, une vieille hallebarde à la main ; trois marmitons, armés de broches et de bâtons, le suivaient de près ; un voisin, avec une arquebuse rouillée, formait l'arrière-garde. De part et d'autre on ne s'attendait pas à se rencontrer si tôt. Cinq ou six marches seulement séparaient les deux partis ennemis.

Mergy laissa tomber sa valise et saisit un de ses pistolets. Ce mouvement hostile fit voir à maître Eustache et à ses compagons combien leur ordre de bataille était vicieux. Ainsi que les Perses à la bataille de Salamine, ils avaient négligé de choisir une position où leur nombre pût se déployer avec avantage. Le seul de leur troupe qui portât une arme à feu ne pouvait s'en servir sans blesser ses compagnons qui le précédaient ; tandis que les pistolets du huguenot, enfilant toute la longueur de l'escalier, semblaient devoir les renverser tous du même coup. Le petit claquement que fit le chien du pistolet quand Mergy l'arma retentit à leurs oreilles, et leur parut presque aussi effrayant qu'aurait été l'explosion même de l'arme. D'un mouvement spontané la colonne ennemie fit volte-face et courut chercher dans la cuisine un champ de bataille plus vaste et plus avantageux. Dans le désordre inséparable d'une retraite précipitée, l'hôte, voulant tourner sa hallebarde, l'embarrassa dans ses jambes et tomba. En ennemi généreux, dédaignant de faire usage de ses armes, Mergy se contenta de lancer sur les fugitifs sa valise, qui, tombant sur eux comme un quartier de roc, et accélérant son mouvement à chaque marche, acheva la déroute. L'escalier demeura vide d'ennemis, et la hallebarde rompue restait pour trophée.

Mergy descendit rapidement dans la cuisine, où déjà l'ennemi s'était reformé sur une seule ligne. Le porteur d'arquebuse avait son arme haute et soufflait sa mèche allumée. L'hôte, tout couvert de sang, car son nez avait été violemment meurtri dans sa chute, se tenait derrière ses amis, tel que Ménélas blessé derrière les rangs des Grecs. Au lieu de Machaon ou de Podalire, sa femme, les cheveux en désordre et sa coiffe dénouée, lui essuyait la figure avec une serviette sale.

Mergy prit son parti sans balancer. Il marcha droit à celui qui tenait l'arquebuse et lui présenta la bouche de son pistolet à la poitrine.

— Jette ta mèche ou tu es mort ! s'écria-t-il.

La mèche tomba à terre, et Mergy, appuyant sa botte sur le bout de corde enflammé, l'éteignit. Aussitôt tous les confédérés mirent bas les armes en même temps.

— Pour vous, dit Mergy en s'adressant à l'hôte, la petite correction que vous avez reçue de moi vous apprendra sans doute à traiter les étrangers avec plus de politesse : si je voulais, je vous ferais retirer votre enseigne par le bailli du lieu ; mais je ne suis pas méchant. Voyons, combien vous dois-je pour mon écot?

Maître Eustache, remarquant qu'il avait désarmé son redoutable pistolet, et qu'en parlant il le remettait à sa ceinture, reprit un peu

MERGY LAISSA TOMBER SA VALISE..

de courage, et, tout en s'essuyant, il murmura tristement :

— Briser les plats, battre les gens, casser le nez aux bons chrétiens... faire un vacarme d'enfer... je ne sais comment, après cela, on peut dédommager un honnête homme.

— Voyons, reprit Mergy en souriant. Votre nez cassé, je vous le payerai ce qu'il vaut selon moi. Pour vos plats brisés, adressez-vous aux reîtres, c'est leur affaire. Reste à savoir ce que je vous dois pour mon souper d'hier.

L'hôte regardait sa femme, ses marmitons et son voisin, comme s'il eût voulu leur demander à la fois conseil et protection.

— Les reîtres, les reîtres ! dit-il... voir de leur argent, ce n'est pas chose aisée ; leur capitaine m'a donné trois livres, et le cornette un coup de pied.

Mergy prit un des écus d'or qui lui restaient.

— Allons, dit-il, séparons-nous bons amis.

Et il le jeta à maître Eustache, qui, au lieu de tendre la main, le laissa dédaigneusement tomber sur le plancher.

— Un écu ! s'écria-t-il, un écu pour cent bouteilles cassées ; un écu pour ruiner une maison ; un écu pour battre les gens !

— Un écu, rien qu'un écu ! reprit la femme sur un ton aussi lamentable. Il vient ici des gentilhommes catholiques qui parfois font un peu de tapage, mais au moins ils savent le prix des choses.

Si Mergy avait été plus en fonds, il aurait sans doute soutenu la réputation de libéralité de son parti.

— A la bonne heure, répondit-il sèchement, mais ces gentilhommes catholiques n'ont pas été volés. Décidez-vous, ajouta-t-il ; prenez cet écu, ou vous n'aurez rien.

Et il fit un pas comme pour le reprendre.

L'hôtesse le ramassa sur-le-champ.

— Allons ! qu'on m'amène mon cheval ; et toi, quitte cette broche et porte ma valise.

— Votre cheval, mon gentilhomme ! dit l'un des valets de maître Eustache en faisant une grimace.

L'hôte, malgré son chagrin, releva la tête, et ses yeux brillèrent un instant d'une expression de joie maligne.

— Je vais vous l'amener moi-même, mon bon seigneur ; je vais vous amener votre bon cheval.

Et il sortit, tenant toujours la serviette devant son nez. Mergy le suivit.

Quelle fut sa surprise quand, au lieu du beau cheval alezan qui l'avait amené, il vit un petit cheval pie, vieux, couronné, et défiguré encore par une large cicatrice à la tête ! Au lieu de la selle de fin velours de Flandre, il voyait une selle de cuir garnie de fer, telle enfin qu'en avaient les soldats.

— Que signifie ceci? où est mon cheval?

— Que votre seigneurie prenne la peine d'aller le demander à messieurs les reîtres protestants, répondit l'hôte avec une feinte humilité ; ces dignes étrangers l'ont emmené avec eux : il faut qu'ils se soient trompés à cause de la ressemblance.

— Beau cheval ! dit un des marmitons ; je parierais qu'il n'a pas plus de vingt ans.

— On ne pourra nier que ce ne soit un cheval de bataille, dit un autre : voyez quel coup de sabre il a reçu sur le front.

— Quelle superbe robe ! ajouta un autre ; c'est comme la robe d'un ministre, noir et blanc.

Mergy entra dans l'écurie, qu'il trouva vide.

— Et pourquoi avez-vous souffert qu'on emmenât mon cheval? s'écria-t-il avec fureur.

— Dame ! mon gentilhomme, dit celui des valets qui avait soin de l'écurie, c'est le trompette qui l'a emmené, et il m'a dit que c'était un troc arrangé entre vous deux.

La colère suffoquait Mergy, et, dans son malheur, il ne savait à qui s'en prendre.

— J'irai trouver le capitaine, murmurait-il entre ses dents, et il me fera justice du coquin qui m'a volé.

— Certainement, dit l'hôte, votre seigneurie fera bien ; car ce capitaine... comment s'appelait-il?... il avait toujours la mine d'un bien honnête homme.

Et Mergy avait déjà fait intérieurement la réflexion que le capitaine avait favorisé, sinon commandé le vol.

— Vous pourrez, par la même occasion, ajouta l'hôte, vous pourrez ravoir vos écus d'or de cette jeune demoiselle ; elle se sera trompée, sans doute, en faisant ses paquets au petit jour.

— Attacherai-je la valise de votre seigneurie sur le cheval de votre seigneurie?

demanda le garçon d'écurie du ton le plus respectueux et le plus désespérant.

Mergy comprit que plus il resterait, plus il aurait à souffrir des plaisanteries de cette canaille. La valise attachée, il s'élança sur la mauvaise selle ; mais le cheval, se sentant un maître nouveau, conçut le désir malin d'éprouver ses connaissances dans l'art de l'équitation. Il ne tarda pas beaucoup cependant à s'apercevoir qu'il avait affaire à un excellent cavalier, moins que jamais disposé à souffrir ses gentillesses : aussi, après quelques ruades bien payées par de grands coups d'éperons fort pointus, il prit le sage parti d'obéir et de prendre un grand trot de voyage. Mais il avait épuisé une partie de sa vigueur dans sa lutte avec son cavalier, et il lui arriva ce qui arrive toujours aux rosses en pareil cas, il tomba, comme l'on dit, en manquant des quatre pieds. Notre héros se releva aussitôt, légèrement moulu, mais encore plus furieux à cause des huées qui s'élevèrent aussitôt contre lui. Il balança même un instant s'il n'irait pas en tirer vengeance à grands coups de plat d'épée; cependant par réflexion, il se contenta de faire comme s'il n'entendait pas les injures qu'on lui adressait de loin, et plus lentement, il reprit le chemin d'Orléans, poursuivi à distance par une bande d'enfants, dont les plus âgés chantaient la chanson de *Jehan Petaquin*[1], tandis que les plus petits criaient de toutes leurs forces : *Au huguenot! au huguenot! les fagots!*

1. Personnage ridicule d'une vieille chanson populaire.

Après avoir chevauché assez tristement pendant une demi-lieue, il réfléchit qu'il n'attraperait probablement pas les reitres ce jour-là ; que son cheval était sans doute vendu ; qu'enfin il était plus que douteux que ces messieurs consentissent à le lui rendre. Peu à peu, il s'accoutuma à l'idée que son cheval était perdu sans retour ; et, comme dans cette supposition, il n'avait rien à faire sur la route d'Orléans, il reprit celle de Paris, ou plutôt une traverse, pour éviter de passer devant la malencontreuse auberge témoin de ses désastres. Insensiblement, et comme il s'était habitué de bonne heure à chercher le bon côté de tous les événements de cette vie, il considéra qu'il était fort heureux, à tout prendre, d'en être quitte à si bon compte ; il aurait pu être entièrement volé, peut-être assassiné, tandis qu'il lui restait encore un écu d'or, à peu près toutes ses hardes, et un cheval qui, pour être laid, pouvait cependant le porter. S'il faut tout dire, le souvenir de la jolie Mila lui arracha plus d'une fois un sourire. Bref, après quelques heures de marche et un bon déjeuner, il fut presque touché de la délicatesse de cette honnête fille, qui n'emportait que dix-huit écus d'une bourse qui en contenait vingt. Il avait plus de peine à se réconcilier avec la perte de son bel alezan, mais ne pouvait s'empêcher de convenir qu'un voleur plus endurci que le trompette aurait emmené son cheval sans lui en laisser un à la place. Il arriva le soir à Paris, peu de temps avant la fermeture des portes, et il se logea dans une hôtellerie de la rue Saint-Jacques.

III

LES JEUNES COURTISANS

JACHIMO. ...The ring is won.
POSTHUMUS. The stone's too hard to come by.
JACHIMO. ...Not a whit,
Your lady beig so easy.

SHAKESPEARE,
Cymbeline.

En venant à Paris, Mergy espérait être puissamment recommandé à l'amiral Coligny, et obtenir du service dans l'armée qui allait, disait-on, combattre en Flandre sous les ordres de ce grand capitaine. Il se flattait que des amis de son père, pour lesquels il apportait des lettres, appuieraient ses démarches et lui serviraient d'introducteurs à la cour de Charles et auprès de l'Amiral, qui avait aussi une espèce de cour. Mergy savait que son frère jouissait de quelque crédit, mais il était encore fort indécis s'il devait ou non le rechercher. L'abjuration de George de Mergy l'avait presque entièrement séparé de sa famille, pour laquelle il n'était guère plus qu'un étranger. Ce n'était pas le seul exemple d'une famille désunie par la différence des opinions religieuses. Depuis longtemps le père de George avait défendu que le nom de l'*apostat* fût prononcé en sa présence, et il avait appuyé sa rigueur par ce passage de l'Évangile : *Si votre œil droit vous donne un sujet de scandale, arrachez-le.* Bien que le jeune Bernard ne partageât pas, à beaucoup près, cette inflexibilité, cependant le changement de son frère lui paraissait une tache honteuse pour l'honneur de sa famille, et nécessairement les sentiments de tendresse fraternelle devaient avoir souffert de cette opinion.

Avant de prendre un parti sur la conduite qu'il devait tenir à son égard, avant même de rendre ses lettres de recommandation, il pensa qu'il fallait aviser aux moyens de remplir sa bourse vide, et, dans cette intention, il sortit de son hôtellerie pour aller chez un orfèvre du pont Saint-Michel, qui devait à sa famille une somme qu'il avait charge de réclamer.

A l'entrée du pont il rencontra quelques jeunes gens vêtus avec beaucoup d'élégance, et qui, se tenant par le bras, barraient presque entièrement le passage étroit que laissaient sur le pont la multitude de boutiques et d'échoppes qui s'élevaient comme deux murs parallèles et dérobaient complètement la vue de la rivière aux passants. Derrière ces messieurs marchaient leurs laquais, chacun portant à la main, dans le fourreau, une de ces longues épées à deux tranchants que l'on appelait des duels, et un poignard dont la coquille était si large qu'elle servait au besoin de bouclier. Sans doute le poids de ces armes paraissait trop lourd à ces jeunes gentilshommes, ou peut-être étaient-ils bien aise de montrer à tout le monde qu'ils avaient des laquais richement habillés.

Ils semblaient en belle humeur, du moins à en juger par leurs éclats de rire continuels. Si une femme bien mise passait auprès d'eux, ils la saluaient avec un mélange de politesse et d'impertinence ; tandis que plusieurs de ces étourdis prenaient plaisir à coudoyer rudement de graves bourgeois en manteaux noirs, qui se retiraient en murmurant tout bas mille imprécations contre l'insolence des gens de cour. Un seul de la troupe marchait la tête baissée, et semblait ne prendre aucune part à leurs divertissements.

— Dieu me damne ! George, s'écria un de ces jeunes gens en lui frappant sur l'épaule, tu deviens furieusement maussade. Il y a un gros quart d'heure que tu n'as ouvert la bouche. As-tu donc envie de te faire chartreux?

Le nom de George fit tressaillir Mergy, mais il n'entendit pas la réponse de la personne que l'on avait appelée de ce nom.

— Je gage cent pistoles, reprit le premier, qu'il est encore amoureux de quelque dragon de vertu. Pauvre ami ! je te plains ; c'est avoir du malheur que de rencontrer une cruelle à Paris.

— Va-t'en chez le magicien Rudbeck, dit un autre, il te donnera un philtre pour te faire aimer.

— Peut-être, dit un troisième, peut-être que notre ami le capitaine est amoureux d'une religieuse. Ces diables de huguenots, convertis ou non, en veulent aux épouses du bon Dieu.

Une voix, que Mergy reconnut à l'instant, répondit avec tristesse :

— Parbleu ! je serais moins triste s'il ne s'agissait que d'amourettes ; mais, ajouta-t-il plus bas, de Pons, que j'avais chargé d'une lettre pour mon père, est revenu, et m'a rapporté qu'il persistait à ne plus vouloir entendre parler de moi.

— Ton père est de la vieille roche, dit un des jeunes gens; c'est un de ces vieux huguenots qui voulurent prendre Amboise.

En cet instant, le capitaine George, ayant tourné la tête par hasard, aperçut Mergy. Poussant un cri de surprise, il s'élança vers lui les bras ouverts. Mergy n'hésita pas un instant, il lui tendit les bras et le serra contre son sein. Peut-être, si la rencontre eût été moins imprévue, eût-il essayé de s'armer d'indifférence ; mais la surprise rendit à la nature tous ses droits. Dès ce moment ils se revirent comme des amis qui se retrouvent après un long voyage.

Après les embrassades et les premières questions, le capitaine George se tourna vers ses amis, dont quelques-uns s'étaient arrêtés à contempler cette scène.

— Messieurs, dit-il, vous voyez cette rencontre inattendue. Pardonnez-moi si je vous quitte pour aller entretenir un frère que je n'ai pas vu depuis plus de sept ans.

— Parbleu ! nous n'entendons pas que tu nous quittes aujourd'hui. Le dîner est commandé, il faut que tu en sois.

Celui qui parlait ainsi le saisit en même temps par son manteau.

— Béville a raison, dit un autre, et nous ne te laisserons point aller.

— Eh, mordieu ! reprit Béville, que ton frère vienne dîner avec nous. Au lieu d'un bon compagnon, nous en aurons deux.

— Excusez-moi, dit alors Mergy, mais j'ai plusieurs affaires à terminer aujourd'hui. J'ai des lettres à remettre...

— Vous les remettrez demain.

— Il est nécessaire qu'elles soient rendues aujourd'hui... et... ajouta Mergy en souriant et un peu honteux, je vous avouerai que je suis sans argent, et qu'il faut que j'en aille chercher.

— Ah ! par ma foi, l'excuse est bonne !

s'écrièrent-ils tous à la fois. Nous ne souffrirons pas que vous refusiez de dîner avec d'honnêtes chrétiens comme nous, pour aller emprunter à des juifs.

— Tenez, mon cher ami, dit Béville, en secouant avec affectation une longue bourse de soie passée dans sa ceinture, faites état de moi comme de votre trésorier. Le *passe-dix* m'a bien traité depuis une quinzaine.

— Allons ! allons ! ne nous arrêtons pas et allons dîner au More, reprirent tous les jeunes gens.

Le capitaine regardait son frère encore indécis.

— Bah ! tu auras bien le temps de remettre tes lettres. Pour de l'argent, j'en ai ; ainsi viens avec nous. Tu vas faire connaissance avec la vie de Paris.

Mergy se laissa entraîner. Son frère le présenta à tous ses amis l'un après l'autre : le baron de Vaudreuil, le chevalier de Rheincy, le vicomte de Béville, etc. Ils accablèrent de caresses le nouveau venu, qui fut obligé de leur donner l'accolade à tous l'un après l'autre. Béville l'embrassa le dernier.

— Oh ! oh ! s'écria-t-il, Dieu me damne ! camarade, je sens odeur d'hérétique. Je gage ma chaîne d'or contre une pistole que vous êtes de la religion.

— Il est vrai, monsieur, et je ne suis pas si bon religieux que je devrais.

— Voyez si je ne distingue pas un huguenot entre mille ! Ventre de loup ! comme messieurs les parpaillots prennent un air sérieux quand ils parlent de leur religion.

— Il me semble qu'on ne devrait jamais parler en riant d'un pareil sujet.

— Monsieur de Mergy a raison, dit le baron de Vaudreuil ; et vous, Béville, il vous arrivera malheur pour vos mauvaises railleries des choses sacrées.

— Voyez un peu cette mine de saint, dit Béville à Mergy ; c'est le plus fieffé libertin de nous tous, et pourtant il s'avise de temps en temps de nous prêcher.

— Laissez-moi pour ce que je suis, Béville, dit Vaudreuil. Si je suis libertin, c'est que je ne puis dompter la chair ; mais du moins je respecte ce qui est respectable.

— Pour moi, je respecte beaucoup... ma mère ; c'est la seule honnête femme que j'aie connue. Au surplus, mon brave, catholiques, huguenots, papistes, juifs ou Turcs, ce m'est tout un ; je me soucie de leurs querelles comme d'un éperon cassé.

— Impie ! murmura Vaudreuil.

Et il fit le signe de la croix sur sa bouche, en se cachant toutefois du mieux qu'il put avec son mouchoir.

— Il faut que tu saches, Bernard, dit le capitaine George, que tu ne trouveras guère parmi nous de disputeurs comme notre savant maître Théobald Wolfsteinius. Nous faisons peu de cas des conversations théologiques, et nous employons mieux notre temps, Dieu merci.

— Peut-être, répondit Mergy avec un peu d'aigreur, peut-être aurait-il été préférable pour toi que tu eusses écouté attentivement les doctes dissertations du digne ministre que tu viens de nommer.

— Trêve sur ce sujet, petit frère ; plus tard je t'en reparlerai peut-être : je sais que tu as de moi une opinion... N'importe.. Nous ne sommes pas ici pour parler de ces sortes de choses... Je crois que je suis un honnête homme, et tu le verras sans doute un jour... Brisons là, il ne faut penser maintenant qu'à nous amuser.

Il passa la main sur son front comme pour chasser une idée pénible.

— Cher frère ! dit tout bas Mergy en lui serrant la main.

George répondit par un autre serrement de main, et tous deux s'empressèrent de rejoindre leurs compagnons, qui les précédaient de quelques pas.

En passant devant le Louvre, d'où sortaient nombre de personnes richement habillées, le capitaine et ses amis saluaient ou embrassaient presque tous les seigneurs qu'ils rencontraient. Ils présentaient en même temps le jeune Mergy, qui, de cette manière, fit connaissance en un instant avec une infinité de personnages célèbres à cette époque. En même temps il apprenait leurs sobriquets (car alors chaque homme marquant avait le sien), ainsi que les histoires scandaleuses qui se débitaient sur leur compte.

— Voyez-vous, lui disait-on, ce conseiller si pâle et si jaune? C'est messire *Petrus de finibus*, en français Pierre Séguier, qui, dans tout ce qu'il entreprend, se démène tant et si bien, qu'il arrive toujours à ses fins. Voici le *petit capitaine Brûle-bancs*, Thoré de Montmorency ; voici l'archevêque de Bouteilles[1], qui se tient assez

1. L'archevêque de Guise.

droit sur sa mule, attendu qu'il n'a pas encore dîné. — Voici un héros de votre parti, le brave comte de La Rochefoucauld, surnommé l'ennemi des choux. Dans la dernière guerre, il a fait cribler d'arquebusades un malheureux carré de choux que sa mauvaise vue lui faisait prendre pour des lansquenets.

En moins d'un quart d'heure Mergy sut le nom des amants de presque toutes les dames de la cour, et le nombre de duels auxquels leur beauté avait donné lieu. Il vit que la réputation d'une dame était en proportion des morts qu'elle avait causées ; ainsi, madame de Courtavel, dont l'amant en pied avait tué deux de ses rivaux, était en bien plus grand renom que la pauvre comtesse de Pomerande, qui n'avait donné lieu qu'à un petit duel et une blessure légère.

Une femme d'une riche taille, montée sur une mule blanche conduite par un écuyer, et suivie de deux laquais, attira l'attention de Mergy ; ses habits étaient à la mode la plus nouvelle, et tout roides à force de broderies. Autant que l'on en pouvait juger, elle devait être jolie. On sait qu'à cette époque les dames ne sortaient que le visage couvert d'un masque ; le sien était de velours noir : on voyait, ou plutôt on devinait, d'après ce qui paraissait par les ouvertures des yeux, qu'elle devait avoir la peau d'une blancheur éblouissante et les yeux d'un bleu foncé.

Elle ralentit le pas de sa mule en passant devant les jeunes gens ; et même elle sembla regarder avec quelque attention Mergy, dont la figure lui était inconnue. Sur son passage on voyait toutes les plumes des chapeaux balayer la terre, et elle inclinait la tête avec grâce pour rendre les nombreux saluts que lui adressait la haie d'admirateurs qu'elle traversait. Comme elle s'éloignait, un léger souffle de vent souleva le bas de sa longue robe de satin et laissa voir, comme un éclair, un petit soulier de velours blanc et quelques pouces d'un bas de soie rose.

— Quelle est cette dame que tout le monde salue ? demanda Mergy avec curiosité.

— Déjà amoureux ! s'écria Béville. Au reste, elle n'en fait jamais d'autres ; huguenots et papistes, tous sont amoureux de la comtesse Diane de Turgis.

— C'est une des beautés de la cour, ajouta George, une des plus dangereuses Circés pour nos jeunes galants. Mais, peste ! ce n'est pas une citadelle facile à prendre.

— Combien compte-t-elle de duels? demanda en riant Mergy.

— Oh ! elle ne compte que par vingtaines, répondit le baron de Vaudreuil ; mais le bon, c'est qu'elle a voulu se battre elle-même : elle a envoyé un cartel dans les formes à une dame de la cour, qui avait pris le pas sur elle.

— Quel conte ! s'écria Mergy.

— Ce ne serait pas la première, dit George, qui se fût battue de notre temps : elle a envoyé un cartel bien en règle et en bon style à la Sainte-Foix, l'appelant au combat à mort, à l'épée et au poignard, et en chemise, comme ferait un duelliste *raffiné* [1].

— J'aurais bien voulu être le second d'une de ces dames pour les voir toutes deux en chemise, dit le chevalier de Rheincy.

— Et le duel eut lieu? demanda Mergy.

— Non, répondit George ; on les raccommoda.

— Ce fut lui qui les raccommoda, dit Vaudreuil ; il était alors l'amant de la Sainte-Foix.

— Fi donc ! pas plus que toi, dit George d'un ton fort discret.

— La Turgis est comme Vaudreuil, dit Béville ; elle fait un salmigondis de la religion et des mœurs du temps : elle veut se battre en duel, ce qui est, je crois, un péché mortel, et elle entend deux messes par jour.

— Laisse-moi donc tranquille avec ma messe ! s'écria Vaudreuil.

— Oui, elle va à la messe, reprit Rheincy, mais c'est pour s'y faire voir sans son masque.

— C'est pour cela, je crois, que tant de femmes vont à la messe, observa Mergy, enchanté de trouver une occasion de railler la religion qu'il ne professait pas.

— Et au prêche, dit Béville. Quand le sermon est fini, on éteint les lumières, et alors il se passe de belles choses. Par la mort ! cela me donne furieusement envie de me faire luthérien.

— Et vous croyez à ces contes absurdes? reprit Mergy d'un ton de mépris.

1. Cette épithète désignait les duellistes de profession.

— Si je les crois ! Le petit Ferrand, que nous connaissons tous, allait au prêche d'Orléans pour voir la femme d'un notaire, une femme superbe, ma foi ! il me faisait venir l'eau à la bouche rien qu'en m'en parlant. Il ne pouvait la voir que là ; heureusement qu'un de ses amis, huguenot, lui avait dit le mot de passe : il entrait au prêche, et, dans l'obscurité, je vous laisse à penser si notre ami employait son temps.

— Cela est impossible, dit sèchement Mergy.

— Impossible ! et pourquoi?

— Parce que jamais un protestant n'aurait la bassesse d'amener un papiste dans un prêche.

Cette réponse fut suivie de grands éclats de rire.

— Ha! ha! dit le baron de Vaudreuil, vous croyez que, parce qu'un homme est huguenot, il ne peut être ni voleur, ni traître, ni commissionnaire de galanteries?

— Il tombe de la lune ! s'écria Rheincy.

— Moi, dit Béville, si j'avais à faire remettre un poulet à une huguenote, je m'adresserais à son ministre.

— C'est, sans doute, répondit Mergy, que vous êtes habitué à donner de semblables commissions à vos prêtres?

— Nos prêtres... dit Vaudreuil rougissant de colère.

— Finissez ces ennuyeuses discussions, interrompit George, remarquant « l'offensante aigreur de chaque répartie » ; laissons là les cafards de toutes les sectes. Je propose que le premier qui prononcera le mot de huguenot, de papiste, de protestant, de catholique, soit mis à l'amende.

— Approuvé ! s'écria Béville ; il sera tenu de nous régaler de bon vin de Cahors à l'hôtellerie où nous allons dîner.

Il y eut un moment de silence.

— Depuis la mort de ce pauvre Lannoy, tué devant Orléans, la Turgis n'a pas d'amant connu, dit George, qui ne voulait pas laisser ses amis sur des idées théologiques.

— Qui oserait affirmer qu'une femme de Paris n'a pas d'amant? s'écria Béville ; ce qui est sûr, c'est que Comminges la serre de bien près.

— C'est pour cela que le petit Navarette a lâché prise, dit Vaudreuil ; il a craint un si terrible rival.

— Comminges fait donc le jaloux? demanda le capitaine.

— Il est jaloux comme un tigre, répondit Béville, et il prétend tuer tous ceux qui oseront aimer la belle comtesse ; de sorte que, pour ne pas rester sans amant, elle sera obligée de prendre Comminges.

— Quel est donc cet homme redoutable? demanda Mergy, qui éprouvait une vive curiosité, sans pouvoir s'en rendre compte, pour tout ce qui regardait de près ou de loin la comtesse de Turgis.

— C'est, lui répondit Rheincy, un de nos plus fameux *raffinés;* et comme vous venez de la province, je veux bien vous expliquer le beau langage. Un raffiné est un galant homme dans la perfection, un homme qui se bat quand le manteau d'un autre touche le sien, quand on crache à quatre pieds de lui, ou pour tout autre motif aussi légitime.

— Comminges, dit Vaudreuil, mena un jour un homme au Pré-aux-Clercs [1] ; ils ôtent leurs pourpoints et tirent l'épée. « N'es-tu pas Berny d'Auvergne? demanda Comminges. — Point du tout, répond l'autre ; je m'appelle Villequier, et je suis de Normandie. — Tant pis, repartit Comminges, je t'ai pris pour un autre ; mais, puisque je t'ai appelé, il faut nous battre. » Et il le tua bravement.

Chacun cita quelque trait de l'adresse et de l'humeur batailleuse de Comminges. La matière était riche, et cette conversation les mena jusque hors de la ville, à l'auberge du More, située au milieu d'un jardin, près du lieu où l'on bâtissait le château des Tuileries, commencé en 1564. Plusieurs gentilshommes de la connaissance de George et de ses amis s'y rencontrèrent, et l'on se mit à table en nombreuse compagnie.

Mergy, qui était assis à côté du baron de Vaudreuil, observa qu'en se mettant à table il faisait le signe de la croix et récitait à voix basse et les yeux fermés cette singulière prière :

Laus Deo, pax vivis, salutem defunctis, et beata viscera virginis Mariæ quæ portaverunt Æterni Patris Filium !

— Savez-vous le latin, monsieur le baron? lui demanda Mergy.

— Vous avez entendu ma prière?

— Oui, mais je vous avoue que je ne l'ai pas comprise.

1. Lieu classique alors pour les duels. Le Pré-aux-Clercs s'étendait en face du Louvre, sur le terrain compris entre la rue des Petits-Augustins et la rue du Bac.

— A vous dire le vrai, je ne sais pas le latin et je ne sais pas trop ce que cette prière veut dire ; mais je la tiens d'une de mes tantes qui s'en est toujours bien trouvée, et, depuis que je m'en sers, je n'en ai vu que de bons effets.

— J'imagine que c'est un latin catholique, et par conséquent nous autres huguenots nous ne pouvons le comprendre !

— A l'amende ! à l'amende ! s'écrièrent à la fois Béville et le capitaine George.

Mergy s'exécuta de bonne grâce, et l'on couvrit la table de nouvelles bouteilles qui ne tardèrent pas à mettre la compagnie en belle humeur.

La conversation devint bientôt plus bruyante, et Mergy profita du tumulte pour causer avec son frère sans faire attention à ce qui se passait autour d'eux.

Ils furent tirés de leur aparté à la fin du second service par le bruit d'une violente dispute qui venait de s'élever entre deux convives.

— Cela est faux ! s'écriait le chevalier de Rheincy.

— Faux ! dit Vaudreuil.

Et sa figure, naturellement pâle, devint comme celle d'un cadavre.

— C'est la plus vertueuse, la plus chaste des femmes, continua le chevalier.

Vaudreuil sourit amèrement et leva les épaules. Tous les yeux étaient fixés sur les acteurs de cette scène, et chacun paraissait vouloir attendre, dans une neutralité silencieuse, le résultat de la querelle.

— De quoi s'agit-il, messieurs, et pourquoi ce tapage? demanda le capitaine, prêt, selon son habitude, à s'opposer à toute infraction à la paix.

— C'est notre ami le chevalier, répondit tranquillement Béville, qui veut que la Sillery, sa maîtresse, soit chaste, tandis que notre ami de Vaudreuil prétend qu'elle ne l'est pas et qu'il en sait quelque chose.

Un éclat de rire général qui s'éleva aussitôt augmenta la fureur de Rheincy, qui regardait avec les yeux enflammés de rage et Vaudreuil et Béville.

— Je pourrais montrer de ses lettres, dit Vaudreuil.

— Je t'en défie ! s'écria le chevalier.

— Eh bien ! dit Vaudreuil avec un ricanement très méchant, je vais lire une de ses lettres à ces messieurs. Ils connaissent peut-être son écriture aussi bien que moi, car je n'ai pas la prétention d'être seul honoré de ses billets et de ses bonnes grâces. Voici un billet que j'ai reçu d'elle aujourd'hui-même.

Et il parut fouiller dans sa poche comme pour en tirer une lettre.

— Tu mens par ta gorge !

La table était trop large pour que la main du baron pût toucher son adversaire, assis en face de lui.

— Je te ferai avaler le démenti jusqu'à ce qu'il t'étouffe ! s'écria-t-il.

Et il accompagna cette phrase d'une bouteille qu'il lui jeta à la tête. Rheincy évita le coup, et, renversant sa chaise dans sa précipitation, il courut à la muraille pour décrocher son épée qu'il y avait suspendue.

Tous se levèrent, quelques-uns pour s'entremettre dans la querelle, la plupart pour éviter d'en être trop près.

— Arrêtez, fous que vous êtes ! s'écria George en se mettant devant le baron, qui se trouvait le plus près de lui. Deux amis doivent-ils se battre pour une misérable femmelette?

— Une bouteille jetée à la tête vaut un soufflet, dit froidement Béville. Allons, chevalier, mon ami, flamberge au vent !

— Franc jeu ! franc jeu ! faites place ! s'écrièrent presque tous les convives.

— Holà ! Jeannot, ferme la porte, dit nonchalamment l'hôte du More, habitué à voir des scènes semblables ; si les archers passaient, cela pourrait interrompre ces gentilshommes et nuire à la maison.

— Vous battrez-vous dans une salle à manger comme des lansquenets ivres? poursuivit George, qui voulait gagner du temps ; attendez au moins à demain.

— A demain, soit ! dit Rheincy.

Et il fit le mouvement de remettre son épée dans le fourreau.

— Il a peur, notre petit chevalier, dit Vaudreuil.

Aussitôt Rheincy, écartant ceux qui se trouvaient sur son passage, s'élança sur son ennemi. Tous deux s'attaquèrent avec fureur ; mais Vaudreuil avait eu le temps de rouler avec soin une serviette autour de son bras gauche, et il s'en servait avec adresse pour parer les coups de taille ; tandis que Rheincy, qui avait négligé une semblable précaution, reçut une blessure à la main gauche dès les premières passes. Cependant il ne laissait pas de combattre avec courage, appelant son laquais et lui demandant son poignard. Béville arrêta le laquais, prétendant que, Vaudreuil n'ayant pas de poignard, son adversaire ne devait pas en avoir non plus. Quelques amis du chevalier réclamèrent ; des paroles fort aigres furent échangées, et sans doute le duel se fût changé en une escarmouche, si Vaudreuil n'y eût mis fin en renversant son adversaire frappé d'un coup dangereux à la poitrine. Il mit promptement le pied sur l'épée de Rheincy pour l'empêcher de la ramasser, et leva la sienne pour lui donner le coup de grâce. Les lois du duel permettaient cette atrocité.

— Un ennemi désarmé ! s'écria George.

Et il lui arracha son épée.

La blessure du chevalier n'était pas mortelle, mais il perdait beaucoup de sang. On le pansa du mieux qu'on put avec des serviettes, pendant qu'avec un rire forcé il disait entre ses dents que l'affaire n'était pas finie.

Bientôt parurent un moine et un chirurgien, qui se disputèrent quelque temps le blessé. Le chirurgien cependant eut la préférence, et, ayant fait transporter son patient au bord de la Seine, il le conduisit dans un bateau jusqu'à son logement.

Tandis que les valets emportaient les serviettes ensanglantées et lavaient le pavé rougi, d'autres mettaient de nouvelles bouteilles sur la table. Pour Vaudreuil, après avoir soigneusement essuyé son épée, il la remit au fourreau, fit le signe de la croix, puis, avec un imperturbable sang-froid, il tira de sa poche une lettre, réclama le silence, et lut la première ligne, qui excita de grands éclats de rire :

« *Mon chéri, cet ennuyeux chevalier, qui m'obsède...* »

— Sortons d'ici, dit Mergy à son frère avec une expression de dégoût.

Le capitaine le suivit. La lettre occupait l'attention générale, et leur absence ne fut pas remarquée.

IV

LE CONVERTI

Quoi ! tu prends pour de bon argent ce que je viens de dire, et tu crois que ma bouche était d'accord avec mon cœur?
MOLIÈRE, *le Festin de Pierre*.

Le capitaine George rentra dans la ville avec son frère, et le conduisit à son logement. En marchant, ils échangèrent à peine quelques paroles ; la scène dont ils venaient d'être les témoins leur avait laissé une impression pénible qui leur faisait involontairement garder le silence.

Cette querelle et le combat irrégulier qui l'avait suivie n'avaient rien d'extraordinaire à cette époque. D'un bout de la France à l'autre, la susceptibilité chatouilleuse de la noblesse donnait lieu aux événements les plus funestes, au point que, d'après un calcul modéré, sous le règne de Henri III et celui de Henri IV, la fureur des duels coûta la vie à plus de gentilshommes que dix années de guerres civiles.

Le logement du capitaine était meublé avec élégance. Des rideaux de soie à fleurs et des tapis de couleurs brillantes attirèrent d'abord les yeux de Mergy, accoutumés à plus de simplicité. Il entra dans un cabinet que son frère appelait son *oratoire*, le mot de boudoir n'étant pas encore inventé. Un prie-Dieu en chêne fort bien sculpté, une madone peinte par un artiste italien, et un bénitier garni d'un grand rameau de buis, semblaient justifier la pieuse désignation de cette chambre, tandis qu'un lit de repos couvert de damas noir, une glace de Venise, un portrait de femme, des armes et des instruments de musique, indiquaient des habitudes un peu mondaines de la part de son propriétaire.

Mergy jeta un coup d'œil méprisant sur le bénitier et le rameau de buis, qui lui rappelaient tristement l'apostasie de son frère. Un petit laquais apporta des confitures, des dragées et du vin blanc : le thé et le café n'étaient pas encore en usage, et le vin remplaçait toutes ces boissons élégantes pour nos aïeux

Mergy, un verre à la main, reportait toujours ses regards de la madone au bénitier, et du bénitier au prie-Dieu. Il soupira profondément, et, regardant son frère nonchalamment étendu sur le lit de repos :

— Te voilà donc tout à fait papiste ! dit-il. Que dirait notre mère si elle était ici?

Cette idée parut affecter douloureusement le capitaine. Il fronça ses sourcils épais et fit un geste de la main comme pour prier son frère de ne pas entamer un tel sujet ; mais celui-ci poursuivit impitoyablement. :

— Est-il possible que tu aies abjuré du cœur la croyance de notre famille, comme tu l'as abjurée des lèvres?

— La croyance de notre famille !... Elle n'a jamais été la mienne... Qui? moi... croire aux sermons hypocrites de vos ministres nasillards !... moi !...

— Sans doute ! et il vaut mieux croire au purgatoire, à la confession, à l'infaillibilité du pape ! il vaut mieux s'agenouiller devant les sandales poudreuses d'un capucin ! Un temps viendra où tu ne croiras pas pouvoir dîner sans réciter la prière du baron de Vaudreuil.

— Écoute, Bernard, je hais les disputes, surtout celles où il s'agit de religion; mais il faut bien que tôt ou tard je m'explique avec toi, et, puisque nous en sommes là-dessus, finissons-en : je vais te parler à cœur ouvert.

— Ainsi tu ne crois pas à toutes les absurdes inventions des papistes?

Le capitaine haussa les épaules et fit résonner un de ses larges éperons en laissant tomber le talon de sa botte sur le plancher. Il s'écria :

— Papistes ! huguenots ! superstition des deux parts. Je ne sais point croire ce que ma raison me montre comme absurde. Nos litanies et vos psaumes, toutes ces fadaises se valent. Seulement, ajouta-t-il en souriant, il y a quelquefois de bonne musique dans nos églises, tandis que chez vous c'est une guerre à mort aux oreilles délicates.

— Belle supériorité pour ta religion, et il y a là de quoi lui faire des prosélytes !

— Ne l'appelle pas ma religion, car je n'y crois pas plus qu'à la tienne. Depuis que j'ai su penser par moi-même, depuis que ma raison a été à moi...

— Mais...

— Ah ! trêve de sermons. Je sais par cœur tout ce que tu vas me dire. Moi aussi j'ai eu mes espérances, mes craintes. Crois-tu que je n'ai pas fait des efforts puissants pour conserver les heureuses superstitions de mon enfance? J'ai lu tous nos docteurs pour y chercher des consolations contre les doutes qui m'effrayaient, et je n'ai fait que les accroitre. Bref, je n'ai pu et je ne puis croire. Croire est un don précieux qui m'a été refusé, mais pour rien au monde je ne chercherais à en priver les autres.

— Je te plains.

— A la bonne heure, et tu as raison. — Protestant, je ne croyais pas au prêche ; catholique, je ne crois pas davantage à la messe. Eh morbleu ! les atrocités de nos guerres civiles ne suffiraient-elles pas pour déraciner la foi la plus robuste?

— Ces atrocités sont l'ouvrage des hommes seuls, et des hommes qui ont perverti la parole de Dieu.

— Cette réponse n'est pas de toi ; mais tu trouveras bon que je ne sois pas encore convaincu. Votre Dieu, je ne le comprends pas, je ne puis le comprendre... Et si je croyais, ce serait — comme dit notre ami Jodelle — *sous bénéfice d'inventaire.*

— Puisque les deux religions te sont indifférentes, pourquoi donc cette abjuration qui a tant affligé ta famille et tes amis?

— J'ai vingt fois écrit à mon père pour lui expliquer mes motifs et me justifier ; mais il a jeté mes lettres au feu sans les ouvrir, et il m'a traité plus mal que si j'avais commis quelque grand crime.

— Ma mère et moi nous désapprouvions cette rigueur excessive ; et sans les ordres...

— Je ne sais ce qu'on a pensé de moi. Peu m'importe ! Voici ce qui m'a déterminé à un coup de tête, que je ne referais pas, sans doute, s'il était à refaire...

— Ah ! j'ai toujours pensé que tu t'en repentais.

— M'en repentir ! non ; car je ne crois pas avoir fait une mauvaise action. Lorsque tu étais encore au collège, apprenant le latin et le grec, j'avais endossé la cuirasse, ceint l'écharpe blanche [1], et je combattais à nos premières guerres civiles. Votre petit prince de Condé, qui a fait faire tant de fautes à votre parti, votre prince de Condé s'occupait de vos affaires quand ses amours lui en laissaient le temps. Une dame m'aimait, le prince me la demanda ; je la lui refusai, il devint mon ennemi mortel. Il prit dès lors à tâche de me mortifier de toutes les manières.

Ce petit prince si joli
Qui toujours baise sa mignonne,

il me désignait aux fanatiques du parti comme un monstre de libertinage et d'irréligion. Je n'avais qu'une maîtresse, et j'y tenais. Pour ce qui est de l'irréligion... je laissais les autres en paix : pourquoi me déclarer la guerre?

— Je n'aurais jamais cru le prince capable d'un trait si noir.

— Il est mort, et vous en avez fait un héros. C'est ainsi que va le monde. Il avait des qualités : il est mort en brave, je lui ai pardonné. Mais alors il était puissant et un pauvre gentilhomme comme moi lui semblait criminel s'il osait lui résister.

Le capitaine se promena quelque temps par la chambre, et continua d'une voix qui trahissait une émotion toujours croissante :

— Tous les ministres, tous les cagots de l'armée furent bientôt déchaînés contre moi. Je me souciais aussi peu de leurs aboiements que de leurs sermons. Un gentilhomme du prince, pour lui faire sa cour, m'appela *paillard* devant tous nos capitaines. Il y gagna un soufflet, et je le tuai. Il y avait bien douze duels par jour dans notre armée, et nos généraux avaient l'air de ne pas s'en apercevoir. On fit une exception pour moi, et le prince me destinait à servir d'exemple à toute l'armée. Les prières de tous les seigneurs, et, je suis obligé d'en convenir, celles de l'Amiral, me valurent ma grâce. Mais la haine du prince ne fut pas satisfaite. Au combat de Jazeneuil, je commandais une compagnie de pistoliers ; j'avais été des premiers à l'escarmouche : ma cuirasse faussée de deux arquebusades, mon bras gauche traversé d'un coup de lance, montraient que je ne m'y étais pas épargné. Je n'avais plus que vingt hommes autour de moi, et un bataillon des Suisses du roi marchait contre nous. Le prince de Condé m'ordonne de faire une charge... je lui demande deux compagnies de reîtres... et... il m'appela lâche !

Mergy se leva et prit la main de son frère. Le capitaine poursuivit, les yeux étincelants de colère et se promenant toujours :

— Il m'appela lâche devant tous ces gentilshommes dans leurs armures dorées, qui, peu de mois après, l'abondonnèrent à Jarnac et le laissèrent tuer. Je crus qu'il fallait mourir ; je m'élançai sur les Suisses en jurant que si, par fortune, j'en échappais, je ne tirerais jamais l'épée pour un prince aussi injuste. Grièvement blessé, jeté à bas de mon cheval, j'allais être tué, quand un des gentilshommes du duc d'Anjou, Béville, ce fou avec qui nous avons dîné, me sauva la vie et me présenta au duc. On me traita bien. J'avais soif de vengeance. On me cajola, on me pressa de prendre du service auprès de mon bienfaiteur, le duc d'Anjou ; on me cita ce vers :

Omne solum forti patria est, ut piscibus æquor

Je voyais avec indignation les protestants appeler des étrangers dans notre patrie... Mais pourquoi ne pas te dire la seule raison qui me détermina? Je voulais me venger, et je me fis catholique dans l'espoir de rencontrer le prince de Condé sur un champ de bataille et de le tuer. C'est un lâche qui s'est chargé de lui payer ma dette... La manière dont il l'a tué m'a presque fait oublier ma haine... Je le vis sanglant, en butte aux outrages des soldats ; j'arrachai ce cadavre de leurs mains et je le couvris de mon manteau. — J'étais engagé avec les catholiques ; je commandais un escadron de leur cavalerie, je ne pouvais plus les quitter. Heureusement je crois avoir rendu quelques services à mon ancien parti ; j'ai tâché, autant qu'il m'a été possible, d'adoucir les fureurs d'une guerre de religion, et j'ai eu le bonheur de sauver plusieurs de mes anciens amis.

— Olivier de Basseville publie partout qu'il te doit la vie.

— Me voilà donc catholique, dit George d'une voix plus calme. Cette religion en vaut bien une autre ; car il est si facile de s'accommoder avec leurs dévots ! Vois cette jolie madone : c'est le portrait d'une

1. Les réformés avaient adopté cette couleur.

courtisane italienne ; les cagots admirent ma piété en se signant devant la prétendue vierge. Crois-moi, j'ai bien meilleur marché d'eux que de nos ministres. Je puis vivre comme je veux, en faisant de très légers sacrifices à l'opinion de la canaille. Eh bien ! il faut aller à la messe ; j'y vais de temps en temps regarder les jolies femmes. Il faut un confesseur : parbleu ! j'ai un brave cordelier, ancien arquebusier à cheval, qui, pour un écu, me donne un billet de confession, et, par-dessus le marché, se charge de remettre mes billets doux à ses jolies pénitentes. Mort de ma vie ! vive la messe !

Mergy ne put s'empêcher de sourire.

— Tiens, poursuivit le capitaine, voici mon livre de messe. — Et il lui jeta un livre richement relié, dans un étui de velours, et garni de fermoirs d'argent. — Ces Heures-là valent bien vos livres de prières.

Mergy lut sur le dos : HEURES DE LA COUR.

— La reliure est belle, dit-il d'un air de dédain en lui rendant le livre.

Le capitaine l'ouvrit et le lui rendit en souriant. Mergy lut alors sur la première page : *La vie très horrifique du grand Gargantua, père de Pantagruel, composée par M. Alcofribas, abstracteur de Quintessence.*

— Parlez-moi de ce livre-là ! s'écria le capitaine en riant ; j'en fais plus de cas que tous les volumes de théologie de la bibliothèque de Genève.

— L'auteur de ce livre était, dit-on, rempli de savoir, mais il n'en a pas fait un bon usage.

George haussa les épaules.

— Lis ce volume, Bernard, et tu m'en parleras après.

Mergy prit le livre, et, après un moment de silence :

— Je suis fâché qu'un dépit, légitime sans doute, t'ait entraîné à une action dont tu te repentiras sans doute un jour.

Le capitaine baissait la tête, et ses yeux, attachés sur le tapis étendu sous ses pieds, semblaient en observer curieusement les dessins.

— Ce qui est fait est fait, dit-il enfin, avec un soupir étouffé. Peut-être un jour reviendrai-je au prêche, ajouta-t-il plus gaiement. Mais brisons là, et prometsmoi de ne plus me parler de choses si ennuyeuses.

— J'espère que tes propres réflexions feront plus que mes discours ou mes conseils.

— Soit ! Maintenant, causons de tes affaires. Quelle est ton intention en venant à la cour?

— J'espère être assez recommandé à monsieur l'Amiral pour qu'il veuille bien m'admettre au nombre de ses gentilshommes dans la campagne qu'il va faire dans les Pays-Bas.

— Mauvais plan. Il ne faut pas qu'un gentilhomme qui se sent du courage et une épée au côté, prenne ainsi de gaieté de cœur le rôle de valet. Entre comme volontaire dans les gardes du roi ; dans ma compagnie de chevau-légers, si tu veux. Tu feras la campagne, ainsi que nous tous, sous les ordres de l'Amiral, mais au moins tu ne seras le domestique de personne.

— Je n'ai aucune envie d'entrer dans la garde du roi : j'y ai même quelque répugnance. J'aimerais assez être soldat dans ta compagnie, mais mon père veut que je fasse ma première campagne sous les ordres immédiats de monsieur l'Amiral.

— Je vous reconnais bien là, messieurs les huguenots ! Vous prêchez l'union, et, plus que nous, vous êtes entichés de vos vieilles rancunes.

— Comment?

— Oui, le roi est toujours à vos yeux un tyran, un *Achab*, comme vos ministres l'appellent. Que dis-je? ce n'est pas même un roi, c'est un usurpateur, et, depuis la mort de *Louis XIII*[1], c'est *Gaspard Ier* qui est roi de France.

— Quelle mauvaise plaisanterie !

— Au reste, autant vaut que tu sois au service du vieux Gaspard qu'à celui du duc de Guise ; monsieur de Châtillon est un grand capitaine, et tu apprendras la guerre sous lui.

— Ses ennemis mêmes l'estiment.

— Il y a cependant certain coup de pistolet qui lui a fait du tort.

— Il a prouvé son innocence, et, d'ailleurs, sa vie entière dément le lâche assassinat de Poltrot.

— Connais-tu l'axiome latin : *Fecit cui profuit*? Sans ce coup de pistolet, Orléans était pris.

— Ce n'était, à tout prendre, qu'un homme de moins dans l'armée catholique.

— Oui, mais quel homme ! N'as-tu

1. Le prince Louis de Condé, qui fut tué à Jarnac, était accusé par les catholiques de prétendre à la couronne. — L'amiral de Coligny s'appelait Gaspard.

donc jamais entendu ces deux mauvais vers, qui valent bien ceux de vos psaumes:

Autant que sont de Guisards demeurés,
Autant. a-t-il en France de Méres[1].

— Menaces puériles, et rien de plus. La kyrielle serait longue si j'avais à raconter tous les crimes des Guisards. Au reste, pour rétablir la paix en France, si j'étais roi, voici ce que je voudrais faire. Je ferais mettre les Guises et les Châtillons dans un bon sac de cuir, bien cousu et bien noué : puis je les ferais jeter à l'eau avec cent mille livres de fer, de peur qu'un seul n'échappât. Il y a encore quelques gens que je voudrais mettre dans mon sac.

— Il est heureux que tu ne sois pas roi de France.

La conversation prit alors une tournure plus enjouée : on abandonna la politique comme la théologie, et les deux frères se racontèrent toutes les petites aventures qui leur étaient advenues depuis qu'ils avaient été séparés. Mergy fut assez franc pour faire les honneurs de son histoire à l'auberge du Lion d'Or : son frère en rit de bon cœur, et le plaisanta beaucoup sur la perte de ses dix-huit écus et de son bon cheval alezan.

1. Poltrot de Méré, qui assassina le grand François, duc de Guise, au siège d'Orléans, au moment où la ville était réduite aux abois. Coligny se justifia assez mal d'avoir commandé ou de n'avoir pas empêché ce meurtre.

Le son des cloches d'une église voisine se fit entendre.

— Parbleu ! s'écria le capitaine, allons au sermon ce soir : je suis persuadé que tu t'y amuseras.

— Je te remercie, mais je n'ai pas encore envie de me convertir.

— Viens, mon cher, c'est le frère Lubin qui doit prêcher aujourd'hui. C'est un cordelier qui rend la religion si plaisante, qu'il y a toujours foule pour l'entendre. D'ailleurs toute la cour doit aller à Saint-Jacques aujourd'hui ; c'est un spectacle à voir.

— Et madame la comtesse de Turgis y sera-t-elle, et ôtera-t-elle son masque?

— A propos, elle ne peut manquer de s'y trouver. Si tu veux te mettre sur les rangs, n'oublie pas, à la sortie du sermon, de te placer à la porte de l'église pour lui offrir de l'eau bénite. Voilà encore une des jolies cérémonies de la religion catholique. Dieu ! que de jolies mains j'ai pressées, que de billets doux j'ai remis en offrant de l'eau bénite !

— Je ne sais, mais cette eau bénite me dégoûte tellement, que je crois que pour rien au monde je n'y mettrais le doigt.

Le capitaine l'interrompit par un éclat de rire. Tous deux prirent leurs manteaux et se rendirent à l'église Saint-Jacques, où déjà bonne et nombreuse compagnie se trouvait rassemblée.

V

LE SERMON

« Bien fendu de gueule, beau dec pêcheur d'Heures, beau desbrideur de messes, beau descrotteur de vigiles : pour tout dire sommairement : vrai moine si oncques en fut, depuis que le monde moinant moina de moinerie. »

RABELAIS

Comme le capitaine George et son frère traversaient l'église pour chercher une place commode et près du prédicateur, leur attention fut attirée par des éclats de rire qui partaient de la sacristie ; ils y entrèrent et virent un gros homme, à la mine réjouie et enluminée, revêtu de la robe de saint François, et engagé dans une conversation fort animée avec une demi-douzaine de jeunes gens richement vêtus.

— Allons, mes enfants, disait-il, dépêchez, les dames s'impatientent ; donnez-moi mon texte.

— Parlez-nous des bons tours que ces dames jouent à leurs maris, dit un des jeunes gens, que George reconnut aussitôt pour Béville.

— La matière est riche, j'en conviens, mon garçon : mais que puis-je dire qui vaille le sermon du prédicateur de Pontoise, qui s'écria : « Je m'en vais jeter mon bonnet à la tête de celle d'entre vous qui a planté le plus de cornes à son mari ! » Sur quoi il n'y eut pas une seule femme dans l'église qui ne se couvrît la tête du bras ou de la mante, comme pour parer le coup.

— Oh ! père Lubin, dit un autre, je ne suis venu au sermon qu'à cause de vous : contez-nous aujourd'hui quelque chose de gaillard, là ; parlez-nous un peu du péché d'amour, qui est présentement si fort à la mode.

— A la mode ! oui, à votre mode, messieurs, qui n'avez que vingt-cinq ans ; mais moi j'en ai cinquante bien comptés. A mon âge on ne peut plus parler d'amour. J'ai oublié ce que c'est que ce péché-là.

— Ne faites pas la petite bouche, père Lubin ; vous sauriez discourir là-dessus maintenant aussi bien que jamais : nous vous connaissons.

— Oui, prêchez sur la luxure, ajouta Béville, toutes ces dames diront que vous êtes plein de votre sujet.

Le cordelier répondit à cette plaisanterie par un clignement d'œil malin, dans lequel perçaient l'orgueil et le plaisir qu'il éprouvait à s'entendre reprocher un vice de jeune homme.

— Non, je ne veux pas prêcher là-dessus, parce que nos belles de la cour ne voudraient plus se confesser à moi, si je me montrais trop sévère sur cet article-là ; et, en conscience, si j'en parlais, ce serait pour montrer comment on se damne à tout jamais... pourquoi?... pour une minute de bon temps.

— Eh bien !... Ah ! voici le capitaine ! Allons, George, donne-nous un texte de sermon. Le père Lubin s'est engagé à prêcher sur le premier sujet que nous lui fournirions.

— Oui, dit le moine, mais dépêchez-vous, mort de ma vie ! car je devrais déjà être en chaire.

— Peste, père Lubin ! vous jurez aussi bien que le roi ! s'écria le capitaine.

— Je parie qu'il ne jurerait pas dans son sermon, dit Béville.

— Pourquoi pas, si l'envie m'en prenait ? répondit hardiment le père Lubin.

— Je parie dix pistoles que vous n'oseriez pas.

— Dix pistoles? Tope !

— Béville dit le capitaine, je suis de moitié dans ton pari.

— Non, non, repartit celui-ci, je veux gagner tout seul l'argent du beau père ; et s'il jure, ma foi ! je ne regretterai pas mes dix pistoles : jurements de prédicateur valent bien dix pistoles.

— Et moi, je vous annonce que j'ai déjà gagné, dit le père Lubin ; je commence mon sermon par trois jurons. Ah ! messieurs les gentilshommes, vous croyez que, parce que vous portez une rapière au côté et une plume au chapeau, vous avez seuls le talent de jurer? Nous allons voir !

En parlant ainsi, il sortait de la sacristie, et dans un instant il fut en chaire. Aussitôt, le plus profond silence régna dans l'assemblée.

Le prédicateur parcourut des yeux la foule qui se pressait autour de sa chaire, comme pour chercher son parieur ; et lorsqu'il l'eut découvert, adossé contre un pilier précisément en face de lui, il fronça les sourcils, mit un poing sur la hanche, et du ton d'un homme en colère, commença de la sorte :

« Mes chers frères,

» *Par la vertu! par la mort! par le sang!...* »

Un murmure de surprise et d'indignation interrompit le prédicateur, ou plutôt remplit la pause qu'il laissait à dessein.

«... de Dieu — continua le cordelier *d'un ton de nez fort dévot* — nous sommes sauvés et délivrés de l'enfer. »

Un éclat de rire universel l'interrompit une seconde fois. Béville tira sa bourse de sa ceinture, et la secoua fortement avec affectation devant le prédicateur, avouant ainsi qu'il avait perdu.

— Eh bien ! mes frères, continua l'imperturbable frère Lubin, vous voilà bien contents, n'est-ce pas? *Nous sommes sauvés et délivrés de l'enfer.* Voilà de belles paroles, pensez-vous ; nous n'avons plus qu'à nous croiser les bras et nous réjouir. Nous sommes quittes de ce vilain feu d'enfer. Pour celui du purgatoire, ce n'est que brûlure de chandelle, qui se guérit avec l'onguent d'une douzaine de messes. Sus, mangeons, buvons, allons voir Catin.

» Ah ! pécheurs endurcis que vous êtes ! voilà sur quoi vous comptez ! Or ça, c'est le frère Lubin qui vous le dit, vous comptez sans votre hôte.

» Vous croyez donc, messieurs les hérétiques, huguenots huguenotisant, vous croyez donc que c'est pour vous délivrer de l'enfer que notre Sauveur a bien voulu se laisser mettre en croix? Quelque sot ! Ah! ah ! vraiment oui ! c'est pour pareille canaille qu'il aurait versé son précieux sang ! C'eût été, révérence parlant, jeter des *perles* aux *pourceaux* ; et tout au contraire, Notre-Seigneur jetait les *pourceaux* aux *perles* ; car les *perles* sont dans la mer, et Notre-Seigneur jeta deux mille *pourceaux* dans la mer. Et *ecce impetu abiit totus grex præceps in mare.* Bon voyage, messieurs les pourceaux, et puissent tous les hérétiques prendre le même chemin ! »

Ici l'orateur toussa et s'arrêta un moment pour regarder l'assemblée et jouir de l'effet que produisait son éloquence sur les fidèles. Il reprit :

— Ainsi, messieurs les huguenots, convertissez-vous, et faites diligence ; autrement... foin de vous ! vous n'êtes ni sauvés ni délivrés de l'enfer : donc tournez-moi les talons au prêche, et vive la messe !

» Et vous, mes chers frères les catholiques, vous vous frottez les mains et vous vous léchez les doigts, vous pensant déjà aux faubourgs du paradis. Franchement, mes frères, il y a plus loin de la cour où vous vivez en paradis (même en prenant par la traverse) que de Saint-Lazare à la porte Saint-Denis.

» La vertu, la mort, le sang de Dieu *vous ont sauvés et délivrés de l'enfer*... Oui, en vous délivrant du péché originel, d'accord ; mais gare à vous si Satan vous rattrape ! Et je vous le dis : *Circuit quærens quem devoret.*

» O mes chers frères ! Satan est un escrimeur qui en remontrerait à Grand-Jean, à Jean-Petit et à l'Anglais ; et, je vous le dis en vérité, rudes sont les assauts qu'il nous livre.

» Car, aussitôt que nous quittons nos jaquettes pour prendre des hauts-de-chausses, je veux dire dès que nous sommes en âge de pécher *mortellement*, messire Satan nous appelle sur le *Pré-aux-Clercs* de la vie. Les armes que nous apportons sont les divins sacrements ; lui, il porte tout un arsenal : ce sont nos péchés, armes offensives et défensives à la fois.

» Il me semble le voir entrer en champ clos, la *Gourmandise* sur le ventre : voilà sa cuirasse ; la *Paresse* lui sert d'éperons ; à sa ceinture est la *Luxure*, c'est un estoc dangereux ; l'*Envie* est sa dague ; il porte l'*Orgueil* sur la tête comme un gendarme son armet ; il garde dans sa poche l'*Avarice* pour s'en servir au besoin ; et pour la *Colère*, avec les injures et tout ce qui s'ensuit, il les tient dans sa bouche : ce qui vous fait voir qu'il est armé jusqu'aux dents.

» Quand Dieu a donné le signal, Satan ne vous dit pas, comme ces duellistes courtois : Mon gentilhomme, êtes-vous en garde? mais il fond sur le chrétien, tête baissée, sans dire gare ! Le chrétien qui s'aperçoit qu'il va recevoir une botte de *Gourmandise* au milieu de l'estomac, pare avec le *Jeûne*. »

Ici le prédicateur, pour se rendre plus intelligible, décrocha un crucifix et commença à s'en escrimer, poussant des bottes et faisant des parades comme un maître d'armes ferait avec son fleuret pour démontrer un coup difficile.

— Satan, en se retirant, lui décharge un grand fendant de *Colère* ; puis, faisant une feinte d'*Hypocrisie*, vous lui pousse en quarte une botte d'*Orgueil*. Le chrétien se couvre d'abord avec la *Patience*, puis il riposte à l'*Orgueil* avec une botte d'*Humilité*. Satan, irrité, lui donne d'abord un coup d'estoc de *Luxure* ; mais, le voyant rendu sans effet par une parade de *Mortifications*, il se jette à corps perdu sur son adversaire, lui donnant à la fois un croc-en-jambe de *Paresse* et un coup de dague d'*Envie*, tandis qu'il essaye de lui faire entrer l'*Avarice* dans le cœur. C'est alors qu'il faut avoir bon pied, bon œil. Par le *Travail* on se délivre du croc-en-jambe de *Paresse*, de la dague d'*Envie* par l'*Amour du prochain* (parade bien difficile, mes frères) ; et, quant à la botte d'*Avarice*, il n'y a que la *Charité* qui puisse la détourner.

» Mais, mes frères, combien y en a-t-il d'entre vous, attaqués ainsi en tierce et en quarte, d'estoc et de taille, qui trouveraient une parade toujours prête à toutes les bottes de l'*ennemi ?* J'ai vu plus d'un champion porté par terre, et alors, s'il n'a pas bien vite recours à la *Contrition*, il est perdu ; et ce dernier moyen, il faut en user plus tôt que plus tard. Vous croyez, vous autres courtisans, qu'un *peccavi* n'est pas long à dire. Hélas ! mes frères, combien de pauvres moribonds veulent dire *peccavi* à qui la voix manque sur le *pec!* et crac!

voilà une âme emportée par le diable ; l'aille chercher qui voudra. »

Le frère Lubin continua encore quelque temps à donner carrière à son éloquence et, lorsqu'il abandonna la chaire, un amateur de beau langage remarqua que son sermon, qui n'avait duré qu'une heure, contenait trente-sept pointes et d'innombrables traits d'esprit semblables à ceux que je viens de citer. Catholiques et protestants avaient également applaudi au prédicateur, qui demeura longtemps au pied de la chaire, entouré d'une foule empressée qui venait de toutes les parties de l'église pour lui offrir des félicitations.

Pendant le sermon, Mergy avait plusieurs fois demandé où était la comtesse de Turgis ; son frère l'avait inutilement cherchée des yeux. Ou la belle comtesse n'était pas dans l'église, ou bien elle se cachait à ses admirateurs dans quelque coin obscur.

— Je voudrais, disait Mergy en sortant, je voudrais que toutes les personnes qui viennent d'assister à cet absurde sermon entendissent sur-le-champ les simples exhortations d'un de nos ministres...

— Voici la comtesse de Turgis, lui dit tout bas le capitaine en lui serrant le bras.

Mergy tourna la tête, et vit passer sous le portail obscur, avec la rapidité de l'éclair une femme fort richement parée, et que conduisait par la main un jeune homme blond, mince, fluet, d'une mine efféminée, et dont le costume offrait une négligence peut-être étudiée. La foule s'ouvrait devant eux avec un empressement mêlé de terreur. Ce cavalier était le terrible Comminges.

Mergy eut à peine le temps de jeter un coup d'œil sur la comtesse. Il ne pouvait se rendre compte de ses traits, et cependant ils avaient fait sur lui une grande impression; mais Comminges lui avait mortellement déplu, sans qu'il pût s'expliquer pourquoi. Il s'indignait de voir un homme si faible en apparence et déjà possesseur de tant de renommée.

— Si par hasard, pensa-t-il, la comtesse aimait quelqu'un dans cette foule, cet odieux Comminges le tuerait ! Il a juré de tuer tous ceux qu'elle aimerait. — Il mit involontairement la main sur la garde de son épée ; mais aussitôt il eut honte de ce transport. — Que m'importe, après tout? Je ne lui envie pas sa conquête, que d'ailleurs j'ai à peine vue.

Cependant ces idées lui avaient laissé une impression pénible, et pendant tout le chemin de l'église à la maison du capitaine il garda le silence.

Ils trouvèrent le souper servi. Mergy mangea peu ; et, aussitôt que la table fut enlevée, il voulut retourner à son hôtellerie.

Le capitaine consentit à le laisser sortir, mais sous la promesse qu'il viendrait le lendemain s'établir définitivement dans sa maison.

Il n'est pas besoin de dire que Mergy trouva chez son frère, argent, cheval, etc., et de plus la connaissance du tailleur de la cour et du seul marchand où un gentilhomme curieux d'être bien vu des dames, pouvait acheter ses gants, ses fraises *à la confusion* et ses souliers *à cric* ou *à pont levis*.

Enfin, la nuit étant tout à fait noire, il retourna à son auberge accompagné de deux laquais de son frère, armés de pistolets et d'épées ; car les rues de Paris, après huit heures du soir, étaient alors plus dangereuses que la route de Séville à Grenade ne l'est encore aujourd'hui.

VI

UN CHEF DE PARTI

> Jocky of Norfolk be not too bold,
> For Dickon thy master is bought and sold.
>
> SHAKESPEARE, *K. Richard III.*

Bernard de Mergy, de retour dans son humble auberge, jeta tristement les yeux sur son ameublement usé et terni. Quand il compara dans son esprit les murs de sa chambre, autrefois blanchis à la chaux, maintenant enfumés et noircis, avec les brillantes tentures de soie de l'appartement qu'il venait de quitter ; quand il se rappela cette jolie madone peinte, et qu'il ne vit sur la muraille devant lui qu'une vieille image de saint, alors une idée assez vile entra dans son âme. Ce luxe, cette élégance, les faveurs des dames, les bonnes grâces du roi, tant de choses désirables enfin, n'avaient coûté à George qu'un seul mot, un seul, mot bien facile à prononcer, car il suffisait qu'il partît des lèvres, et l'on n'allait pas interroger le fond des cœurs. Aussitôt se présentèrent à sa mémoire les noms de plusieurs protestants qui, en abjurant leur religion, s'étaient élevés aux honneurs ; et, comme le diable se fait arme de tout, la parabole de l'Enfant prodigue revint à son esprit, mais avec cette étrange moralité, que l'on ferait plus de fête à un huguenot converti qu'à un catholique persévérant.

Ces pensées, qui se reproduisaient sous toutes les formes et comme malgré lui, l'obsédaient, tout en lui inspirant du dégoût. Il prit une Bible de Genève, qui avait appartenu à sa mère, et lut pendant quelque temps. Plus calme alors, il posa le livre, et, avant de fermer les yeux, il fit en lui même le serment de vivre et de mourir dans la religion de ses pères.

Malgré sa lecture et son serment, ses rêves se ressentirent des aventures de la journée. Il rêva de rideaux de soie pourpre, de vaisselle d'or ; puis les tables étaient renversées, les épées brillaient et le sang coulait avec le vin. Puis la madone peinte s'animait ; elle sortait de son cadre et dansait devant lui. Il cherchait à fixer ses traits dans sa mémoire, et alors seulement il s'apercevait qu'elle portait un masque noir. Mais ces yeux bleu foncé et ces deux lignes de peau blanche qui perçaient à travers les ouvertures du masque !... Les cordons du masque tombaient, une figure céleste apparaissait, mais sans contours fixes ; c'était comme l'image d'une nymphe dans une eau troublée. Involontairement il baissait les yeux, bien vite il les relevait, et ne voyait plus que le terrible Comminges, une épée sanglante à la main.

Il se leva de bonne heure, fit porter chez son frère son léger bagage, et, refusant de visiter avec lui les curiosités de la ville, il se rendit seul à l'hôtel de Châtillon pour présenter à l'Amiral la lettre dont son père l'avait chargé.

Il trouva la cour de l'hôtel encombrée de valets et de chevaux, parmi lesquels il eut de la peine à se frayer un passage jusqu'à une vaste antichambre remplie d'écuyers et de pages, qui, bien qu'ils n'eussent d'autres armes que leurs épées, ne laissait pas de former une garde imposante autour de l'Amiral. Un huissier en habit noir, jetant les yeux sur le collet de dentelle de Mergy et sur une chaîne d'or que son frère lui avait prêtée, ne fit aucune difficulté de l'introduire sur-le-champ dans la galerie où se trouvait son maître.

Des seigneurs, des gentilshommes, des ministres de l'Évangile, au nombre de plus de quarante personnes, tous debout, la tête découverte et dans une attitude respectueuse, entouraient l'Amiral. Il était très simplement vêtu et tout en noir. Sa taille était haute, mais un peu voûtée, et les fatigues de la guerre avaient imprimé sur son front chauve plus de rides que les années. Une longue barbe blanche tombait sur sa poitrine. Ses joues, naturellement creuses, le paraissaient encore davantage à cause d'une blessure dont la cicatrice enfoncée était à peine cachée par sa longue moustache : à la bataille de Moncontour, un coup de pistolet lui avait percé la joue et cassé plusieurs dents. L'expression de sa physionomie était plutôt triste que sévère, et l'on disait que depuis la mort du brave Dandelot[1] personne ne l'avait vu sourire. Il était debout, la main appuyée sur une table couverte de cartes et de plans, au milieu desquels s'élevait une énorme Bible in-quarto. Des cure-dents épars au milieu des cartes et des papiers rappelait une habitude dont on le raillait souvent. Assis au bout de la table, un secrétaire paraissait fort occupé à écrire des lettres qu'il donnait ensuite à l'Amiral pour les signer.

A la vue de ce grand homme qui, pour ses coreligionnaires, était plus qu'un roi, car il réunissait en une seule personne le héros et le saint, Mergy se sentit frappé de tant de respect, qu'en l'abordant il mit involontairement un genou en terre. L'Amiral, surpris et fâché de cette marque extraordinaire de vénération, lui fit signe de se relever, et prit avec un peu d'humeur la lettre que le jeune enthousiaste lui remit. Il jeta un coup d'œil sur les armoiries du cachet.

— C'est de mon vieux camarade le baron de Mergy, dit-il, et vous lui ressemblez tellement, jeune homme, qu'il faut que vous soyez son fils.

— Monsieur, mon père aurait désiré que son grand âge lui eût permis de venir lui-même vous présenter ses respects.

— Messieurs, dit Coligny après avoir lu la lettre et se tournant vers les personnes qui l'entouraient, je vous présente le fils du baron de Mergy, qui a fait plus de deux cents lieues pour être des nôtres. Il paraît que nous ne manquerons pas de volontaires pour la Flandre. Messieurs, je vous demande votre amitié pour ce jeune homme ; vous avez tous la plus haute estime pour son père.

Aussitôt Mergy reçut à la fois vingt accolades et autant d'offres de service.

— Avez-vous déjà fait la guerre, Bernard, mon ami? demanda l'Amiral. Avez-vous jamais entendu le bruit des arquebusades?

Mergy répondit en rougissant qu'il n'avait pas encore eu le bonheur de combattre pour la religion.

— Félicitez-vous plutôt, jeune homme, de n'avoir pas été forcé de répandre le sang de vos concitoyens, dit Coligny d'un ton grave ; grâce à Dieu, ajouta-t-il avec un soupir, la guerre civile est terminée ! la religion respire, et, plus heureux que nous, vous ne tirerez votre épée que contre les ennemis de votre roi et de votre patrie.

Puis, mettant la main sur l'épaule du jeune homme :

— J'en suis sûr, vous ne démentirez pas le sang dont vous sortez. Selon l'intention de votre père, vous servirez d'abord avec mes gentilshommes ; et quand nous rencontrerons les Espagnols, prenez leur un étendard, et aussitôt vous aurez une cornette dans mon régiment.

— Je vous jure, s'écria Mergy d'un ton

1. Son frère.

résolu, qu'à la première rencontre je serai cornette, ou bien mon père n'aura plus de fils !

— Bien, mon brave garçon, tu parles comme parlait ton père.

Puis il appela son intendant.

— Voici mon intendant maître Samuel et, si tu as besoin d'argent pour t'équiper, tu t'adresseras à lui.

L'intendant s'inclina devant Mergy, qui se hâta de faire ses remerciements et de refuser.

— Mon père et mon frère, dit-il, pourvoient amplement à mon entretien.

— Votre frère?... C'est le capitaine George Mergy qui, depuis les premières guerres, a abjuré sa religion?

Mergy baissa tristement la tête ; ses lèvres remuèrent, mais on n'entendit pas sa réponse.

— C'est un brave soldat, continua l'Amiral ; mais qu'est-ce que le courage sans la crainte de Dieu? Jeune homme, vous avez dans votre famille un modèle à suivre et un exemple à éviter.

— Je tâcherai d'imiter les actions glorieuses de mon frère... et non son changement.

— Allons Bernard, venez me voir souvent, et faites de moi comme d'un ami. Vous n'êtes pas ici en trop bon lieu pour les mœurs, mais j'espère vous en tirer bientôt pour vous mener là où il y aura de la gloire à gagner.

Mergy s'inclina respectueusement et se retira dans le cercle qui entourait l'Amiral.

— Messieurs, dit Coligny reprenant la conversation que l'arrivée de Mergy avait interrompue, je reçois de tous côtés de bonnes nouvelles. Les assassins de Rouen ont été punis...

— Ceux de Toulouse ne le sont point, dit un vieux ministre à la physionomie sombre et fanatique.

— Vous vous trompez, monsieur. La nouvelle m'en est parvenue à l'instant. De plus, la chambre mi-partie[1] est déjà établie à Toulouse. Chaque jour Sa Majesté nous prouve que la justice est la même pour tous.

Le vieux ministre secoua la tête d'un air incrédule.

1. Par le traité qui termina la troisième guerre civile, on avait établi dans plusieurs parlements des chambres de justice dont la moitié des conseillers professaient la religion calviniste. Ils devaient connaître des affaires entre catholiques et protestants.

Un vieillard à barbe blanche, et vêtu de velours noir, s'écria :

— Sa justice est la même, oui ! les Châtillon, les Montmorency et les Guise tous ensemble, Charles et sa digne mère voudraient les abattre tous d'un seul coup.

— Parlez plus respectueusement du roi, monsieur de Bonissan, dit Coligny d'un ton sévère. Oublions, oublions enfin de vieilles rancunes. Que l'on ne dise pas que les catholiques pratiquent mieux que nous le divin précepte de l'oubli des injures.

— Par les os de mon père ! cela leur est plus facile qu'à nous, murmura Bonissan. Vingt-trois de mes proches martyrisés ne sortent pas si aisément de ma mémoire.

Il parlait ainsi avec aigreur, quand un vieillard fort cassé, d'une mine repoussante, et enveloppé dans un manteau gris tout usé, entra dans la galerie, fendit la presse et remit un papier cacheté à Coligny.

— Qui êtes-vous? demanda celui-ci sans rompre le cachet.

— Un de vos amis, répondit le vieillard d'une voix rauque.

Et il sortit sur-le-champ.

— J'ai vu cet homme sortir ce matin de l'hôtel de Guise, dit un gentilhomme.

— C'est un magicien, dit un autre.

— Un empoisonneur, dit un troisième.

— Le duc de Guise l'envoie pour empoisonner monsieur l'Amiral.

— M'empoisonner, dit l'Amiral en haussant les épaules, m'empoisonner dans une lettre !

— Rappelez-vous les gants de la reine de Navarre[1] ! s'écria Bonissan.

— Je ne crois pas plus au poison des gants qu'au poison de la lettre : mais je crois que le duc de Guise ne peut commettre une lâcheté !

Il allait ouvrir la lettre, quand Bonissan se jeta sur lui et lui saisit les mains en s'écriant :

— Ne la décachetez pas, ou vous allez respirer un venin mortel !

Tous les assistants se pressèrent autour de l'Amiral, qui faisait quelques efforts pour se débarrasser de Bonissan.

— Je vois sortir une vapeur noire de la lettre ! s'écria une voix.

1. « Sa mort fut causée, dit d'Aubigné (*Hist. univ.*, t. I, chap. II) par un poison, que des gants de senteur communiquèrent au cerveau, façon de messer René, Florentin, exécrable depuis, mesme aux ennemis de cette princesse. »

— Jetez-la ! jetez-la ! fut le cri général.

— Laissez-moi, fous que vous êtes, disait l'Amiral en se débattant.

Dans l'espèce de lutte qu'il avait à soutenir, le papier tomba sur le plancher.

— Samuel, mon ami ! s'écria Bonissan, montrez-vous bon serviteur. Ouvrez-moi ce paquet, et ne le rendez à votre maître qu'après vous être assuré qu'il ne contient rien de suspect.

La commission n'était pas du goût de l'intendant. Sans balancer, Mergy ramassa la lettre et en rompit le cachet Aussitôt il se trouva fort à l'aise au centre d'un cercle vide, chacun s'étant reculé comme si une mine allait éclater au milieu de l'appartement : pourtant nulle vapeur maligne ne sortit : personne même n'éternua. Un papier assez sale, avec quelques lignes d'écriture, était tout ce que contenait cette enveloppe si redoutée.

Les mêmes personnes qui avaient été les premières à s'écarter furent aussi les premières à se rapprocher en riant, aussitôt que toute apparence de danger eut disparu.

— Que signifie cette impertinence? s'écria Coligny avec colère, et se débarrassant enfin de l'étreinte de Bonissan : ouvrir une lettre qui m'est adressée !

— Monsieur l'Amiral, si par hasard ce papier eût contenu quelque poison assez subtil pour vous tuer par la respiration, il eût mieux valu qu'un jeune homme comme moi en fût victime, que vous, dont l'existence est si précieuse pour la religion.

Un murmure d'admiration s'éleva autour de lui. Coligny lui serra la main avec attendrissement, et après un moment de silence :

— Puisque tu as tant fait que de décacheter cette lettre, dit-il avec bonté, lis-nous ce qu'elle contient.

Mergy lut aussitôt ce qui suit :

« Le ciel est éclairé à l'occident de lueurs sanglantes. Des étoiles ont disparu dans le firmament, et des épées enflammées ont été vues dans les airs. Il faut être aveugle pour ne pas comprendre ce que ces signes présagent. Gaspard ! ceins ton épée, chausse tes éperons, ou bien dans peu de jours les *geais* se repaîtront de ta chair. »

— Il désigne les Guises par ces *geais*, dit Bonissan ; le nom d'un oiseau est mis là au lieu de la lettre qui se prononce de même.

L'Amiral leva les épaules avec dédain, et tout le monde garda le silence ; mais il était évident que la prophétie avait fait une certaine impression sur l'assemblée.

— Que de gens à Paris qui s'occupent de sottises ! dit froidement Coligny. Ne dit-on pas qu'il y a près de dix mille coquins à Paris qui ne vivent d'autres métiers que de celui de prédire l'avenir?

— L'avis, tel qu'il est, n'est pas à mépriser, dit un capitaine d'infanterie. Le duc de Guise a dit assez publiquement qu'il ne dormirait tranquille que lorsqu'il vous aurait donné de l'épée dans le ventre.

— Il est si facile à un assassin de pénétrer jusqu'à vous ! ajouta Bonissan. A votre place, je n'irais au Louvre que cuirassé.

— Allez, mon camarade, répondit l'Amiral, ce n'est pas à de vieux soldats comme nous que s'adressent les assassins. Ils ont plus peur de nous que nous d'eux.

Il s'entretint alors pendant quelque temps de la campagne de Flandre et des affaires de la religion. Plusieurs personnes lui remirent des placets pour les présenter au roi : il les recevait tous avec bonté, adressant à chaque solliciteur des paroles affables. Dix heures sonnèrent, et il demanda son chapeau et ses gants pour se rendre au Louvre. Quelques-uns des assistants prirent alors congé de lui : un grand nombre le suivit pour lui servir de cortège et de garde à la fois.

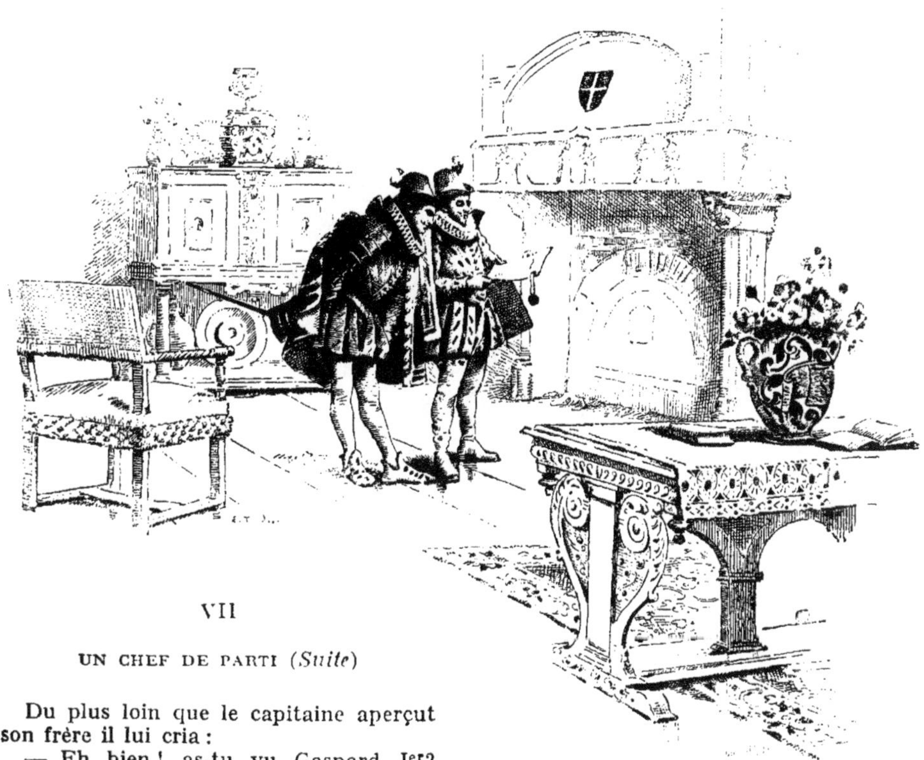

VII

UN CHEF DE PARTI (*Suite*)

Du plus loin que le capitaine aperçut son frère il lui cria :

— Eh bien ! as-tu vu Gaspard Ier? Comment t'a-t-il reçu?

— Avec une bonté que je n'oublierai jamais.

— Je m'en réjouis fort.

— Oh ! George, quel homme !...

— Quel homme ! Un homme à peu près comme un autre ; ayant un peu plus d'ambition et un peu plus de patience que mon laquais, sans parler de la différence de l'origine. La naissance de Monsieur de Châtillon a fait beaucoup pour lui.

— Est-ce sa naissance qui lui a montré l'art de la guerre, et qui en a fait le premier capitaine de notre temps?

— Non, sans doute, mais son mérite ne l'a pas empêché d'être toujours battu... Bah ! laissons cela. Aujourd'hui tu as vu l'amiral, c'est fort bien ; à tout seigneur tout honneur, et il fallait commencer par faire ta cour à Monsieur de Châtillon. Maintenant... veux-tu venir demain à la chasse? et là je te présenterai à quelqu'un qui vaut bien aussi la peine qu'on le voie ; je veux dire Charles, roi de France.

— J'irais à la chasse du roi !

— Sans doute, et tu y verras les plus belles femmes et les plus beaux chevaux de la cour. Le rendez-vous est au château de Madrid, et nous devons y être demain de bonne heure. Je te donnerai mon cheval gris pommelé, et je te garantis que tu n'auras pas besoin de l'éperonner pour être toujours sur les chiens.

Un laquais remit à Mergy une lettre que venait d'apporter un page du roi. Mergy l'ouvrit, et sa surprise fut égale à celle de son frère en y trouvant un brevet de cornette. Le sceau du roi était attaché à cette pièce, d'ailleurs en très bonne forme.

— Peste ! s'écria George, voilà une faveur bien soudaine ! Mais comment diable Charles IX, qui ne sait pas que tu es au monde, t'envoie-t-il un brevet de cornette?

— Je crois en avoir l'obligation à monsieur l'Amiral, dit Mergy.

Et il raconta alors à son frère l'histoire de la lettre mystérieuse qu'il avait décachetée avec tant de courage. Le capitaine rit beaucoup de la fin de l'aventure, et l'en railla sans pitié.

VIII

LE GANT

> Cay-se un escarpin de la derecha
> Mano, que de la izquierda importa poco,
> A la senora Blanca, y amor loco
> A los fidalgos dispare la flecha.
>
> LOPE DE VEGA, *El guante de Dona Blanca.*

La cour était au château de Madrid. La reine mère, entourée de ses dames, attendait dans sa chambre que le roi vînt déjeuner avec elle avant de monter à cheval : et le roi, suivi des princes, traversait lentement une galerie où se tenaient tous les hommes qui devaient l'accompagner. Il écoutait avec distraction les phrases que lui adressaient les courtisans, et leur répondait souvent avec brusquerie. Quand il passa devant les deux frères, le capitaine fléchit le genou, et présenta le nouveau cornette. Mergy, s'inclinant profondément, remercia Sa Majesté de l'honneur qu'il venait d'en recevoir avant de l'avoir mérité.

— Ah ! c'est vous dont mon père l'Amiral m'a parlé? Vous êtes le frère du capitaine George?

— Oui, sire.

— Êtes-vous catholique ou huguenot?

— Sire, je suis protestant.

— Ce que j'en dis, ce n'est que par curiosité ; car le diable m'emporte si je me soucie de la religion de ceux qui me servent bien.

Le roi, après ces paroles mémorables entra chez la reine.

Quelques moments après, un essaim de femmes se répandit dans la galerie, et semblait envoyé pour faire prendre patience aux cavaliers. Je ne parlerai que d'une seule des beautés de cette cour si fertile en beautés; je veux dire de la comtesse de Turgis qui joue un grand rôle dans cette histoire. Elle portait un habillement d'amazone à la fois leste et galant, et elle n'avait pas encore mis son masque. Son teint, d'une blancheur éblouissante, mais uniformément pâle, faisait ressortir ses cheveux d'un noir de jais ; ses sourcils bien arqués, en se touchant légèrement par l'extrémité, donnaient à sa physionomie un air de dureté ou plutôt d'orgueil, sans rien ôter à la grâce de l'ensemble de ses traits. On ne distinguait d'abord dans ses grands yeux bleus qu'une expression de fierté dédaigneuse ; mais dans une conversation animée, on voyait bientôt sa pupille grandir et se dilater comme celle d'un chat ; ses regards devenaient de feu, et il était difficile, même à un fat consommé, d'en soutenir quelque temps l'action magique.

— La comtesse de Turgis ! Qu'elle est belle aujourd'hui ! murmuraient les courtisans.

Et chacun se pressait pour la mieux voir. Mergy, qui se trouva sur son passage, fut tellement frappé de sa beauté, qu'il resta immobile, et ne pensa à se ranger pour lui faire passage que lorsque les larges manches de soie de la comtesse touchèrent son pourpoint.

Elle remarqua son émotion, peut-être avec plaisir, et daigna fixer un instant ses beaux yeux sur ceux de Mergy, qui se baissèrent aussitôt, tandis que ses joues se couvraient d'une vive rougeur. La comtesse sourit, et en passant laissa tomber un de ses gants devant notre héros, qui, toujours immobile et hors de lui, ne pensa pas même à le ramasser. Aussitôt un jeune homme blond (ce n'était autre que Comminges), qui se trouvait derrière Mergy, le poussa rudement pour passer devant lui, se saisit du gant, et, après l'avoir baisé avec respect, le remit à madame de Turgis. Celle-ci, sans le remercier, se tourna vers Mergy, qu'elle regarda quelque temps, mais avec une expression de mépris foudroyante : puis remarquant auprès de lui le capitaine George.

— Capitaine, dit-elle très haut, dites-moi d'où nous vient ce grand dadais? Sûrement c'est quelque huguenot, à en juger par sa courtoisie.

Un éclat de rire général acheva de déconcerter le malheureux qui en était l'objet.

— C'est mon frère, madame, répondit George un peu moins haut ; il est à Paris depuis trois jours, et, sur mon honneur, il n'est pas plus gauche que n'était Lannoy avant que vous prissiez soin de le former.

La comtesse rougit un peu.

— Capitaine, voilà une

ELLE REMARQUA SON ÉMOTION...

méchante plaisanterie. Ne parlez pas mal des morts. Tenez, donnez-moi la main : j'ai à vous entretenir de la part d'une dame qui n'est pas trop contente de vous.

Le capitaine lui prit respectueusement la main, et la conduisit dans une embrasure de fenêtre éloignée : mais, en marchant, elle se retourna encore une fois pour regarder Mergy.

Encore tout ébloui de l'apparition de la belle comtesse, qu'il brûlait de regarder, et sur laquelle il n'osait lever les yeux, Mergy se sentit frapper doucement sur l'épaule. Il se retourna, et vit le baron de Vaudreuil, qui, le prenant par la main, le conduisit à l'écart pour lui parler, disait-il, sans crainte d'être interrompu.

— Mon cher ami, dit le baron, vous êtes tout nouveau dans ce pays, et peut-être ne savez-vous pas encore comment vous y conduire?

Mergy le regarda d'un air étonné.

— Votre frère est occupé, et ne peut vous donner de conseils ; si vous le permettez, je le remplacerai.

— Je ne sais, monsieur, ce qui...

— Vous avez été gravement offensé, et, vous voyant dans cette attitude pensive, je ne doute pas que vous ne songiez aux moyens de vous venger?

— Me venger? et de qui? demanda Mergy, rougissant jusqu'au blanc des yeux.

— N'avez-vous pas été heurté rudement tout à l'heure par le petit Comminges! Toute la cour a vu l'affaire, et s'attend que vous allez la prendre fort à cœur.

— Mais, dit Mergy, dans une salle où il y a tant de monde, il n'est pas extraordinaire que quelqu'un m'ait poussé involontairement.

— Monsieur de Mergy, je n'ai pas l'honneur d'être fort connu de vous, mais votre frère est mon grand ami, et il peut vous dire que je pratique, autant qu'il m'est possible, le divin précepte de l'oubli des injures. Je ne voudrais pas vous embarquer dans une mauvaise querelle, mais en même temps je crois de mon devoir de vous dire que Comminges ne vous a pas poussé par *mégarde*. Il vous a poussé parce qu'il voulait vous faire affront ; et, ne vous eût-il pas poussé, il vous a offensé cependant ; car, en ramassant le gant de la Turgis, il a usurpé un droit qui vous appartenait. Le gant était à vos pieds, *ergo* vous *seul* aviez le droit de le ramasser et de le rendre... Tenez, d'ailleurs, tournez-vous, vous verrez au bout de la galerie Comminges qui vous montre au doigt et se moque de vous.

Mergy, s'étant retourné, aperçut Comminges entouré de cinq ou six jeunes gens à qui il racontait en riant quelque chose qu'ils paraissaient écouter avec curiosité. Rien ne prouvait qu'il fût question de lui dans ce groupe ; mais, sur la parole de son charitable conseiller, Mergy sentit une violente colère se glisser dans son cœur.

— Je veux aller le trouver après la chasse, dit-il, et je saurai de lui...

— Oh ! ne remettez jamais une bonne résolution comme celle-là ; en outre, vous offensez bien moins Dieu en appelant votre adversaire aussitôt après l'injure, que si vous le faisiez après avoir eu le temps de la réflexion. Dans un moment de vivacité, ce qui n'est qu'un péché véniel, vous prenez rendez-vous pour vous battre ; et si vous vous battez ensuite, c'est seulement pour ne pas faire un péché bien plus grand, celui de manquer à votre parole. Mais j'oublie que je parle à un protestant. Quoi qu'il en soit, prenez tout de suite rendez-vous avec lui ; je m'en vais vous aboucher sur-le-champ.

— J'espère qu'il ne se refusera pas à me faire les excuses qu'il me doit.

— Pour cela, mon camarade, détrompez-vous ; Comminges n'a jamais dit : *J'ai eu tort*. Du reste, il est fort galant homme, et vous donnera toute satisfaction.

Mergy fit un effort pour calmer son émotion et pour prendre un air d'indifférence.

— Si j'ai été insulté, dit-il, il me faut une satisfaction. Quelle qu'elle soit, je saurai l'exiger.

— A merveille, mon brave ; j'aime à voir votre audace, car vous n'ignorez pas que Comminges est une de nos meilleures épées. Par ma foi ! c'est un gentilhomme qui a les armes bien dans la main. Il a pris à Rome des leçons de Brambilla, et Petit-Jean ne veut plus tirer contre lui.

En parlant ainsi, il regardait attentivement la figure un peu pâle de Mergy, qui semblait cependant plus ému de l'offense qu'effrayé de ses suites.

— Je voudrais bien vous servir de second dans cette affaire ; mais, outre que je communie demain, je suis engagé avec monsieur de Rheincy, et je ne puis tirer l'épée contre un autre que lui[1].

— Je vous remercie, monsieur : si nous en venons à des extrémités, mon frère me servira de second.

— Le capitaine s'entend à merveille à ces sortes d'affaires. En attendant, je vais vous amener Comminges pour que vous vous expliquiez avec lui.

Mergy s'inclina, et, se tournant vers le mur, il s'occupa de préparer les termes de son défi et de composer son visage.

Il y a une certaine grâce à faire un défi, qui s'acquiert, comme bien d'autres, par l'habitude. Notre héros en était à sa première *affaire*, par conséquent il éprouvait un peu d'embarras ; mais, dans ce moment, il craignait moins de recevoir un coup d'épée que de dire quelque chose qui ne fût pas d'un gentilhomme. A peine était-il parvenu à rédiger dans sa tête une phrase ferme et polie, que le baron de Vaudreuil, en le prenant par le bras, la lui fit oublier à l'instant.

Comminges, le chapeau à la main, et s'inclinant avec une politesse fort impertinente, lui dit d'une voix mielleuse :

— Vous désirez me parler, monsieur?

La colère fit monter le sang au visage de Mergy ; il répondit sur-le-champ, et d'une voix plus ferme qu'il n'aurait espéré :

— Vous vous êtes conduit envers moi avec impertinence, et je désire une satisfaction de vous.

Vaudreuil fit un signe de tête approbateur ; Comminges se redressa, et, mettant le poing sur la hanche, posture de rigueur alors en pareil cas, dit avec beaucoup de gravité :

— Vous vous portez *demandeur*, monsieur, et j'ai le choix des armes, en qualité de *défendeur*.

— Nommez celles qui vous conviennent.

Comminges eut l'air de réfléchir un instant.

— L'estoc[2], dit-il, est une bonne arme, mais les blessures peuvent défigurer, et, à notre âge, ajouta-t-il en souriant, on ne se soucie guère de montrer à sa maîtresse une balafre au beau milieu de la figure. La rapière ne fait qu'un petit trou, mais il est suffisant (et il sourit encore). Je choisis donc la rapière et le poignard.

— Fort bien, dit Mergy.

Et il fit un pas pour s'éloigner.

— Un instant ! s'écria Vaudreuil, vous oubliez de convenir d'un rendez-vous.

— C'est au Pré-aux-Clercs, dit Comminges, que se rend toute la cour ; et si monsieur n'a pas quelque autre endroit de prédilection?...

— Au Pré-aux-Clercs, soit !

— Quant à l'heure... je ne me lèverai pas avant huit heures, pour raisons à moi connues... Vous m'entendez... Je ne couche pas chez moi ce soir, et je ne pourrai me trouver au Pré-aux-Clercs que vers neuf heures.

— A neuf heures donc.

Mergy, en détournant les yeux, aperçut assez près de lui la comtesse de Turgis qui venait de laisser le capitaine engagé dans une conversation avec une autre dame. On sent qu'à la vue du bel auteur de cette méchante affaire, notre héros arma ses traits d'un renfort de gravité et de feinte insouciance.

— Depuis quelque temps, dit Vaudreuil, la mode est de se battre en caleçons rouges. Si vous n'en avez pas de tout faits, je vous en ferai apporter une paire. Le sang ne paraît pas, et cela est plus propre.

— Cela me semble une puérilité, répondit Comminges.

Mergy sourit d'assez mauvaise grâce.

— Eh bien, mes amis, dit alors le baron de Vaudreuil, qui semblait au milieu de son élément, maintenant il ne s'agit plus que de convenir des *seconds* et des *tiers*[1] pour votre rencontre.

— Monsieur est nouveau venu à la cour, dit Comminges, et peut-être aurait-il de la peine à trouver un *tiers*; ainsi, par condescendance pour lui, je me contenterai d'un second seulement.

Mergy, avec quelque effort, contracta ses lèvres de manière à sourire.

— On ne peut être plus courtois, dit le baron. Et, en vérité, c'est plaisir que d'avoir affaire à un gentilhomme aussi accommodant que monsieur de Comminges.

— Comme vous avez besoin d'une rapière de même longueur que la mienne, reprit Comminges, je vous recommande Laurent, au Soleil-d'Or, rue de la Fer-

1. C'était un principe pour un raffiné de n'entrer dans aucune nouvelle querelle tant qu'il en avait une arriérée.

2. Grande épée à deux tranchants.

1. Souvent les témoins n'étaient pas de simples spectateurs ; ils se battaient entre eux. On disait *seconder*, *tiercer* quelqu'un.

ronnerie : c'est le meilleur armurier de la ville. Dites-lui que vous venez de ma part, et il vous accommodera bien.

En achevant ces mots, il fit une pirouette, et, avec beaucoup de calme, il se remit au milieu du groupe de jeunes gens qu'il venait de quitter.

— Je vous félicite, monsieur Bernard, dit Vaudreuil ; vous vous êtes bien tiré de votre défi. Comment donc ! mais c'est fort bien. Comminges n'est pas habitué à s'entendre parler de la sorte. On le craint comme le feu, surtout depuis qu'il a tué le grand Canillac ; car pour Saint-Michel, qu'il a tué il y a deux mois, il n'en retira pas grand honneur. Saint-Michel n'était pas des plus habiles, tandis que Canillac avait déjà tué cinq ou six gentilshommes sans attraper même une égratignure. Il avait étudié à Naples sous Borelli, et on disait que Lansac lui avait légué en mourant la botte secrète avec laquelle il a fait tant de mal. A la vérité, continua-t-il, comme se parlant à lui-même, Canillac avait pillé l'église d'Auxerre et jeté par terre les hosties consacrées : il n'est pas surprenant qu'il en ait été puni.

Mergy, que ces détails étaient loin d'amuser, se croyait obligé cependant de continuer la conversation, de peur que quelque soupçon offensant pour son courage ne vînt à l'esprit de Vaudreuil.

— Heureusement, dit-il, je n'ai pillé aucune église et je n'ai touché de ma vie à une hostie consacrée ; ainsi j'ai un danger de moins à courir.

— Il faut que je vous donne encore un avis. Quand vous croiserez le fer avec Comminges, prenez bien garde à une de ses feintes, qui a coûté la vie au capitaine Tomaso. Il s'écria que la pointe de son épée était cassée. Tomaso mit alors son épée au-dessus de sa tête, s'attendant à un fendant ; mais l'épée de Comminges était bien entière, car elle entra jusqu'à un pied de la garde dans la poitrine de Tomaso, qu'il découvrait, ne s'attendant pas à un coup de pointe... Mais vous vous servez de rapières, et il y a moins de danger.

— Je ferai de mon mieux.

— Ah ! écoutez encore. Choisissez un poignard dont la coquille soit solide ; cela est fort utile pour parer. Voyez-vous cette cicatrice à ma main gauche? c'est pour être sorti un jour sans poignard. Le jeune Tallard et moi nous eûmes querelle, et, faute de poignard, je pensai perdre la main gauche.

— Et fut-il blessé? demanda Mergy d'un air distrait.

— Je le tuai, grâce à un vœu que je fis à monseigneur saint Maurice, mon patron. Ayez aussi du linge et de la charpie sur vous, cela ne peut pas nuire. On n'est pas toujours tué tout roide. Vous ferez bien aussi de faire mettre votre épée sur l'autel pendant la messe... Mais vous êtes protestant... Encore un mot. Ne vous faites pas un point d'honneur de ne pas rompre ; au contraire, faites-le marcher ; il manque d'haleine, essoufflez-le, et, quand vous trouverez votre belle, une bonne estocade dans la poitrine et votre homme est à bas.

Il aurait continué encore longtemps à donner d'aussi bons conseils, si un grand bruit de cors qui se fit entendre n'eût annoncé que le roi allait monter à cheval. La porte de l'appartement de la reine s'ouvrit, et Leurs Majestés, en costume de chasse, se dirigèrent vers le perron.

Le capitaine George, qui venait de quitter sa dame, revint à son frère, et, lui frappant sur l'épaule, lui dit d'un air joyeux :

— Par la messe, tu es un heureux vaurien ! Voyez-vous ce beau fils avec sa moustache de chat? il n'a qu'à se montrer, et voilà toutes les femmes folles de lui. Sais-tu que la belle comtesse vient de me parler de toi pendant un quart d'heure? Allons, courage ! Pendant la chasse, galope toujours à côté d'elle, et sois le plus galant que tu pourras. Mais que diable as-tu? on dirait que tu es malade; tu as la mine plus longue qu'un ministre qu'on va brûler. Allons, morbleu, de la gaieté !

— Je n'ai pas grande envie d'aller à la chasse, et je voudrais...

— Si vous ne suivez pas la chasse, dit tout bas le baron de Vaudreuil, Comminges croira que vous avez peur de le rencontrer.

— Allons, dit Mergy en passant la main sur son front brûlant.

Il jugea qu'il valait mieux attendre la fin de la chasse pour confier son aventure à son frère. Quelle honte ! pensa-t-il, si madame de Turgis croyait que j'ai peur... si elle pensait que l'idée d'un duel prochain m'empêche de prendre plaisir à la chasse.

IX

LA CHASSE

The very butcher of a silk button, a duellist, a gentleman of the very first house, — of the first and second cause : Ah ! the immortal *passado!* the *punto riverso.*

SHAKESPEARE,
Romeo and Juliet.

Un grand nombre de dames et de gentilshommes richement habillés, montés sur des chevaux superbes, s'agitaient en tout sens dans la cour du château. Le son des trompes, les cris des chiens, les bruyantes plaisanteries des cavaliers, formaient un vacarme délicieux pour les oreilles d'un chasseur, et exécrable pour toute autre oreille humaine.

Mergy suivit machinalement son frère dans la cour, et, sans savoir comment, il se trouva près de la belle comtesse, déjà masquée et montée sur un andalous fougueux qui frappait la terre du pied et mâchait son mors avec impatience ; mais, sur ce cheval qui aurait occupé toute l'attention d'un cavalier ordinaire, elle semblait aussi à l'aise qu'assise sur un fauteuil dans son appartement.

Le capitaine s'approcha, sous prétexte de resserrer la gourmette de l'andalous.

— Voici mon frère, dit-il à l'amazone à demi-voix, mais assez haut cependant pour être entendu de Mergy. Traitez doucement le pauvre garçon : il en a dans l'aile depuis un certain jour qu'il vous a vue au Louvre.

— J'ai déjà oublié son nom, répondit-elle assez brusquement. Comment s'appelle-t-il?

— Bernard. Remarquez-vous, madame, que son écharpe est de la même couleur que vos rubans.

— Sait-il monter à cheval?

— Vous en jugerez.

Il la salua, et courut auprès d'une fille d'honneur de la reine, à laquelle il rendait des soins depuis quelque temps. A demi penché sur l'arçon de sa selle, et la main sur la bride du cheval de la dame, il oublia bientôt son frère et sa belle et fière compagne.

— Vous connaissez donc Comminges, monsieur de Mergy? demanda madame de Turgis.

— Moi, madame?... fort peu, répondit-il en balbutiant.

— Mais vous lui parliez tout à l'heure !

— C'était pour la première fois.

— Je crois avoir deviné ce que vous lui avez dit.

Et sous son masque ses yeux semblaient vouloir lire jusqu'au fond de l'âme de Mergy.

Une dame, en abordant la comtesse, interrompit leur entretien, à la grande satisfaction de Mergy, qu'il embarrassait prodigieusement. Toutefois il continua de suivre la comtesse sans trop savoir pourquoi ; peut-être espérait-il causer ainsi quelque peine à Comminges, qui l'observait de loin.

On sortit du château. Un cerf fut lancé, et s'enfonça dans les bois : toute la chasse le suivit, et Mergy observa, non sans quelque étonnement, l'adresse de madame de Turgis à manier son cheval, et l'intrépidité avec laquelle elle lui faisait franchir tous les obstacles qui se présentaient sur son passage. Mergy dut à la bonté du barbe qu'il montait de ne pas se séparer d'elle ; mais, à sa grande mortification, le comte de Comminges, aussi bien monté que lui, l'accompagnait aussi, et malgré la rapidité d'un galop impétueux, malgré l'attention toute particulière qu'il mettait à la chasse, il parlait souvent à l'amazone, tandis que Mergy enviait en silence sa légèreté, son insouciance, et surtout son talent de dire des riens agréables, qui, à en juger par le déplaisir qu'il en ressentait, devaient amuser la comtesse. Au reste, les deux rivaux, animés d'une noble émulation, ne trouvaient pas de palissades assez hautes, pas de fossés assez larges pour les arrêter, et vingt fois ils risquèrent de se rompre le cou.

Tout d'un coup la comtesse, se séparant du gros de la chasse, entra dans une allée du bois faisant un angle avec celle où le roi et la reine s'étaient engagés.

— Que faites-vous? s'écria Comminges; vous perdez la voie : n'entendez-vous point de ce côté les cors et les chiens?

— Eh bien ! prenez l'autre allée ; qui vous arrête?

Comminges ne répondit rien et la suivit. Mergy fit de même, et, quand ils se furent enfoncés dans l'allée de quelque cent pas, la comtesse ralentit l'allure de son cheval. Comminges à sa droite et Mergy à sa gauche l'imitèrent aussitôt.

— Vous avez là un bon cheval de bataille, monsieur de Mergy, dit Comminges ; on ne lui voit pas une goutte de sueur.

— C'est un barbe qu'un Espagnol a vendu à mon frère. Voici la marque d'un coup d'épée qu'il a reçu à Moncontour.

— Avez-vous fait la guerre ? demanda la comtesse à Mergy.

— Non, madame.

— Ainsi, vous n'avez jamais reçu d'arquebusade?

— Non, madame.

— Ni de coup d'épée?

— Non plus.

Mergy crut s'apercevoir qu'elle souriait. Comminges relevait sa moustache d'un air goguenard.

— Rien ne sied mieux à un jeune gentilhomme, dit-il, qu'une belle blessure ; qu'en dites-vous, madame?

— Oui, si elle est bien gagnée.

— Qu'entendez-vous par bien gagnée?

— Oui, une blessure est glorieuse, gagnée sur un champ de bataille ; mais dans un duel ce n'est plus de même ; je ne connais rien de plus méprisable.

— Monsieur de Mergy, je le présume, vous a parlé avant de monter à cheval?

— Non, dit sèchement la comtesse.

Mergy conduisit son cheval auprès de Comminges :

— Monsieur, lui dit-il tout bas, aussitôt que nous aurons rejoint la chasse nous pourrons entrer dans un haut taillis, et là je prouverai, j'espère, que je ne voudrais rien faire pour éviter votre rencontre.

Comminges le regarda d'un air où se peignait un mélange de pitié et de plaisir.

— A la bonne heure, je veux bien vous croire, répondit-il ; mais, quant à la proposition que vous me faites, je ne puis l'accepter ; nous ne sommes pas des goujats, pour nous battre tout seuls ; et nos amis, qui doivent être de la fête, ne nous pardonneraient pas de ne pas les avoir attendus.

— Comme il vous plaira, monsieur, dit Mergy.

Et il se remit à côté de madame de Turgis, dont le cheval avait pris quelques pas d'avance sur le sien. La comtesse marchait la tête baissée sur sa poitrine et semblait tout entière à ses pensées. Ils arrivèrent tous les trois en silence jusqu'à un carrefour qui terminait l'allée dans laquelle ils s'étaient engagés.

— N'est-ce pas la trompe que nous entendons? demanda Comminges.

— Il me semble que le son vient de ce taillis à notre gauche, dit Mergy.

— Oui, c'est bien le cor ; j'en suis sûr maintenant, et même un cor de Bologne. Dieu me damne ! si ce n'est pas le cor de mon ami Pompignan. Vous ne sauriez croire, monsieur de Mergy, la différence qu'il y a entre un cor de Bologne et ceux que fabriquent nos misérables artisans de Paris.

— Celui-ci s'entend de loin.

— Et quel son ! comme il est nourri ! Les chiens en l'entendant oublieraient qu'ils ont couru dix lieues. Tenez, à vrai dire, on ne fait rien de bien qu'en Italie et en Flandre. Que pensez-vous de ce collet à la wallonne? Cela est bienséant pour un costume de chasse ; j'ai des collets et des fraises *à la confusion* pour aller au bal ; mais ce collet, tout simple qu'il est, croyez-vous qu'on pourrait le broder à Paris? point. Il me vient de Breda. Si vous voulez, je vous en ferai venir par un de mes amis qui est en Flandre... Mais... (Il s'interrompit par un éclat de rire). Que je suis distrait ! mon Dieu ! je n'y pensais plus !

La comtesse arrêta son cheval.

— Comminges, la chasse est devant vous, et, à en juger par le cor, le cerf est aux abois.

— Je pense que vous avez raison, belle dame.

— Et ne voulez-vous pas assister au hallali?

— Sans doute ; autrement notre réputation de chasseurs et de coureurs est perdue.

— Eh bien ! il faut se dépêcher.

— Oui, nos chevaux ont soufflé maintenant. Allons, donnez-nous le signal.

— Moi, je suis fatiguée, je reste ici. Monsieur de Mergy me fera compagnie. Allons, partez.

— Mais...

— Mais faut-il vous le dire deux fois? Piquez.

Comminges restait immobile ; le rouge lui monta au visage, et il regardait tour à tour Mergy et la comtesse d'un air furieux.

— Madame de Turgis a besoin d'un tête-à-tête, dit-il avec un sourire amer.

La comtesse étendit la main vers le taillis d'où l'on entendait le son du cor, et lui fit du bout des doigts un geste très significatif. Mais Comminges ne paraissait pas encore disposé à laisser le champ libre à son rival.

— Il paraît qu'il faut s'expliquer clairement avec vous. Laissez-nous, monsieur de Comminges, votre présence m'importune ! Me comprenez-vous, à présent?

— Parfaitement, madame, répondit-il en fureur. Et il ajouta plus bas : Mais quant à ce beau mignon de ruelle... il n'aura pas longtemps à vous amuser. Adieu, monsieur de Mergy, *au revoir !*

Il prononça ces derniers mots avec une emphase particulière, puis, piquant des deux, il partit au galop.

La comtesse arrêta son cheval, qui voulait imiter son compagnon, le remit au pas, et chemina d'abord en silence, levant la tête de temps en temps, et regardant Mergy comme si elle allait lui parler, puis détournant les yeux, honteuse de ne pouvoir trouver une phrase pour entrer en matière.

Mergy se crut obligé de commencer.

— Je suis bien fier, madame, de la préférence que vous m'avez accordée.

— Monsieur Bernard... savez-vous faire des armes ?

— Oui, madame, répondit-il étonné.

— Mais, je dis bien... très bien?

— Assez bien pour un gentilhomme, et mal sans doute pour un maître d'armes.

— Mais, dans le pays où nous vivons,

les gentilshommes sont plus forts sur les armes que les maîtres de profession.

— En effet, j'ai entendu dire que beaucoup d'entre eux perdent dans les salles d'armes un temps qu'ils pourraient mieux employer ailleurs.

— *Mieux !*

— Oui, sans doute. Ne vaut-il pas mieux causer avec les dames, dit-il en souriant, que de fondre en sueur dans une salle d'escrime?

— Dites-moi, vous êtes-vous battu souvent?

— Jamais, grâce à Dieu, madame! Mais pourquoi ces questions?

— Apprenez, pour votre gouverne, qu'on ne doit jamais demander à une femme pourquoi elle fait telle ou telle chose; du moins tel est l'usage des gentilshommes bien élevés.

— Je m'y conformerai, dit Mergy en souriant légèrement et s'inclinant sur le cou de son cheval.

— Alors... comment ferez-vous demain?

— Demain?

— Oui; ne faites pas l'étonné.

— Madame...

— Répondez-moi, je sais tout; répondez-moi! s'écria-t-elle en étendant la main vers lui avec un geste de reine. Le bout de son doigt effleura la manche de Mergy et le fit tressaillir.

— Je ferai de mon mieux, dit-il enfin.

— J'aime votre réponse; elle n'est ni d'un lâche ni d'un spadassin. Mais vous savez que pour votre début vous allez avoir affaire à un homme bien redoutable.

— Que voulez-vous? je serai sans doute fort embarrassé, comme je le suis maintenant, ajouta-t-il en souriant; je n'ai jamais vu que des paysannes et, pour mon début à la cour, je me trouve en tête à tête avec la plus belle dame de la cour de France.

— Parlons sérieusement. Comminges est la meilleure épée de cette cour, si fertile en coupe-jarrets. Il est le roi des *raffinés*.

— On le dit.

— Eh bien! n'êtes-vous point inquiet?

— Je le répète, je ferai de mon mieux. On ne doit jamais désespérer avec une bonne épée, et surtout avec l'aide de Dieu!...

— L'aide de Dieu!... interrompit-elle d'un air méprisant; n'êtes-vous pas huguenot, monsieur de Mergy?

— Oui, madame, répondit-il gravement, selon son ordinaire, à pareille question.

— Donc, vous courez plus de risques qu'un autre.

— Et pourquoi?

— Exposer sa vie n'est rien; mais vous exposez plus que votre vie, — votre âme.

— Vous raisonnez, madame, avec les idées de votre religion; les miennes sont plus rassurantes.

— Vous allez jouer un vilain jeu. Une éternité de souffrances sur un coup de dé; et les six sont contre vous!

— Dans tous les cas il en serait de même; car, si je mourais demain *catholique*, je mourrais *en péché mortel*.

— Il y a fort à dire, et la différence est grande, s'écria-t-elle, piquée de ce que Mergy lui opposait un argument tiré de sa propre croyance; nos docteurs vous expliqueront...

— Oh! sans doute, car ils expliquent tout, madame; ils prennent la liberté de changer l'Évangile suivant leurs fantaisies. Par exemple...

— Laissons cela. On ne peut causer un instant avec un huguenot sans qu'il ne vous cite à tout propos les saintes Écritures.

— C'est que nous les lisons, tandis que vos prêtres mêmes ne les connaissent pas. Mais changeons de sujet. Croyez-vous qu'à l'heure qu'il est le cerf soit pris?

— Vous êtes donc bien attaché à votre religion?

— C'est vous qui commencez, madame.

— Vous la croyez bonne?

— Bien plus, je la crois la meilleure, la seule bonne, sinon j'en changerais.

— Votre frère en a bien changé.

— Il avait ses raisons pour devenir catholique; j'ai les miennes pour rester protestant.

— Ils sont tous obstinés et sourds à la voix de la raison! s'écria-t-elle avec colère.

— Il pleuvra demain, dit Mergy en regardant le ciel.

— Monsieur de Mergy, l'amitié que j'ai pour votre frère et le danger que vous allez courir m'inspirent de l'intérêt pour vous...

Il s'inclina respectueusement.

— Vous autres hérétiques, vous n'avez point foi aux reliques?

Il sourit.

— Et vous vous croiriez souillés en les touchant? continua-t-elle... Vous refuseriez d'en porter, comme nous autres catholiques romains nous avons l'usage de le faire?

— Cet usage nous paraît, à nous autres, au moins inutile.

— Écoutez. Un de mes cousins attacha une fois une relique au cou d'un chien de chasse ; puis, à douze pas de distance, il lui tira une arquebusade chargée de chevrotines.

— Et le chien fut tué?

— Pas un plomb ne l'atteignit.

— Voilà qui est admirable ! Je voudrais bien avoir une semblable relique.

— Vraiment !... et vous la porteriez?

— Sans doute ; puisque la relique défendait un chien, à plus forte raison... Mais un instant, est-il bien sûr qu'un hérétique vaille autant que le chien... d'un catholique, s'entend?

Sans l'écouter, madame de Turgis déboutonna promptement le haut de son corps étroit ; elle tira de son sein une petite boîte d'or très plate attachée par un ruban noir.

— Tenez, dit-elle, vous m'avez promis de la porter. Vous me la rendrez un jour.

— Si je le puis, certainement.

— Mais écoutez, vous en aurez soin?... Pas de sacrilège ! Vous en aurez le plus grand soin !

— Elle vient de vous, madame !

Elle lui donna la relique, qu'il prit et passa autour de son cou.

— Un catholique aurait remercié la main qui lui donne ce saint talisman.

Mergy se saisit de sa main et voulut la porter à ses lèvres.

— Non, non, il est trop tard.

— Songez-y bien ; peut-être n'aurai-je jamais telle fortune !

— Otez mon gant, dit-elle en lui tendant la main.

En ôtant le gant, il crut sentir une légère pression. Il imprima un baiser de feu sur cette belle et blanche main.

— Monsieur Bernard, dit la comtesse d'une voix émue, serez-vous entêté jusqu'à la fin, et n'y a-t-il aucun moyen de vous toucher ? Vous convertirez-vous enfin, grâce à moi?

— Mais, je ne sais, répondit-il en riant ; priez-moi bien fort et bien longtemps. Ce qu'il y a de sûr, c'est que nulle autre que vous ne me convertira.

— Dites-moi franchement... si une femme... là... qui aurait su...

Elle s'arrêta.

— Qui aurait su?...

— Oui ; est-ce que... l'amour, par exemple?... Mais soyez franc ! parlez-moi sérieusement.

— Sérieusement? Et il cherchait à reprendre sa main.

— Oui. Est-ce que l'amour que vous auriez pour une femme d'une autre religion que la vôtre... est-ce que cet amour ne vous ferait pas changer?... Dieu se sert de toute sorte de moyens.

— Et vous voulez que je vous réponde franchement et sérieusement?

— Je l'exige.

Mergy baissa la tête et hésitait à répondre. Dans le fait, il cherchait une réponse évasive. Madame de Turgis lui faisait des avances qu'il ne se souciait pas de rejeter. D'autre part, comme il n'était à la cour que depuis quelques heures, sa conscience de province était terriblement pointilleuse.

— J'entends le hallali ! s'écria tout d'un coup la comtesse, sans attendre cette réponse si difficile.

Elle donna un coup de houssine à son cheval, et partit au galop sur-le-champ ; Mergy la suivit, mais sans pouvoir en obtenir un regard, une parole.

Ils eurent rejoint la chasse en un instant.

Le cerf s'était d'abord lancé au milieu d'un étang, d'où l'on avait eu quelque peine à le débusquer. Plusieurs cavaliers avaient mis pied à terre, et, s'armant de longues perches, avaient forcé le pauvre animal à reprendre sa course. Mais la fraîcheur de l'eau avait achevé d'épuiser ses forces. Il sortit de l'étang haletant, tirant la langue et courant par bonds irréguliers. Les chiens, au contraire, semblaient redoubler d'ardeur. A peu de distance de l'étang, le cerf, sentant qu'il lui devenait impossible d'échapper par la fuite, parut faire un dernier effort, et, s'acculant contre un gros chêne, il fit bravement tête aux chiens. Les premiers qui l'attaquèrent furent lancés en l'air, éventrés. Un cheval et son cavalier furent culbutés rudement. Hommes, chevaux et chiens, rendus prudents, formaient un grand cercle autour du cerf, mais sans oser en venir à portée de ses andouillers menaçants.

Le roi mit pied à terre avec agilité, et, le couteau de chasse à la main, tourna adroitement derrière le chêne, et d'un revers coupa le jarret du cerf. Le cerf poussa une espèce de sifflement lamentable, et s'abattit aussitôt. A l'instant vingt chiens s'élancent sur lui. Saisi à la gorge, au museau, à la langue, il était tenu immobile. De grosses larmes coulaient de ses yeux.

— Faites approcher les dames ! s'écria le roi.

Les dames s'approchèrent; presque toutes étaient descendues de leurs montures.

— Tiens, *parpaillot !* dit le roi en plongeant son couteau dans le côté du cerf.

Et il tourna la lame dans la plaie pour l'agrandir. Le sang jaillit avec force, et couvrit la figure, les mains et les habits du roi.

Parpaillot était un terme de mépris dont les catholiques désignaient souvent les calvinistes. Ce mot et la manière dont il était employé déplurent à plusieurs, tandis qu'il fut reçu par d'autres avec applaudissement.

— Le roi a l'air d'un boucher, dit assez haut, et avec une expression de dégoût, le gendre de l'Amiral, le jeune Téligny.

Des âmes charitables, comme il s'en trouve surtout à la cour, ne manquèrent pas de rapporter la réflexion au monarque, qui ne l'oublia pas.

Après avoir joui du spectacle agréable des chiens dévorant les entrailles du cerf, la cour reprit le chemin de Paris. Pendant la route, Mergy raconta à son frère l'insulte qu'il avait reçue et la provocation qui en avait été la suite. Les conseils et les remontrances étaient inutiles, et le capitaine lui promit de l'accompagner le lendemain.

LE RAFFINÉ ET LE PRÉ-AUX-CLERCS

For one must yield his breath,
Ere from the field on foot we flee.
(*The duel of Stuart and Wharton.*)

Malgré la fatigue de la chasse, Mergy passa une bonne partie de la nuit sans dormir. Une fièvre ardente l'agitait sur son lit, et donnait une activité désespérante à son imagination. Mille pensées accessoires ou même étrangères à l'événement qui se préparait pour lui venaient l'assiéger et troubler sa cervelle; plus d'une fois il s'imagina que le mouvement de fièvre qu'il ressentait n'était que le prélude d'une maladie grave qui allait se déclarer dans peu d'heures, et le clouer sur son lit. Alors que deviendrait son honneur! que dirait le monde ? que diraient surtout et madame de Turgis et Comminges ? Il aurait voulu pour beaucoup hâter l'instant fixé pour le combat.

Heureusement, au lever du soleil, il sentit son sang se calmer, et il pensa avec moins d'émotion à la rencontre qui allait avoir lieu. Il s'habilla tranquillement, et même il mit quelque recherche dans sa toilette. Il se représenta la belle comtesse accourant sur le champ de bataille, et le trouvant légèrement blessé ; elle le pansait de ses propres mains, et ne faisait plus un mystère de son amour. L'horloge du

Louvre, qui sonnait huit heures, le tira de ses idées, et presque au même instant son frère entra dans sa chambre.

Une profonde tristesse était empreinte sur son visage, et il paraissait assez qu'il n'avait pas mieux passé la nuit. Cependant il s'efforça de prendre une expression de bonne humeur et de sourire en serrant la main de Mergy.

— Voici une rapière, lui dit-il, et un poignard à coquille, tous les deux de Luno de Tolède ; vois si le poids de l'épée te convient.

Et il jeta une longue épée et un poignard sur le lit de Mergy.

Mergy tira l'épée, la fit ployer, regarda la pointe, et parut satisfait. Le poignard attira ensuite son attention : la coquille en était percée à jour d'une infinité de petits trous destinés à arrêter la pointe de l'épée ennemie, et à l'y engager de manière à n'en pas sortir facilement.

— Avec d'aussi bonnes armes, dit-il, je crois que je pourrai me défendre.

Puis, montrant la relique que madame de Turgis lui avait donnée, et qu'il avait tenue cachée sur son sein :

— Voici de plus un talisman qui préserve des coups d'épée mieux que ne ferait une cotte de mailles, ajouta-t-il en souriant.

— D'où te vient ce jouet?

— Devine un peu.

Et la vanité de paraître un favori des dames lui faisait oublier en ce moment et Comminges et l'épée de combat qui était toute nue devant lui.

— Je parie que c'est cette folle de comtesse qui te l'aura donné ! Que le diable l'emporte, elle et sa boîte !

— Sais-tu que c'est un talisman qu'elle m'a donné exprès pour m'en servir aujourd'hui?

— Elle aurait mieux fait de se montrer gantée, au lieu de chercher à faire paraître sa belle main blanche !

— Dieu me préserve, dit Mergy en rougissant beaucoup, de croire à ces reliques de papistes ; mais, si je dois succomber aujourd'hui, je veux qu'elle sache qu'en tombant j'avais ce gage sur ma poitrine.

— Quelle fatuité ! s'écria le capitaine en haussant les épaules.

— Voici une lettre pour ma mère, dit Mergy d'une voix un peu tremblante.

George la prit sans rien dire, et, s'approchant d'une table, il ouvrit une petite Bible, et lut pour se faire une contenance, pendant que son frère, achevant de s'habiller, s'occupait à nouer la profusion d'aiguillettes que l'on portait alors sur les habits.

Sur la première page qui se présenta à ses yeux, il lut ces mots écrits de la main de sa mère : « 1er mai 1547 est né mon fils Bernard. Seigneur, conduis-le dans tes voies! Seigneur, préserve-le de tout mal! » Il se mordit la lèvre avec force, et jeta le livre sur la table. Mergy, qui vit son mouvement, crut que quelque pensée impie lui était venue en tête ; il reprit la Bible d'un air grave, la remit dans un étui brodé et la serra dans une armoire avec toutes les marques d'un grand respect.

— C'est la Bible de ma mère, dit-il.

Le capitaine se promena par la chambre sans répondre.

— Ne serait-il pas temps de partir? dit Mergy en agrafant le ceinturon de son épée.

— Pas encore, et nous avons le temps de déjeuner.

Tous les deux s'assirent devant une table couverte de gâteaux de plusieurs sortes, accompagnés d'un grand pot d'argent rempli de vin. En mangeant, ils discutèrent longuement, et avec une apparence d'intérêt, le mérite de ce vin comparé avec d'autres de la cave du capitaine ; chacun d'eux s'efforçant, par une conversation aussi futile, de cacher à son compagnon les véritables sentiments de son âme.

Le capitaine se leva le premier.

— Partons, dit-il d'une voix rauque.

Il enfonça son chapeau sur ses yeux, et descendit précipitamment.

Ils entrèrent dans un bateau et traversèrent la Seine. Le batelier, qui devina sur leur mine le motif qui les conduisait au Pré-aux-Clercs, fit fort l'empressé, et, tout en ramant avec vigueur, il leur raconta très en détail comment, le mois passé, deux gentilshommes, dont l'un s'appelait le comte de Comminges, lui avaient fait l'honneur de louer son bateau pour s'y battre tous les deux à leur aise, sans crainte d'être interrompus. L'adversaire de M. de Comminges, dont il regrettait de n'avoir pas su le nom, avait été percé d'outre en outre, et de plus avait été culbuté dans la rivière, d'où lui, batelier, n'avait jamais pu le retirer.

Au moment où ils abordèrent, ils aperçurent un bateau chargé de deux hommes et traversant la rivière quelque cent pieds plus bas.

— Voici nos gens, dit le capitaine, reste là.

Et il courut au devant du bateau qui portait Comminges et le vicomte de Béville.

— Eh ! te voilà ! s'écria ce dernier. Est-ce toi, ou bien ton frère, que Comminges va tuer ?

En parlant ainsi il l'embrassait en riant.

Le capitaine et Comminges se saluèrent gravement.

— Monsieur, dit le capitaine à Comminges aussitôt qu'il se fut débarrassé des embrassades de Béville, je crois qu'il est de mon devoir de faire encore un effort pour empêcher les suites funestes d'une querelle qui n'est pas fondée sur des motifs touchant à l'honneur ; je suis sûr que mon ami (il montrait Béville) réunira ses efforts aux miens.

Béville fit une grimace négative.

— Mon frère est très jeune, poursuivit George ; sans nom comme sans expérience aux armes, il est obligé par conséquent de se montrer plus susceptible qu'un autre. Vous, monsieur, au contraire, votre réputation est faite, et votre honneur n'aura rien qu'à gagner si vous voulez bien reconnaître devant monsieur de Béville et moi que c'est par mégarde...

Comminges l'interrompit par un grand éclat de rire.

— Plaisantez-vous, mon cher capitaine, et me croyez-vous homme à quitter le lit de ma maîtresse de si bonne heure... à traverser la Seine, le tout pour faire des excuses à un morveux ?

— Vous oubliez, monsieur, que la personne dont vous parlez est mon frère, et c'est insulter...

— Quand il serait votre père, que m'importe ? Je me soucie peu de toute la famille.

— Eh bien ! monsieur, avec votre permission, vous aurez affaire avec toute la famille. Et, comme je suis l'aîné, vous commencerez par moi, s'il vous plaît.

— Pardonnez-moi, monsieur le capitaine ; je suis obligé, suivant toutes les règles du duel, de me battre avec la personne qui m'a provoqué d'abord. Votre frère a des droits de priorité *imprescriptibles*, comme on dit au Palais de Justice ; quand j'aurai terminé avec lui, je serai à vos ordres.

— Cela est parfaitement juste ! s'écria Béville, et je ne souffrirai pas, pour ma part, qu'il en soit autrement.

Mergy, surpris de la longueur du colloque, s'était rapproché à pas lents. Il arriva justement à temps pour entendre son frère accabler Comminges d'injures, jusqu'à l'appeler lâche, tandis que celui-ci répondait avec un imperturbable sang-froid :

— Après monsieur votre frère, je m'occuperai de vous.

Mergy saisit le bras de son frère :

— George, dit-il, est-ce ainsi que tu me sers, et voudrais-tu que je fasse pour toi ce que tu prétendais faire pour moi ? Monsieur, dit-il en se tournant vers Comminges je suis à vos ordres ; nous commencerons quand vous voudrez.

— A l'instant même, répondit celui-ci.

— Voilà qui est admirable, mon cher, dit Béville en serrant la main de Mergy, Si je n'ai aujourd'hui le regret de t'enterrer ici, tu iras loin, mon garçon.

Comminges ôta son pourpoint et défit les rubans de ses souliers, pour montrer par là que son intention était de ne pas reculer d'un seul pas. C'était une mode parmi les duellistes de profession. Mergy et Béville en firent autant ; le capitaine seul n'avait pas même jeté son manteau.

— Que fais-tu donc, George, mon ami ? dit Béville ; ne sais-tu pas qu'il va falloir en découdre avec moi ? Nous ne sommes pas de ces seconds qui se croisent les bras pendant que leurs amis se battent, et nous pratiquons la coutume d'Andalousie.

Le capitaine haussa les épaules.

— Tu crois donc que je plaisante ? Je te jure sur ma foi qu'il faut que tu te battes avec moi. Le diable m'emporte si tu ne te bats pas !

— Tu es un fou et un sot, dit froidement le capitaine.

— Parbleu ! tu me feras raison de ces deux mots-là, ou tu m'obligeras à quelque...

Il levait son épée, encore dans le fourreau, comme s'il eût voulu en frapper George.

— Tu le veux, dit le capitaine ; soit. En un instant il fut en chemise.

Comminges, avec une grâce toute particulière, secoua son épée en l'air, et d'un seul coup fit voler le fourreau à vingt pas. Béville en voulut faire autant ; mais le fourreau resta à moitié de la lame, ce qui passait à la fois pour une maladresse et pour un mauvais présage. Les deux frères tirèrent leurs épées avec moins d'apparat, mais ils jetèrent également leurs fourreaux, qui auraient pu les gêner. Chacun se plaça devant son adversaire, l'épée nue à la main droite et le poignard à la gauche. Les quatre fers se croisèrent en même temps.

George le premier, par cette manœuvre que les professeurs italiens appelaient alors *liscio di spada e cavare alla vita* [1], et qui consiste à opposer le fort au faible, de manière à écarter et à rabattre l'arme de son adversaire, fit sauter l'épée des mains de Béville et lui mit la pointe de la sienne sur la poitrine : mais au lieu de le percer, il baissa froidement son arme.

— Tu n'es pas de ma force, dit-il, cessons ; n'attends pas que je sois en colère.

Béville avait pâli en voyant l'épée de George si près de sa poitrine. Un peu confus, il lui tendit la main, et tous les deux ayant planté leurs épées en terre, ne pensèrent plus qu'à regarder les deux principaux acteurs de cette scène.

Mergy était brave et avait du sang-froid. Il entendait assez bien l'escrime, et sa force corporelle était bien supérieure à celle de Comminges, qui paraissait d'ailleurs se ressentir des fatigues de la nuit précédente. Pendant quelque temps il se borna à parer avec une prudence extrême, rompant la mesure quand Comminges s'avançait trop, et lui présentant toujours à la figure la pointe de sa rapière, tandis qu'avec son poignard il se couvrait la poitrine. Cette résistance inattendue irrita Comminges. On le vit pâlir. Chez un homme si brave, la pâleur n'annonçait qu'une excessive colère. Il redoubla ses attaques avec fureur. Dans une passe, il releva avec beaucoup d'adresse l'épée de Mergy et, se fendant avec impétuosité, il l'aurait infailliblement percé d'outre en outre sans une circonstance qui fut presque un miracle, et qui dérangea le coup : la pointe de la rapière rencontra le reliquaire d'or poli, qui la fit glisser et prendre une direction un peu oblique. Au lieu de pénétrer dans la poitrine, l'épée ne perça que la peau, et, en suivant une direction parallèle à la cinquième côte, ressortit à deux pouces de distance de la première blessure. Avant que Comminges pût retirer son arme, Mergy le frappa de son poignard à la tête avec tant de violence, qu'il en perdit lui-même l'équilibre et tomba à terre. Comminges tomba en même temps sur lui : en sorte que les seconds les crurent morts tous les deux.

Mergy fut bientôt sur pied, et son premier mouvement fut de ramasser son épée, qu'il avait laissé échapper dans sa chute. Comminges ne remuait pas. Béville le releva. Sa figure était couverte de sang ; et, l'ayant essuyée avec son mouchoir, il vit que le poignard était entré dans l'œil et que son ami était mort sur le coup, le fer ayant pénétré sans doute jusqu'à la cervelle.

Mergy regardait le cadavre d'un œil hagard.

— Tu es blessé, Bernard, dit le capitaine en courant à lui.

— Blessé ! dit Mergy.

Et il s'aperçut alors seulement que sa chemise était toute sanglante.

— Ce n'est rien, dit le capitaine ; le coup a glissé.

Il étancha le sang avec son mouchoir, et demanda celui de Béville pour achever le pansement. Béville laissa retomber sur l'herbe le corps qu'il tenait, et donna sur-le-champ son mouchoir ainsi que celui de Comminges qu'il alla prendre dans son pourpoint

— Tudieu ! l'ami, quel coup de poignard ! Vous avez là un furieux bras ! Mort de ma vie ! que vont dire messieurs les raffinés de Paris, si de la province leur viennent des lurons de votre espèce ? Dites-moi, de grâce, combien de duels avez-vous eus déjà ?

— Hélas ! répondit Mergy, voici le premier. Mais, au nom de Dieu ! allez secourir votre ami.

— Parbleu ! de la façon dont vous l'avez accommodé, il n'a pas besoin de secours ; la dague est entrée dans le cerveau, et le coup était si bon et si fermement asséné que... Regardez son sourcil et sa joue, la coquille du poignard s'y est imprimée comme un cachet dans de la cire.

Mergy se mit à trembler de tous ses membres, et de grosses larmes coulaient une à une sur ses joues.

Béville ramassa la dague, et considéra avec attention le sang qui en remplissait les cannelures.

— Voici un outil à qui le frère cadet de Comminges doit une fière chandelle. Cette belle dague-là le fait héritier d'une superbe fortune.

1. Froisser le fer et dégager au corps. Tous les termes d'escrime étaient alors empruntés à l'italien.

— Allons-nous-en... Emmène-moi d'ici, dit Mergy d'une voix éteinte, en prenant le bras de son frère.

— Ne t'afflige pas, dit George en l'aidant à reprendre son pourpoint. Après tout, l'homme qui est mort n'est pas trop digne qu'on le regrette.

— Pauvre Comminges ! s'écria Béville. Et dire que tu es tué par un jeune homme qui se bat pour la première fois, toi qui t'es battu près de cent fois ! Pauvre Comminges !

Ce fut la fin de son oraison funèbre.

Et jetant un dernier regard sur son ami, Béville aperçut la montre du défunt suspendue à son cou, selon l'usage d'alors.

— Parbleu ! s'écria-t-il, tu n'as plus besoin de savoir l'heure qu'il est maintenant.

Il détacha la montre et la mit dans sa poche, observant que le frère de Comminges serait bien assez riche, et qu'il voulait conserver un souvenir de son ami.

Comme les deux frères allaient s'éloigner :

— Attendez-moi ! leur cria-t-il, repassant son pourpoint à la hâte. Eh ! monsieur de Mergy, votre dague que vous oubliez ! N'allez pas la perdre au moins.

Il en essuya la lame à la chemise du mort, et courut rejoindre le jeune duelliste.

— Consolez-vous, mon cher, lui dit-il en entrant dans son bateau. Ne faites pas une si piteuse mine. Croyez-moi, au lieu de vous lamenter, allez voir votre maîtresse aujourd'hui même, tout de ce pas, et besognez si bien que dans neuf mois vous puissiez rendre à la république un citoyen en échange de celui que vous lui avez fait perdre. De la sorte le monde n'aura rien perdu par votre fait. Allons, batelier, rame comme si tu voulais gagner une pistole. Voici des gens avec des hallebardes qui s'avancent vers nous. Ce sont messieurs les sergents qui s'en viennent de la tour de Nesle, et nous ne voulons rien avoir à démêler avec eux.

XI

MAGIE BLANCHE

Cette nuit j'ai songé de poisson mort et d'œufs cassés, et j'ai appris du seigneur Anaxarque que les œufs cassés et le poisson mort signifient malencontre.

MOLIÈRE, *les Amants magnifiques.*

Ces hommes armés de hallebardes étaient des soldats du guet, dont une troupe se tenait toujours dans ce voisinage du Pré-aux-Clercs pour être à portée de s'entremettre dans les querelles qui se vidaient d'ordinaire sur ce terrain classique des duels. Suivant leur usage, ils s'étaient avancés fort lentement, et de manière à n'arriver que lorsque tout était fini. En effet, leurs tentatives pour rétablir la paix étaient souvent fort mal reçues; et plus d'une fois on avait vu des ennemis acharnés suspendre un combat à mort pour charger de concert les soldats qui essayaient de les séparer. Aussi les fonctions de cette garde se bornaient-elles généralement à secourir les blessés ou bien à emporter les morts. Cette fois les archers n'avaient que ce dernier devoir à remplir, et ils s'en acquittèrent selon leur coutume, c'est-à-dire après avoir vidé soigneusement les poches du malheureux Comminges et s'être partagé ses habits.

— Mon cher ami, dit Béville en se

tournant vers Mergy, le conseil que j'ai à vous donner, c'est de vous faire porter le plus secrètement que faire se pourra, chez maître Ambroise Paré, qui est un homme admirable pour vous recoudre une plaie et vous rhabiller un membre cassé. Bien qu'hérétique comme Calvin lui-même Il est en telle réputation de savoir, que les plus chauds catholiques ont recours à lui. Jusqu'à présent il n'y a que la marquise de Boissières qui se soit laissée mourir bravement plutôt que de devoir la vie à un huguenot. Aussi je parie dix pistoles qu'elle est en paradis.

— La blessure n'est rien, dit George ; dans trois jours elle sera fermée. Mais Comminges a des parents à Paris, et je crains qu'ils ne prennent sa mort un peu trop à cœur.

— Ah ! oui ! il y a bien une mère qui par convenance se croira obligée de poursuivre notre ami. Bah ! fais demander sa grâce par Monsieur de Châtillon, le roi l'accordera aussitôt : le roi est comme une cire molle sous les doigts de l'Amiral.

— Je voudrais, s'il était possible, dit alors Mergy d'une voix faible, je voudrais que l'Amiral ne sût rien de tout ce qui vient de se passer.

— Pourquoi donc? Croyez-vous que la vieille barbe grise sera fâchée d'apprendre de quelle gaillarde manière un protestant vient de dépêcher un catholique?

Mergy ne répondit que par un profond soupir.

— Comminges était assez connu à la cour pour que sa mort fasse du bruit, dit le capitaine. Mais tu as fait ton devoir en gentilhomme, et il n'y a rien que d'honorable pour toi dans tout ceci. Depuis bien longtemps je n'ai pas rendu visite au vieux Châtillon, et voici une occasion de renouer connaissance avec lui.

— Comme il est toujours désagréable de passer quelques heures sous les verrous de la justice, reprit Béville, je vais mener ton frère dans une maison où l'on ne s'avisera pas de chercher. Il y sera parfaitement tranquille en attendant que son affaire soit arrangée ; car je ne sais si en sa qualité d'hérétique il pourrait être reçu dans un couvent.

— Je vous remercie de votre offre, monsieur, dit Mergy ; mais je ne puis l'accepter. Je pourrais vous compromettre en le faisant.

— Point, point, mon très cher. Et puis, ne faut-il pas faire quelque chose pour ses amis? La maison où je vous logerai appartient à un de mes cousins, lequel n'est pas à Paris dans ce moment. Elle est à ma disposition. Il y a même quelqu'un à qui j'ai permis de l'habiter, et qui vous soignera : c'est une vieille fort utile à la jeunesse et qui m'est dévouée. Elle se connaît en médecine, en magie, en astronomie. Que ne fait-elle pas ! Mais son plus beau talent, c'est celui d'entremetteuse. Je veux être foudroyé si elle n'irait pas remettre une lettre d'amour à la reine si je l'en priais.

— Eh bien, dit le capitaine, nous le conduirons dans cette maison aussitôt après que maître Ambroise aura mis le premier appareil.

En parlant ainsi, ils abordèrent à la rive droite. Après avoir guindé Mergy sur un cheval, non sans quelque peine, ils le conduisirent chez le fameux chirurgien, puis de là dans une maison isolée du faubourg Saint-Antoine, et ils ne le laissèrent que le soir, couché dans un bon lit, et recommandé aux soins de la vieille.

Quand on vient de tuer un homme, et que cet homme est le premier que l'on tue, on est tourmenté pendant quelque temps, surtout aux approches de la nuit, par le souvenir de l'image de la dernière convulsion qui a précédé sa mort. On a l'esprit tellement préoccupé d'idées noires, qu'on peut à grand'peine prendre part à la conversation la plus simple ; elle fatigue et ennuie ; et d'un autre côté l'on a peur de la solitude, parce qu'elle donne encore plus d'énergie à ces idées accablantes. Malgré les visites fréquentes de Béville et du capitaine, Mergy passa dans une tristesse affreuse les premiers jours qui suivirent son duel. Une fièvre assez forte, causée par sa blessure, le privait de sommeil pendant les nuits, et c'était alors qu'il était le plus malheureux. L'idée seule que madame de Turgis pensait à lui et avait admiré son courage le consolait un peu, mais ne le calmait pas.

Une nuit, oppressé par la chaleur étouffante, c'était au mois de juillet, il voulut sortir de sa chambre pour se promener et respirer l'air dans un jardin planté d'arbres, au milieu duquel était située la maison. Il mit un manteau sur ses épaules et voulut sortir ; mais il trouva que la porte de sa chambre était fermée à clef en dehors. Il pensa que ce ne pouvait être qu'une méprise de la vieille qui le servait ; et comme elle couchait loin de lui, et qu'à cette heure elle devait être profondément endormie, il jugea tout à fait inutile de l'appeler. D'ailleurs sa fenêtre était peu élevée : au bas la terre était molle, pour avoir été fraîchement remuée. En un instant il se trouva dans le jardin. Le temps était couvert ; pas une étoile ne *montrait le bout de son nez*, et de rares bouffées de vent traversaient de temps en temps, et comme avec peine, l'air chaud et lourd. Il était environ deux heures du matin, et le plus profond silence régnait aux environs.

Mergy se promena quelque temps absorbé dans ses rêveries. Elles furent interrompues par un coup frappé à la porte de la rue. C'était un coup de marteau faible et comme mystérieux, celui qui frappait paraissant compter que quelqu'un serait aux écoutes pour lui ouvrir. Une visite dans une maison isolée, à pareille heure, avait de quoi surprendre. Mergy se tint immobile dans un endroit sombre du jardin, d'où il pouvait tout observer sans être vu. Une femme, qui ne pouvait être autre que la vieille, sortit sur-le-champ de la maison, une lanterne sourde à la main ; elle ouvrit, et quelqu'un entra couvert d'un grand manteau noir garni d'un capuchon.

La curiosité de Bernard fut vivement excitée. La taille, et autant qu'il en pouvait juger, les vêtements de la personne qui venait d'arriver indiquaient une femme. La vieille la salua avec toutes les marques d'un grand respect, tandis que la femme au manteau noir lui fit à peine une inclination de tête. En revanche, elle lui mit dans la main quelque chose que la vieille parut recevoir avec grand plaisir. Un bruit clair et métallique qui se fit entendre, et l'empressement de la vieille à se baisser et à chercher à terre, firent conclure à Mergy qu'elle venait de recevoir de l'argent. Les deux femmes se dirigèrent vers le jardin, la vieille marchant la première et cachant sa lanterne. Au fond du jardin, il y avait une espèce de cabinet de verdure formé par des tilleuls plantés en cercle et réunis par une charmille fort épaisse, et qui pouvait assez bien remplacer un mur. Deux entrées, ou deux portes, conduisaient à ce bosquet, au milieu duquel était une petite table de pierre. C'est là qu'entrèrent la vieille et la femme voilée. Mergy, retenant son haleine, les suivit à pas de loup, et se plaça derrière la charmille, de manière à bien entendre et à voir autant que le peu de lumière qui éclairait cette scène pouvait le lui permettre.

La vieille commença par allumer quelque chose qui brûla aussitôt dans un réchaud placé au milieu de la table en répandant une lumière pâle et bleuâtre, comme celle de l'esprit-de-vin mêlé avec du sel. Elle éteignit ensuite ou cacha sa lanterne, de sorte qu'à la lueur tremblotante qui sortait du réchaud, Mergy aurait pu difficilement reconnaître les traits de l'étrangère, quand même ils n'auraient pas été cachés par un voile et un capuchon. Pour la taille et la tournure de la vieille, il n'eut pas de peine à les reconnaître ; seulement il observa que son visage était barbouillé d'une couleur foncée qui la faisait paraître, sous sa coiffe blanche, comme une statue de bronze. La table était couverte de choses étranges qu'il entrevoyait à peine. Elles paraissaient rangées dans un certain ordre bizarre, et il crut distinguer des fruits, des ossements et des lambeaux de linge ensanglantés. Une petite figure d'homme haute d'un pied tout au plus, et faite en cire, à ce qu'il paraissait, était placée au-dessus de ces linges dégoûtants.

— Eh bien, Camille, dit à voix basse la dame voilée, il va mieux, me dis-tu?

Cette voix fit tressaillir Mergy.

— Un peu mieux, madame, répondit la vieille, grâce à notre art. Pourtant, avec ces lambeaux et aussi peu de sang qu'il y en a sur ces compresses, il m'a été difficile de faire grand'chose.

— Et que dit maître Ambroise Paré?

— Lui, cet ignorant ! qu'importe ce qu'il dit? Moi, je vous assure que la blessure est profonde, dangereuse, terrible, et que ce n'est que par les règles de la sympathie magique qu'elle peut guérir ; mais il faut souvent sacrifier aux esprits de la terre et de l'air... et pour sacrifier.. .

La dame la comprit aussitôt.

— S'il guérit, dit-elle, tu auras le double de ce que je viens de te donner.

— Ayez bonne espérance, et comptez sur moi.

— Ah ! Camille, s'il allait mourir !

— Tranquillisez-vous ; les esprits sont cléments, les astres nous protègent, et le dernier sacrifice du bélier noir a favorablement disposé l'*Autre*.

— Je t'apporte ce que j'ai eu tant de peine à me procurer. Je l'ai fait acheter à un des archers qui ont dépouillé le cadavre.

Elle tira quelque chose de dessous son manteau, et Mergy vit briller la lame d'une épée. La vieille la prit, et l'approcha de la flamme pour l'examiner.

— Grâce au ciel, la lame est sanglante et rouillée ! Oui, son sang est comme celui du basilic du Cathay, il laisse sur l'acier une trace que rien ne peut effacer.

Elle regardait la lame, et il était évident que la dame voilée éprouvait une émotion extraordinaire.

— Vois, Camille, comme le sang est près de la poignée. Ce coup est peut-être mortel.

— Ce sang n'est pas celui du cœur ; il guérira.

— Il guérira?

— Oui, mais pour être atteint d'une maladie incurable.

— Quelle maladie?

— L'amour.

— Ah ! Camille, dis-tu vrai?

— Eh ! quand ai-je manqué à dire la vérité? quand mes prédictions se sont-elles trouvées en défaut? Ne vous avais-je pas prédit qu'il sortirait vainqueur du combat? Ne vous avais-je pas annoncé que les esprits combattraient pour lui? N'ai-je pas enterré au lieu même où il devait se battre une poule noire et une épée bénite par un prêtre?

— Il est vrai.

— Vous-même, n'avez-vous point percé au cœur l'image de son adversaire, dirigeant ainsi les coups de l'homme pour qui j'ai employé ma science?

— Oui, Camille, j'ai percé au cœur l'image de Comminges ; mais on dit que c'est d'un coup à la tête qu'il est mort.

— Sans doute, le fer a frappé sa tête ; mais, s'il est mort, n'est-ce pas que le sang de son cœur s'est coagulé?

La dame voilée parut écrasée par la force de l'argument. Elle se tut. La vieille arrosait d'huile et de baume la lame de l'épée, et l'enveloppait de bandes avec le plus grand soin.

— Voyez-vous, madame, cette huile de scorpion, dont je frotte cette épée, est portée par une vertu sympathique dans la plaie de ce jeune homme. Il ressent les effets de ce baume africain, comme si je le versais sur sa blessure ; et, s'il me prenait envie de mettre la pointe de l'épée rougir dans le feu, le pauvre malade sentirait autant de douleur que s'il était brûlé vif.

— Oh ! garde-t'en bien !

— Un certain soir j'étais au coin du feu, fort occupée à frotter de baume une épée, afin de guérir un jeune gentilhomme à qui elle avait fait deux affreuses plaies à la tête. Je m'endormis sur ma tâche. Tout d'un coup le laquais du malade vint frapper à ma porte ; il me dit que son maître souffrait mort et passion, et qu'à l'instant où il l'avait quitté il était comme sur un brasier ardent. Savez-vous ce qui était arrivé? L'épée, par mégarde, avait glissé et la lame était en ce moment sur les charbons. Je la retirai aussitôt, et je dis au laquais qu'à son retour son maître se trouverait tout à fait à son aise. En effet, je plongeai tout aussitôt l'épée dans de l'eau glacée avec un mélange de quelques drogues, et j'allai visiter mon malade. En entrant, il me dit :

» — Ah ! ma bonne Camille, que je suis bien dans ce moment ! Il me semble que je suis dans un bain d'eau fraîche, tandis que tout à l'heure j'étais comme saint Laurent sur le gril.

Elle acheva le pansement de l'épée, et dit d'un air satisfait :

— Voilà qui est bien. Maintenant je suis sûre de sa guérison, et dès à présent vous pouvez vous occuper de la dernière cérémonie.

Elle jeta quelques pincées d'une poudre odoriférante sur la flamme, et prononça des mots barbares en faisant des signes de croix continuels. Alors la dame prit l'image de cire d'une main tremblante, et la tenant au-dessus du réchaud, elle prononça ces paroles d'une voix émue :

— *De même que cette cire s'amollit et se brûle à la flamme de ce réchaud, ainsi, ô Bernard Mergy, puisse ton cœur s'amollir, et brûler d'amour pour moi !*

— Bien. Voici maintenant une bougie verte, coulée à minuit, suivant les règles de l'art. Demain allumez-la devant l'autel de la Vierge.

— Je le ferai ; mais, malgré toutes tes promesses, je suis horriblement inquiète. Hier j'ai rêvé qu'il était mort.

— Étiez-vous couchée sur le côté droit ou sur le gauche?

— Sur... sur quel côté a-t-on des songes véritables?

— Dites-moi d'abord sur quel côté vous

dormez. Je le vois, vous voudriez vous abuser vous-même, et vous faire illusion.

— Je dors toujours sur le côté droit.

— Rassurez-vous, votre songe n'annonce rien que de très heureux.

— Dieu le veuille !... Mais il m'est apparu tout pâle, sanglant, enveloppé dans un linceul...

En parlant ainsi elle tourna la tête et vit Mergy debout à l'une des entrées du bosquet. La surprise lui fit pousser un cri si perçant, que Mergy lui-même en fut étonné. La vieille, soit à dessein, soit par mégarde, renversa le réchaud, et à l'instant s'éleva jusqu'à la cime des tilleuls une flamme brillante qui aveugla Mergy pendant quelques instants. Les deux femmes s'étaient échappées sur-le-champ par l'autre issue du bosquet. Aussitôt que Mergy put distinguer l'ouverture de la charmille, il se mit à les poursuivre; mais de prime abord il pensa tomber, quelque chose s'étant embarrassé dans ses jambes. Il reconnut que c'était l'épée à laquelle il devait sa guérison. Il perdit quelque temps à l'écarter et à trouver son chemin ; et au moment où, arrivé dans une allée large et droite,

il pensait que rien ne pourrait l'empêcher de rejoindre les fugitives, il entendit la porte de la rue se refermer. Elles étaient hors d'atteinte.

Un peu mortifié d'avoir laissé échapper une si belle proie, il regagna sa chambre à tâtons, et se jeta sur son lit. Toutes les pensées lugubres étaient bannies de son esprit, et les remords, s'il en avait, ou les inquiétudes que pouvait lui causer sa position, avaient disparu comme par enchantement. Il ne pensait plus qu'au bonheur d'aimer la plus belle femme de Paris et d'être aimé d'elle ; car il ne pouvait douter que madame de Turgis ne fût la dame voilée. Il s'endormit un peu après le lever du soleil, et ne se réveilla que lorsqu'il était grand jour depuis plusieurs heures. Sur son oreiller il trouva un billet cacheté déposé là sans qu'il sût comment. Il l'ouvrit, et lut ces mots : « Cavalier, l'honneur d'une dame dépend de votre discrétion. »

Quelques instants après, la vieille entra pour lui apporter un bouillon. Elle portait ce jour-là, contre son usage, un chapelet à gros grains pendu à sa ceinture. Sa peau, soigneusement lavée, n'offrait plus l'apparence du bronze, mais d'un parchemin enfumé. Elle marchait à pas lents et les yeux baissés, comme une personne qui craint que la vue des choses terrestres ne la trouble dans ses contemplations divines.

Mergy crut que, pour pratiquer plus méritoirement la vertu que le billet mystérieux lui recommandait, il devait avant tout s'instruire à fond de ce qu'il devait taire à tout le monde. Tenant le bouillon à la main, et sans laisser à la vieille Marthe le temps de gagner la porte :

— Vous ne m'aviez pas dit que vous vous nommiez Camille?...

— Camille?... Je m'appelle Marthe, mon bon monsieur... Marthe Michelin, dit la vieille, affectant d'être fort surprise de la question.

— Eh bien ! soit ; vous vous faites appeler Marthe par les hommes ; mais c'est sous le nom de Camille que vous connaissent les esprits.

— Les esprits !... Doux Jésus ! que voulez-vous dire?

Elle fit un grand signe de croix.

— Allons, point de feintises avec moi ; je n'en dirai rien à personne, et tout ceci est entre nous. Quelle est la dame qui prend tant intérêt à ma santé?

— La dame qui?...

— Allons, ne répétez pas tout ce que je dis, et parlez franchement. Foi de gentilhomme ! je ne vous trahirai pas.

— En vérité, mon bon monsieur, je ne sais ce que vous voulez dire.

Mergy ne put s'empêcher de rire de la voir prendre un air étonné et mettre la main sur son cœur. Il tira une pièce d'or de sa bourse, pendue au chevet de son lit, et la présenta à la vieille.

— Tenez, bonne Camille, vous prenez tant de soin de moi, et vous vous donnez tant de peine à frotter des épées avec du baume de scorpions, le tout pour me guérir qu'en vérité il y a longtemps que j'aurais dû vous faire un cadeau.

— Hélas ! mon gentilhomme, en vérité, en vérité, je ne comprends rien à ce que vous me dites.

— Morbleu ! Marthe, ou bien Camille, ne me mettez pas en colère, et répondez ! Quelle est la dame pour qui vous avez fait toute cette belle sorcellerie la nuit passée?

— Ah ! mon doux Sauveur, il se met en colère... Est-ce qu'il aurait le délire?

Mergy, impatienté, saisit son oreiller et le lui jeta à la tête. La vieille le remit avec soumission sur le lit, ramassa l'écu d'or qui était tombé par terre ; et, comme le capitaine entra dans ce moment, elle fut débarrassée de la crainte d'un interrogatoire qui aurait pu finir désagréablement pour elle.

XII

LA CALOMNIE

K. HENRY IV
Thou dost belie him, Percy, thou dost belie him.
SHAKESPEARE, *K. Henry IV*.

George était allé chez l'Amiral le matin même pour lui parler de son frère. En deux mots il lui avait conté l'aventure.

L'Amiral, en l'écoutant, écrasait entre ses dents le cure-dent qu'il avait à la bouche : c'était chez lui un signe d'impatience.

— Je connais déjà cette affaire, dit-il, et je m'étonne que vous m'en parliez, car elle est assez publique.

— Si je vous importune, monsieur l'Amiral, c'est que je sais l'intérêt que vous baignez prendre à notre famille, et j'ose espérer que vous voudrez bien solliciter le roi en faveur de mon frère. Votre crédit auprès de Sa Majesté...

— Mon crédit, si j'en ai, interrompit

vivement l'Amiral, mon crédit tient à ce que je n'adresse jamais que des demandes justes à Sa Majesté.

En prononçant ce mot il se découvrit avec respect.

— La circonstance qui oblige mon frère à recourir à votre bonté n'est malheureusement que trop commune aujourd'hui. Le roi a signé l'année dernière plus de quinze cents lettres de grâce, et l'adversaire de Bernard lui-même a souvent joui de leur immunité.

— Votre frère a été l'agresseur. Peut-être, et je voudrais que cela fût vrai, n'a-t-il fait que suivre de détestables conseils.

Il regardait fixement le capitaine en parlant ainsi.

— J'ai fait quelques efforts pour empêcher les suites funestes de la querelle ; mais vous savez que monsieur de Comminges n'était pas d'une humeur à jamais accorder d'autre satisfaction que celle qui se donne à la pointe de l'épée. L'honneur d'un gentilhomme et l'opinion des dames ont...

— Voilà donc le langage que vous tenez à ce jeune homme ! sans doute vous aspirez à en faire un *raffiné ?* Oh ! que son père gémirait s'il apprenait quel mépris son fils a pour ses conseils ! — Bon Dieu ! voilà à peine deux ans que les guerres civiles sont éteintes, et ils ont déjà oublié les flots de sang qu'ils y ont versés. Ils ne sont point encore contents ; il faut que chaque jour des Français égorgent des Français !

— Si j'avais su, monsieur, que ma demande vous fût désagréable...

— Écoutez, monsieur de Mergy, je pourrais faire violence à mes sentiments comme chrétien, et excuser la provocation de votre frère ; mais sa conduite dans le duel qui l'a suivie, selon le bruit public, n'a pas été...

— Que voulez-vous dire, monsieur l'Amiral?

— Que le combat n'a pas eu lieu d'une manière loyale et comme il est d'usage parmi les gentilshommes français.

— Et qui a osé répandre une aussi infâme calomnie? s'écria George, les yeux étincelants de fureur.

— Calmez-vous. Vous n'aurez point de cartel à envoyer, car on ne se bat pas encore avec les femmes... La mère de Comminges a donné au roi des détails qui ne sont point à l'honneur de votre frère. Ils expliqueraient comment un si redoutable champion a succombé si facilement sous les coups d'un enfant à peine sorti de page.

— La douleur d'une mère est si grande et si juste ! Faut-il s'étonner qu'elle ne puisse voir la vérité quand ses yeux sont encore baignés de larmes? Je me flatte, monsieur l'Amiral, que vous ne jugerez pas mon frère sur le récit de madame de Comminges.

Coligny parut ébranlé, et sa voix perdit un peu de son amère ironie.

— Vous ne pouvez nier cependant que Béville, le second de Comminges, ne fût votre ami intime.

— Je le connais depuis longtemps, et même je lui ai des obligations. Mais Comminges était aussi familier avec lui. D'ailleurs, c'est Comminges qui l'a choisi pour son second. Enfin, la bravoure et l'honneur de Béville le mettent à l'abri de tout soupçon de déloyauté.

L'Amiral contracta sa bouche d'un air de mépris profond.

— L'honneur de Béville ! répéta-t-il en haussant les épaules ; un athée ! un homme perdu de débauche !

— Oui, Béville est un homme d'honneur ! s'écria le capitaine avec force. Mais pourquoi tant de discours? Moi aussi n'étais-je pas présent à ce duel? Est-ce à vous, monsieur l'Amiral, à mettre en question notre honneur et à nous accuser d'assassinat?

Il y avait dans son ton quelque chose de menaçant. Coligny ne comprit pas ou méprisa l'allusion au meurtre du duc François de Guise, que la haine des catholiques lui avait attribué. Ses traits reprirent même une calme immobilité.

— Monsieur de Mergy, dit-il d'un ton froid et dédaigneux, un homme qui a renié sa religion n'a plus le droit de parler de son honneur, car personne n'y croirait.

La figure du capitaine devint d'un rouge pourpre, et un instant après d'une pâleur mortelle. Il recula deux pas, comme pour ne pas succomber à la tentation de frapper le vieillard.

— Monsieur ! s'écria-t-il, votre âge et votre rang vous permettent d'insulter impunément un pauvre gentilhomme dans ce qu'il a de plus précieux. Mais, je vous en supplie, ordonnez à l'un de vos gentilshommes ou à plusieurs de soutenir les paroles que vous avez prononcées.

Je jure Dieu que je les leur ferai avaler jusqu'à ce qu'elles les étouffent.

— C'est sans doute une pratique de messieurs les raffinés. Je ne suis point leurs usages, et je chasse mes gentilshommes s'ils les imitent.

En parlant ainsi il lui tourna le dos. Le capitaine, la rage dans l'âme, sortit de l'hôtel de Châtillon, sauta sur son cheval, et, comme pour soulager sa fureur, il fit galoper à outrance le pauvre animal en lui labourant les flancs à coups d'éperons. Dans sa course impétueuse il manqua d'écraser nombre de paisibles passants, et il est fort heureux qu'il ne se trouvât pas un seul raffiné sur son passage ; car, de l'humeur qui le possédait, il est certain qu'il aurait saisi aux cheveux une occasion de mettre flamberge au vent.

Parvenu jusqu'à Vincennes, l'agitation de son sang commençait à se calmer. Il tourna bride et ramena vers Paris son cheval sanglant et trempé de sueur.

— Pauvre ami, disait-il avec un sourire amer, c'est toi que je punis de l'insulte qu'il m'a faite !

Et, en flattant le cou de sa victime innocente, il revint au pas jusque chez son frère. Il lui dit simplement que l'Amiral avait refusé de s'entremettre pour lui, supprimant les détails de leur conversation.

Mais quelques moments après entra Béville, qui d'abord sauta au cou de Mergy en lui disant :

— Je vous félicite, mon cher, voici votre grâce, et c'est à la sollicitation de la reine que vous l'avez obtenue.

Mergy montra moins de surprise que son frère. Dans son âme il attribuait cette faveur à la dame voilée, c'est-à-dire à la comtesse de Turgis.

XIII

LE RENDEZ-VOUS

> **Madame va venir dans cette salle basse,**
> **Et d'un mot d'entretien vous demande la grâce.**
> MOLIÈRE, *Tartufe.*

Mergy revint partager le logis de son frère ; il alla remercier la reine mère et reparut à la cour. En entrant dans le Louvre, il s'aperçut qu'il avait hérité en quelque sorte de la considération de Comminges. Des gens qu'il ne connaissait que de vue le saluaient d'un air humble et familier. Les hommes, en lui parlant, cachaient mal leur envie sous les dehors d'une politesse empressée, les femmes le lorgnaient et lui faisaient des agaceries ; car la réputation de duelliste était alors surtout un moyen certain de toucher leur cœur. Trois ou quatre hommes tués en combat singulier tenaient lieu de beauté, de richesse et d'esprit. Bref, quand notre héros paraissait dans la galerie du Louvre, il entendait un murmure s'élever autour de lui. « Voici le jeune Mergy, qui a tué Comminges. — Comme il est jeune ! Quelle gracieuse tournure ! — Comme il a bon air ! — Comme sa moustache est bravement troussée ! — Sait-on qui est sa maîtresse ? »

Et Mergy cherchait en vain dans la foule les yeux bleus et les sourcils noirs de madame de Turgis. Il se présenta même chez elle ; mais il apprit que fort peu de temps après la mort de Comminges elle était partie pour une de ses terres, éloignée de Paris de vingt lieues. S'il fallait en croire les mauvaises langues, la douleur que lui avait causée la mort de l'homme qui lui rendait des soins l'avait obligée de chercher une retraite où elle pût en paix entretenir ses ennuis.

Un matin, tandis que le capitaine, étendu sur un lit de repos, lisait, en attendant le déjeuner, *la Vie très horrifique de Pantagruel*, et que son frère prenait une leçon de guitare sous la direction de signor Uberto Vinibella, un laquais vint annoncer à Bernard qu'une vieille très proprement habillée l'attendait dans la salle basse, et que, d'un air de mystère, elle avait demandé à l'entretenir. Il descendit aussitôt, et reçut des mains tannées d'une vieille, qui n'était ni Marthe ni Camille, une lettre qui répandait un doux parfum : elle était scellée avec un fil d'or et un large cachet de cire verte, sur lequel, au lieu d'armoiries, on ne voyait qu'un Amour mettant le doigt sur sa bouche, avec cette devise castillane : CALLAD[1]. Il l'ouvrit, et n'y trouva qu'une seule ligne en espagnol, qu'il eut quelque peine à comprendre : *Esta noche, una dama espera á V. M.*[2].

— Qui vous a donné cette lettre? demanda-t-il à la vieille.

— Une dame.

— Son nom?

— Je ne sais : elle est Espagnole, à ce qu'elle dit.

— D'où me connaît-elle ?

La vieille haussa les épaules.

— Votre réputation et votre galanterie vous ont attiré cette mauvaise affaire, dit-elle d'un ton goguenard ; mais répondez-moi, viendrez-vous?

— Où faut-il aller?

— Trouvez-vous ce soir, à huit heures et demie, dans l'église Saint-Germain-l'Auxerrois, du côté gauche de la nef.

— Et c'est à l'église que je dois voir cette dame?

— Non ; quelqu'un viendra vous chercher pour vous conduire chez elle. Mais soyez discret et venez seul.

— Oui.

— Vous le promettez?

— Je vous donne ma parole.

— Adieu donc. Surtout ne me suivez pas.

Elle fit une révérence profonde et sortit aussitôt.

— Eh bien, que te voulait cette noble entremetteuse? demanda le capitaine lorsque son frère fut remonté et le maître de guitare parti.

— Oh ! rien, répondit Mergy d'un air d'indifférence, et regardant avec beaucoup d'attention la madone dont il a été parlé.

— Allons, point de mystère avec moi. Faut-il t'accompagner à un rendez-vous, garder la rue, et recevoir les jaloux à grands coups de plat d'épée?

— Rien, te dis-je.

— Oh ! comme il te plaira. Garde pour toi ton secret, si tu veux ; mais, tiens, je gage que tu as pour le moins autant envie de me le conter que moi de l'apprendre.

Mergy pinça d'un air distrait quelques cordes de sa guitare.

— A propos, George, je ne puis aller souper ce soir chez monsieur de Vaudreuil.

— Ah ! c'est donc pour ce soir? Est-elle jolie? est-ce une dame de la cour? une bourgeoise? une marchande?

— En vérité, je ne sais. Je dois être présenté à une dame... qui n'est pas de ce pays... Mais à qui...? c'est ce que j'ignore.

— Mais tu sais au moins où tu dois la rencontrer?

Bernard montra le billet, et répéta ce que la vieille venait de lui dire.

— L'écriture est contrefaite, dit le capitaine, et je ne sais que penser de toutes ces précautions.

— Ce doit être quelque grande dame, George.

— Voilà bien nos jeunes gens, qui, pour le plus léger motif, s'imaginent que les dames les plus huppées vont se jeter à leur tête.

— Sens donc le parfum qu'exhale ce billet.

— Qu'est-ce que cela prouve?

Le front du capitaine se rembrunit tout d'un coup, et une idée sinistre se présenta à son esprit.

— Les Comminges sont rancuniers, dit-il, et peut-être cette lettre n'est-elle qu'une invention de leur part pour t'attirer dans quelque réduit, à l'écart, où ils te feront payer cher le coup de poignard qui les a fait hériter.

— Bon ! quelle idée !

— Ce ne serait pas la première fois qu'on aurait fait servir l'amour pour la vengeance. Tu as lu la Bible ; souviens-toi de Samson trahi par Dalila.

— Il faudrait que je fusse bien poltron pour qu'une conjecture aussi improbable

1. Taisez-vous.
2. Une dame vous attend ce soir.

me fît manquer un rendez-vous qui sera peut-être délicieux ! Une Espagnole !...

— Au moins vas-y bien armé. Si tu veux, je te ferai suivre par mes deux laquais.

— Fi donc ! faut-il rendre la ville témoin de mes bonnes fortunes?

— C'est assez l'usage aujourd'hui. Que de fois ai-je vu d'Ardelay, mon grand ami, allant voir sa maîtresse avec une cotte de mailles sur le dos, deux pistolets à sa ceinture !... et derrière lui marchaient quatre soldats de sa compagnie, chacun avec un poitrinal chargé. Tu ne connais pas encore Paris, mon camarade ; et crois-moi, le trop de précautions ne nuit jamais. On en est quitte pour ôter sa cotte de mailles quand elle devient gênante.

— Je suis tout à fait sans inquiétudes. Si les parents de Comminges m'en voulaient, ils auraient pu facilement m'attaquer la nuit dans la rue.

— Enfin, je ne te laisserai sortir qu'à condition que tu prendras tes pistolets.

— A la bonne heure ! mais on se moquera de moi.

— Maintenant ce n'est pas tout ; il faut encore bien dîner, manger deux perdrix et force crêtes de coq en pâté, afin de faire honneur ce soir à la famille des Mergy.

Bernard se retira dans sa chambre, où il passa quatre heures au moins à se peigner, se friser, se parfumer, enfin à étudier les discours éloquents qu'il se proposait de tenir à la belle inconnue.

Je laisse à penser s'il fut exact au rendez-vous. Depuis plus d'une demi-heure il se promenait dans l'église. Il avait déjà compté trois fois les cierges, les colonnes et les *ex voto*, quand une vieille femme, enveloppée soigneusement dans une cape brune, lui prit la main, et, sans dire un seul mot, l'emmena dans la rue. Toujours observant le même silence, elle le conduisit, après plusieurs détours, dans une ruelle fort étroite et en apparence inhabitée. Elle s'arrêta tout au fond, devant une petite porte en ogive et fort basse, qu'elle ouvrit avec une clef qu'elle tira de sa poche. Elle entra la première, et Mergy la suivit, la tenant par sa cape à cause de l'obscurité. Une fois entré, il entendit tirer derrière lui d'énormes verrous. Son guide le prévint alors à voix basse qu'il était au pied d'un escalier, et qu'il y avait vingt-sept marches à monter. L'escalier était fort étroit, et les marches tout usées et inégales manquèrent plus d'une fois de le faire tomber. Enfin, après la vingt-septième marche, terminée par un petit palier, une porte fut ouverte par la vieille, et une lumière éblouit un instant les yeux de Mergy. Il entra aussitôt dans une chambre beaucoup plus élégamment meublée que ne l'annonçait l'apparence extérieure de la maison.

Les murailles étaient tendues d'une tapisserie à fleurs, un peu passée, il est vrai, mais encore fort propre. Au milieu de la chambre il vit une table éclairée par deux flambeaux de cire rose, et couverte de plusieurs espèces de fruits et de gâteaux, avec des verres et des flacons de cristal, remplis, comme il semblait, de vins de différentes espèces. Deux grands fauteuils placés aux deux bouts de la table paraissaient attendre des convives. Dans une alcôve à moitié fermée par des rideaux de soie, était un lit très orné et couvert de satin cramoisi. Plusieurs cassolettes répandaient un parfum voluptueux dans l'appartement.

La vieille ôta sa cape, et Mergy son manteau. Il reconnut aussitôt la messagère qui lui avait apporté la lettre.

— Sainte Marie ! s'écria la vieille en apercevant les pistolets et l'épée de Mergy, croyez-vous donc que vous allez avoir à pourfendre des géants? Mon beau cavalier, il ne s'agit pas ici de frapper de grands coups d'épée.

— J'aime à le croire ; mais il se pourrait que des frères ou un mari d'humeur chagrine vinssent troubler notre entretien, et voilà pour leur jeter de la poudre aux yeux.

— Vous n'avez rien de semblable à craindre ici. Mais, dites-moi, comment trouvez-vous cette chambre?

— Fort belle, assurément ; mais je m'y ennuierais toutefois si je devais y rester seul.

— Quelqu'un va venir qui vous tiendra compagnie. Mais, d'abord, vous allez me faire une promesse.

— Laquelle?

— Si vous êtes catholique, vous allez étendre la main sur ce crucifix (elle en tira un d'une armoire) ; si vous êtes huguenot, vous jurerez par Calvin... Luther, tous vos dieux, enfin...

— Et que faut-il que je jure? interrompit-il en riant.

— Vous jurerez de ne faire aucun effort

pour chercher à connaître la dame qui va venir ici.

— La condition est rigoureuse.

— Voyez. Jurez, ou bien je vous reconduis dans la rue.

— Allons, je vous donne ma parole ; elle vaut bien les serments ridicules que vous me proposez.

— Voilà qui est bien. Attendez patiemment ; mangez, buvez, si vous en avez envie, tout à l'heure vous verrez venir la dame espagnole.

Elle prit sa mante et partit en fermant la porte à double tour.

Mergy se jeta dans un fauteuil. Son cœur battait avec violence ; il éprouvait une émotion aussi forte et presque de même nature que celle qu'il avait ressentie peu de jours auparavant dans le Pré-aux-Clercs, au moment de rencontrer son ennemi.

Le plus profond silence régnait dans la maison, et un mortel quart d'heure se passa, pendant lequel son imagination lui représenta tour à tour Vénus sortant de la tapisserie pour se jeter dans ses bras ; la comtesse de Turgis en habit de chasse ; une princesse du sang royal ; une bande d'assassins, et enfin la plus horrible idée, une vieille femme amoureuse.

Tout à coup, sans que le moindre bruit eût annoncé que quelqu'un venait d'entrer dans la maison, la clef tourna rapidement dans la serrure ; la porte s'ouvrit et se referma comme d'elle-même, aussitôt qu'une femme masquée fut entrée dans la chambre.

Sa taille était haute et bien prise. Une robe très serrée du corsage faisait ressortir l'élégance de sa tournure ; mais ni un pied mignon, chaussé d'un patin de velours blanc, ni une petite main, par malheur couverte d'un gant brodé, ne pouvaient laisser deviner au juste l'âge de l'inconnue. Je ne sais quoi, peut-être une influence magnétique, ou, si l'on veut, un pressentiment, faisait croire qu'elle n'avait pas plus de vingt-cinq ans. Sa toilette était riche, galante et simple tout à la fois.

Mergy se leva aussitôt, et mit un genou en terre devant elle. La dame fit un pas vers lui, et lui dit d'une voix douce :

— *Dios os guarde, caballero. Sea V. M. el bien venido*[1].

Mergy fit un mouvement de surprise.

— *Habla V. M. español*[1]?

Mergy ne parlait pas l'espagnol et l'entendait à peine.

La dame parut contrariée.. Elle se laissa conduire à l'un des fauteuils où elle s'assit, et fit signe à Mergy de prendre l'autre. Alors elle commença la conversation en français, mais avec un fort accent étranger qui quelquefois était très fort et comme outré, et qui, par moments, cessait tout à fait.

— Monsieur, votre grande vaillance m'a fait oublier la réserve habituelle de notre sexe ; j'ai voulu voir un cavalier accompli, et je le trouve tel que la renommée le publie.

Mergy rougit et s'inclina.

— Aurez-vous donc la cruauté, madame, de conserver ce masque, qui, comme un nuage envieux, me cache les rayons du soleil. (Il avait lu cette phrase dans un livre traduit de l'espagnol.)

— Seigneur cavalier, si je suis contente de votre discrétion, vous me verrez plus d'une fois à visage découvert ; mais pour aujourd'hui contentez-vous du plaisir de m'entretenir.

— Ah ! madame, ce plaisir, tout grand qu'il est, ne me fait désirer qu'avec plus de violence celui de vous voir.

Il était à genoux, et semblait disposé à soulever le masque.

— *Poco a poco*[2]*!* seigneur Français ; vous êtes trop vif. Rasseyez-vous, ou je vous quitte à l'instant. Si vous saviez qui je suis, et ce que j'ose pour vous voir, vous vous tiendriez pour satisfait de l'honneur seul que je vous fais en venant ici.

— En vérité, il me semble que votre voix m'est connue.

— C'est cependant la première fois que vous l'entendez. Dites-moi, êtes-vous capable d'aimer avec constance une femme qui vous aimerait?...

— Déjà je sens auprès de vous...

— Vous ne m'avez jamais vue, ainsi vous ne pouvez m'aimer. Savez-vous si je suis belle ou laide?

— Je suis sûr que vous êtes charmante.

L'inconnue retira sa main, dont il s'était emparé, et la porta à son masque, comme si elle allait l'ôter.

— Que feriez vous, si vous alliez voir

1. Dieu vous garde, monsieur. Soyez le bienvenu.

1. Parlez-vous espagnol ?
2. Tout doux.

paraître devant vous une femme de cinquante ans, laide à faire peur?

— Cela est impossible.

— A cinquante ans on aime encore. (Elle soupira et le jeune homme frémit.)

— Cette taille élégante, cette main que vous essayez en vain de me dérober, tout me prouve votre jeunesse.

Il y avait plus de galanterie que de conviction dans cette phrase.

— Hélas !

Mergy commença à concevoir quelque inquiétude.

— Pour vous autres hommes l'amour ne suffit pas. Il faut encore la beauté. (Et elle soupira encore.)

— Laissez-moi, de grâce, ôter ce masque...

— Non, non ; et elle le repoussa avec vivacité. Souvenez-vous de votre promesse ! Puis elle ajouta d'un ton plus gai : Je risquerais trop à me démasquer. J'ai du plaisir à vous voir à mes pieds, et si par hasard je n'étais ni jeune ni jolie... à votre gré du moins... peut-être me laisseriez-vous là toute seule.

— Montrez-moi seulement cette petite main.

Elle ôta un gant parfumé et lui tendit une main blanche comme la neige.

— Je connais cette main ! s'écria-t-il ; il n'y en a qu'une aussi belle à Paris.

— Vraiment ! Et à qui cette main?

— A... une comtesse.

— Quelle comtesse?

— La comtesse de Turgis.

— Ah !... je sais ce que vous voulez dire. Oui, la Turgis a de belles mains, grâce aux pâtes d'amandes de son parfumeur. Mais je me vante que mes mains sont plus douces que les siennes.

Tout cela était débité d'un ton fort naturel, et Mergy, qui avait cru reconnaître la voix de la belle comtesse, conçut quelques doutes, et se sentit sur le point d'abandonner cette idée.

« Deux au lieu d'une, pensa-t-il ; je suis donc protégé par les fées? »

Il chercha sur cette belle main à reconnaître l'empreinte d'une bague qu'il avait remarquée à la Turgis ; mais ces doigts ronds et parfaitement formés n'avaient pas la moindre trace de pression, pas la plus légère déformation.

— La Turgis ! s'écria l'inconnue en riant. En vérité, je vous suis obligée de me prendre pour la Turgis ! Dieu merci ! il me semble que je vaux un peu mieux.

— La comtesse est, sur mon honneur, la plus belle femme que j'aie encore vue.

— Vous êtes donc amoureux d'elle? demanda-t-elle vivement.

— Peut-être ; mais, de grâce, ôtez votre masque, et montrez-moi une plus belle femme que la Turgis.

— Quand je serai sûre que vous m'aimez... alors vous me verrez à visage découvert.

— Vous aimer !... Mais, morbleu ! comment le pourrais-je sans vous voir?

— Cette main est jolie ; figurez-vous que mon visage est bien d'accord avec elle.

— Maintenant je suis sûr que vous êtes charmante, car vous venez de vous trahir en ne déguisant pas votre voix. Je l'ai reconnue, j'en suis certain.

— Et c'est la voix de la Turgis? dit-elle en riant et avec un accent espagnol bien prononcé.

— Précisément.

— Erreur, erreur de votre part, seigneur Bernardo ; je m'appelle doña Maria... doña Maria de... Je vous dirai plus tard mon autre nom. Je suis une dame de Barcelone ; mon père, qui me surveille très rigoureusement, est en voyage depuis quelque temps, et je profite de son absence pour me divertir et voir la cour de Paris. Quant à la Turgis, cessez, je vous prie, de me parler de cette femme ; son nom m'est odieux ; c'est la plus méchante femme de la cour. Vous savez, d'ailleurs, comment elle est veuve?

— On m'en a dit quelque chose.

— Eh bien ! parlez... Que vous a-t-on dit?...

— Que, surprenant son mari dans un entretien fort tendre avec sa chambrière, elle avait saisi une dague, et l'en avait frappé un peu rudement. Le bonhomme en mourut un mois après.

— Cette action vous semble... horrible?

— Je vous avoue que je l'excuse. Elle aimait son mari, dit-on, et j'estime la jalousie.

— Vous parlez ainsi parce que vous croyez être devant la Turgis : mais je sais que vous la méprisez au fond du cœur.

Il y avait dans cette voix quelque chose de triste et de mélancolique ; mais ce n'était pas la voix de la Turgis.

Mergy ne savait que penser.

— Quoi ! dit-il, vous êtes Espagnole, et vous n'estimez pas la jalousie?

— Laissons cela. Qu'est-ce que ce cordon noir que vous avez pendu au cou?

— C'est une relique.

— Je vous croyais protestant.

— Il est vrai. Mais cette relique m'a été donnée par une dame, et je la porte en souvenir d'elle.

— Tenez, si vous voulez me plaire, vous ne songerez plus aux dames ; je veux être pour vous toutes les dames. Qui vous a donné ce reliquaire? Est-ce encore la Turgis?

— Non, en vérité.

— Vous mentez !

— Vous êtes donc madame de Turgis?

— Vous vous êtes trahi, seigneur Bernardo !

— Comment?

— Quand je verrai la Turgis, je lui demanderai pourquoi elle fait ainsi le sacrilège de donner une chose sainte à un hérétique.

L'incertitude de Mergy redoublait à chaque instant.

— Mais je veux ce reliquaire ; donnez-le-moi.

— Non, je ne puis le donner.

— Je le veux. Oserez-vous me le refuser?

— J'ai promis de le rendre.

— Bah! enfantillage que cette promesse! Promesse faite à une femme fausse n'engage pas. D'ailleurs, prenez-y garde, c'est peut-être un charme, un talisman dangereux que vous portez là. La Turgis dit-on, est une grande magicienne.

— Je ne crois pas à la magie?

— Ni aux magiciens?

— Je crois un peu aux *magiciennes.*

Il appuya sur ce dernier mot.

— Ecoutez, donnez-moi ce reliquaire, et peut-être ôterai-je mon masque.

— Pour le coup, c'est la voix de madame de Turgis !

— Pour la dernière fois, voulez-vous me donner ce reliquaire?

— Je vous le *rendrai* si vous voulez ôter votre masque.

— Ah ! vous m'impatientez avec votre Turgis ; aimez-la tant qu'il vous plaira ; que m'importe?

Elle se tourna sur son fauteuil, comme si elle boudait. Le satin qui couvrait sa gorge s'élevait et s'abaissait rapidement.

Pendant quelques minutes elle garda le silence ; puis, se retournant tout d'un coup, elle dit d'un ton moqueur :

— *Vala me Dios ! V. M. no es cabellero, es un monge*[1].

D'un coup de poing elle renversa les deux bougies qui brûlaient sur la table, et la moitié des bouteilles et des plats. Les flambeaux s'éteignirent à l'instant. En même temps elle arracha son masque. Dans l'obscurité la plus complète, Mergy sentit une bouche brûlante qui cherchait la sienne, et deux bras qui le serraient avec force.

1. Dieu me pardonne ! vous n'êtes point un cavalier, vous êtes un moine.

— Quoi! méchante, me quitter si tôt!

— Il le faut; mais nous nous reverrons sous peu.

— Nous nous reverrons! songez donc, chère comtesse, que je ne vous ai pas vue.

— Laissez là votre comtesse, enfant que vous êtes. Je suis doña Maria; et, quand nous aurons de la lumière, vous verrez bien que je ne suis pas celle que vous croyez.

— De quel côté est la porte? Je vais appeler.

— Non, laissez-moi descendre, Bernardo; je connais cette chambre, je sais où je retrouverai un briquet.

— Prenez bien garde de marcher sur des morceaux de verre; vous en avez cassé plusieurs hier.

— Laissez-moi faire.

— Trouvez-vous?

— Ah! oui, c'est mon corset. Sainte Vierge! comment ferai-je? J'ai coupé tous les lacets avec votre poignard.

— Il faut en demander à la vieille.

— Ne bougez pas, laissez-moi faire. *Adios, querido Bernardo!*

La porte s'ouvrit et se referma aussitôt. Un long éclat de rire se fit entendre au dehors. Mergy comprit que sa conquête

XIV

L'OBSCURITÉ

« La nuit tous les chats sont gris. »

L'horloge d'une église voisine sonna quatre coups.

— Jésus! quatre heures! J'aurai à peine le temps de rentrer chez moi avant le jour.

venait de lui échapper. Il essaya de la poursuivre : mais, dans l'obscurité. il se heurtait contre les meubles, il s'embarrassait dans des robes et des rideaux sans pouvoir trouver la porte. Tout d'un coup la porte s'ouvrit, et quelqu'un entra, tenant une lanterne sourde. Mergy saisit aussitôt dans ses bras la personne qui la portait.

— Ah ! je vous tiens, vous ne m'échapperez plus ! s'écria-t-il en l'embrassant tendrement.

— Laissez-moi donc, monsieur de Mergy, dit une grosse voix. Est-ce que l'on serre les gens de la sorte?

Il reconnut la vieille.

— Que le diable vous emporte ! s'écria-t-il.

Il s'habilla en silence, prit ses armes et son manteau, et sortit de cette maison dans l'état d'un homme qui, après avoir bu d'excellent vin de Malaga, avale, par la distraction du domestique qui le sert, un verre d'une bouteille de sirop antiscorbutique, oubliée depuis longues années dans la cave.

Mergy fut assez discret avec son frère; il parla d'une dame espagnole de la plus grande beauté, autant qu'il en avait pu juger sans lumière, mais il ne dit pas un mot des soupçons qu'il avait formés sur son incognito.

XV

L'AVEU

AMPHITRYON.
Ah ! de grâce, cessons, Alcmène, je vous prie,
Et parlons sérieusement.
MOLIÈRE, *Amphitryon*

Deux jours se passèrent sans message de la feinte Espagnole. Le troisième, les deux frères apprirent que madame de Turgis était arrivée la veille à Paris, et qu'elle irait certainement faire sa cour à la reine mère dans la journée. Ils se rendirent aussitôt au Louvre, et la rencontrèrent dans une galerie, au milieu d'un groupe de dames avec qui elle causait. La vue de Mergy ne parut pas lui causer la moindre émotion. Pas la plus légère rougeur ne colora ses joues ordinairement pâles. Aussitôt qu'elle l'aperçut, elle lui fit un signe de tête, comme à une ancienne connaissance, et, après les premiers compliments, elle lui dit en se penchant à son oreille :

— Maintenant, je l'espère, l'opiniâtreté huguenote est un peu ébranlée. Il fallait des miracles pour vous convertir.

— Comment ?

— Quoi ! n'avez-vous pas éprouvé *par vous-même* les surprenants effets du pouvoir des reliques ?

Mergy sourit d'un air incrédule.

— Le souvenir de la belle main qui m'a donné cette petite boîte, et l'amour qu'elle m'a inspiré, ont doublé mes forces et mon adresse.

En riant elle menaça du doigt.

— Vous devenez impertinent, monsieur le cornette. Savez-vous bien à qui vous tenez ce langage ?

Tout en parlant, elle ôta son gant pour arranger ses cheveux, et Mergy regardait fixement sa main, et de la main il reportait ses regards aux yeux si vifs et presque méchants de la belle comtesse. L'air étonné du jeune homme la fit rire aux éclats.

— Qu'avez-vous à rire ?

— Et vous, qu'avez-vous à me regarder ainsi d'un air étonné ?

— Excusez-moi !... mais depuis quelques jours je ne rencontre que des sujets d'étonnement.

— En vérité ! cela doit être curieux. Contez-nous donc bien vite quelques-unes de ces choses surprenantes qui vous arrivent à chaque instant.

— Je ne puis vous en parler *maintenant*, et dans ce lieu ; d'ailleurs j'ai retenu certaine devise espagnole, que l'on m'a apprise il y a trois jours.

— Quelle devise?

— Un seul mot : *Callad*.

— Qu'est-ce que cela veut dire?

— Quoi ! vous ne savez pas l'espagnol? dit-il en l'observant avec la plus grande attention.

Mais elle supporta son examen sans laisser paraître qu'elle comprit un sens caché sous ses paroles ; et même les yeux du jeune homme, d'abord fixés sur les siens, se baissèrent bientôt, forcés de reconnaître la puissance supérieure de ceux qu'ils avaient osé défier.

Dans mon enfance, répondit-elle d'un ton d'indifférence parfaite, j'ai su quelques mots d'espagnol, mais je pense maintenant les avoir oubliés. Ainsi, parlez-moi français si vous voulez que je vous comprenne. Voyons, que chante votre devise?

— Elle conseille la discrétion, madame.

— Par ma foi ! nos jeunes courtisans devraient prendre cette devise, surtout s'ils pouvaient venir à bout de la justifier par leur conduite. Mais vous êtes bien savant, monsieur de Mergy. Qui vous a donc appris l'espagnol? Je gage que c'est une dame?

Mergy la regarda d'un air tendre et souriant.

— Je ne sais que quelques mots d'espagnol, dit-il à voix basse, et c'est l'amour qui les a gravés dans ma mémoire.

— L'amour ! répéta la comtesse d'un ton de voix moqueur.

Comme elle parlait fort haut, plusieurs dames tournèrent la tête à ce mot, comme pour demander de quoi il s'agissait. Mergy un peu piqué de sa moquerie, et mécontent de se voir traité de la sorte, tira de sa poche la lettre espagnole qu'il avait reçue de la veille, et la présentant à la comtesse :

— Je ne doute pas, dit-il, que vous ne soyez aussi savante que moi, et vous comprendrez sans peine cet espagnol-là.

Diane de Turgis saisit le billet, le lut ou fit semblant de le lire, et, en riant de toutes ses forces, elle le donna à la dame qui se trouvait le plus près d'elle.

— Tenez, madame de Châteauvieux, lisez donc ce billet doux que monsieur de Mergy vient de recevoir de sa maîtresse, et qu'il veut bien me sacrifier, à ce qu'il dit. Le bon de l'affaire, c'est que je reconnais la main qui l'a écrit.

— Je n'en doute point, dit Mergy avec un peu d'aigreur, mais toujours à voix basse.

Madame de Châteauvieux lut le billet, rit et le passa à un gentilhomme, celui-ci à un autre, et en un instant il n'y eut personne dans la galerie qui ignorât le bon traitement que Mergy recevait d'une dame espagnole.

Quand les éclats de rire furent un peu apaisés, la comtesse demanda d'un air moqueur à Mergy s'il trouvait jolie la femme qui avait écrit ce billet.

— Sur mon honneur, madame, je ne la trouve pas moins jolie que vous.

— O ciel ! que dites-vous là? Jésus ! Mais il faut que vous ne l'ayez vue que la nuit ; car je la connais bien, et... par ma foi ! je vous fais compliment de votre bonne fortune.

Et elle se mit à rire plus fort.

— Ma toute belle, dit la Châteauvieux, nommez-nous donc cette dame espagnole assez heureuse pour posséder le cœur de monsieur de Mergy.

— Avant de la nommer, je vous prie de dire devant ces dames, monsieur de Mergy, si vous avez vu votre maîtresse au jour ?

Mergy était véritablement mal à son aise, et son inquiétude et son humeur se peignaient d'une façon assez comique sur sa physionomie. Il ne répondit rien.

— Sans plus de mystère, dit la comtesse, ce billet est de la senora dona Maria Rodriguez ; je connais son écriture comme celle de mon père.

— Maria Rodriguez ! s'écrièrent toutes les dames en riant. Maria Rodriguez était une personne de plus de cinquante ans, Elle avait été duègne à Madrid. Je ne sais comment elle était venue en France, ni pour quel mérite Marguerite de Valois l'avait prise dans sa maison. Peut-être qu'elle tenait cette espèce de monstre auprès d'elle pour faire ressortir encore ses charmes par la comparaison, de même que les peintres ont tracé sur la même toile le portrait d'une beauté de leur temps et la caricature de son nain. Quand la Rodriguez paraissait au Louvre, elle amusait toutes les dames de la cour par son air guindé et son costume à l'antique.

Mergy frissonna. Il avait vu la duègne, et se rappela avec horreur que la dame masquée s'était donné le nom de dona Maria : ses souvenirs devinrent confus. Il était tout à fait décontenancé, et les rires redoublaient.

— C'est une dame fort discrète, disait la comtesse de Turgis, et vous ne pouviez faire un meilleur choix. Elle a vraiment bon air quand elle a mis ses dents postiches et sa perruque noire. D'ailleurs, elle n'a certainement pas plus de soixante ans.

— Elle lui aura jeté un sort ! s'écria la Châteauvieux.

— Vous aimez donc les antiquités? demandait une autre dame.

— Quel dommage, disait tout bas en soupirant une demoiselle de la reine, quel dommage que les hommes aient des caprices si ridicules !

Mergy se défendait de son mieux. Les compliments ironiques pleuvaient sur lui, et il faisait une fort sotte figure, quand le roi, paraissant tout à coup au bout de la galerie, fit cesser à l'instant les rires et les plaisanteries. Chacun s'empressa de se ranger sur son passage, et le silence succéda au tumulte.

Le roi reconduisait l'Amiral, avec lequel il s'était entretenu longuement dans son cabinet. Il appuyait familièrement sa main sur l'épaule de Coligny, dont la barbe grise et les vêtements noirs contrastaient avec l'air de jeunesse de Charles et ses habits tout brillants de broderies. A les voir, on eût dit que le jeune roi, avec un discernement rare sur le trône, avait fait choix pour son favori du plus vertueux et du plus sage de ses sujets.

Comme ils traversaient la galerie et que tous les regards étaient fixés sur eux, Mergy entendit à son oreille la voix de la comtesse, qui murmurait tout bas :

— Sans rancune ! Tenez, ne regardez que lorsque vous serez dehors.

En même temps quelque chose tomba dans son chapeau, qu'il tenait à la main. C'était un papier cacheté enveloppant quelque chose de dur. Il le mit dans sa poche, et un quart d'heure après, aussitôt qu'il fut hors du Louvre, il l'ouvrit, et trouva une petite clef avec ces mots :

« Cette clef ouvre la porte de mon jardin. A cette nuit, à dix heures. Je vous aime. Je n'aurai plus de masque pour vous, et vous verrez enfin dona Maria et

» DIANE ».

Le roi reconduisit l'Amiral jusqu'au bout de la galerie.

— Adieu, mon père, dit-il en lui serrant les mains. Vous savez si je vous aime, et moi je sais que vous êtes à moi corps et âme, tripes et boyaux.

Il accompagna cette phrase par un grand éclat de rire. Puis, quand il rentra dans son cabinet, il s'arrêta devant le capitaine George.

— Demain, après la messe, dit-il, vous viendrez me parler dans mon cabinet.

Il se retourna et jeta un regard presque inquiet vers la porte par où Coligny venait de sortir, puis il quitta la galerie pour s'enfermer avec le maréchal de Retz.

XVI

L'AUDIENCE PARTICULIÈRE

> MACBETH.
> Do you find
> Your patience so predominant in your nature
> That you can let this go?
> SHAKESPEARE.

Le capitaine George se rendit au Louvre à l'heure indiquée. Aussitôt qu'il se fut nommé, l'huissier, soulevant une portière en tapisserie, l'introduisit dans le cabinet du roi. Le prince, qui était assis auprès d'une petite table, en disposition d'écrire, lui fit signe de la main de rester tranquille, comme s'il eût craint de perdre en parlant le fil des idées qui l'occupaient alors. Le capitaine, dans une attitude respec. tueuse, resta debout à six pas de la table, et il eut le temps de promener ses regards sur la chambre et d'en observer en détail la décoration.

Elle était fort simple, car elle ne consistait guère qu'en instruments de chasse suspendus sans ordre à la muraille. Un assez bon tableau représentant une Vierge, avec un grand rameau de buis au-dessus, était accroché entre une longue arquebuse et un cor de chasse. La table sur laquelle le monarque écrivait était couverte de papiers et de livres. Sur le plancher, un chapelet et un petit livre d'heures gisaient pêle-mêle avec des filets et des sonnettes de faucon. Un grand lévrier dormait sur un coussin tout auprès.

Tout d'un coup le roi jeta sa plume à terre avec un mouvement de fureur et un gros juron entre les dents. La tête baissée, il parcourut deux ou trois fois d'un pas irrégulier la longueur du cabinet : puis, s'arrêtant soudain devant le capitaine, il jeta sur lui un coup d'œil effaré, comme s'il l'apercevait pour la première fois.

— Ah ! c'est vous ! dit-il en reculant d'un pas.

Le capitaine s'inclina jusqu'à terre.

— Je suis bien aise de vous voir. J'avais à vous parler... mais...

Il s'arrêta.

La bouche entr'ouverte, le cou allongé, le pied gauche de six pouces en avant du droit, enfin dans la position qu'un peintre donnerait, ce me semble, à une figure représentant l'attention, tel était George, attendant la fin de la phrase commencée. Mais le roi avait laissé retomber sa tête sur son sein, et semblait préoccupé d'idées distantes de mille lieues de celles qu'il avait été sur le point d'exprimer tout à l'heure.

Il y eut un silence de quelques minutes. Le roi s'assit et porta la main à son front comme une personne fatiguée.

— Diable de rime ! s'écria-t-il en frappant du pied et faisant retentir les longs éperons dont ses bottes étaient armées.

Le grand lévrier s'éveilla en sursaut, prit ce coup de pied pour un appel qui s'adressait à lui : il se leva, s'approcha du fauteuil du roi, mit ses deux pattes sur ses genoux, et, levant sa tête effilée, qui surpassait de beaucoup celle de Charles, il ouvrit une large gueule et bâilla sans la moindre cérémonie, tant il est difficile de donner à un chien des manières de cour.

Le roi chassa le chien, qui alla se recoucher en soupirant. Et ses yeux ayant encore rencontré le capitaine comme par hasard, il lui dit :

— Excusez-moi, George ; c'est une... [1] rime qui me fait suer sang et eau.

— J'importune peut-être Votre Majesté, dit le capitaine avec une grande révérence.

1. On laisse au lecteur à suppléer une épithète. Charles IX se servait souvent de jurons fort énergiques à la vérité, mais d'ailleurs peu élégants.

— Point, point, dit le roi.

Il se leva et mit la main sur l'épaule du capitaine d'un air familier. En même temps il souriait, mais son sourire n'était que des lèvres, et ses yeux distraits n'y prenaient aucune part.

— Êtes-vous encore fatigué de la chasse de l'autre jour? dit le roi, évidemment embarrassé pour entrer en matière. Le cerf s'est fait battre longtemps.

— Sire, je serais indigne de commander une compagnie de chevau-légers de Votre Majesté, si une course comme celle d'avant-hier me fatiguait. Lors des dernières guerres, monsieur de Guise, me voyant toujours en selle, m'avait surnommé l'*Albanais*.

— Oui, on m'a dit en effet que tu es un bon cavalier. Mais, dis-moi, sais-tu bien tirer de l'arquebuse?

— Mais, sire, je m'en sers assez bien ; cependant je suis loin d'avoir l'adresse de Votre Majesté. Mais elle n'est pas donnée à tout le monde.

— Tiens, vois-tu cette longue arquebuse-là, charge-la de douze chevrotines. Que je sois damné si à soixante pas il s'en trouve une seule hors de la poitrine du païen que tu prendras pour but !

— Soixante pas, c'est une assez grande distance ; mais je ne me soucierais guère de faire une épreuve sur moi-même avec un tireur tel que Votre Majesté.

— Et à deux cents pas elle enverrait une balle dans le corps d'un homme, pourvu que la balle fût de calibre.

Le roi mit l'arquebuse entre les mains du capitaine.

— Elle paraît aussi bonne qu'elle est riche, dit George après l'avoir examinée soigneusement et en avoir fait jouer la détente.

— Je vois que tu te connais en armes, mon brave. Mets-la en joue, que je voie comment tu t'y prends.

Le capitaine obéit.

— C'est une belle chose qu'une arquebuse, continua Charles en parlant avec lenteur. A cent pas de distance et avec un mouvement de doigt, comme cela, on peut sûrement se débarrasser d'un ennemi et ni cotte de mailles ni cuirasse ne tiennent devant une bonne balle !

Charles IX, je l'ai déjà dit, soit par l'effet d'une habitude d'enfance, soit par timidité naturelle, ne regardait presque jamais en face la personne à laquelle il parlait. Cette fois cependant il regarda fixement le capitaine avec une expression extraordinaire. George baissa les yeux involontairement et le roi en fit de même presque aussitôt. Il y eut encore un instant de silence ; George le rompit le premier.

— Quelque adresse que l'on ait à se servir des armes à feu, l'épée et la lance sont cependant plus sûres...

— Oui ; mais l'arquebuse...

Charles sourit étrangement. Il reprit tout de suite :

— On dit, George, que tu as été gravement offensé par l'Amiral ?

— Sire...

— Je le sais, j'en suis sûr. Mais je serais bien aise... je veux que tu me contes la chose toi-même.

— Il est vrai, sire ; je lui parlais d'une malheureuse affaire à laquelle je prenais le plus grand intérêt...

— Le duel de ton frère. Parbleu ! c'est un joli garçon qui vous embroche bien son homme ; je l'estime ; Comminges était un fat : il n'a eu que ce qu'il méritait. Mais, mort de ma vie ! comment diable cette vieille barbe grise a-t-elle pu trouver là matière à te quereller?

— Je crains que de malheureuses différences de croyance, et ma conversion que je croyais oubliée...

— Oubliée?

— Votre Majesté ayant donné l'exemple de l'oubli des dissentiments religieux, et sa rare et impartiale justice...

— Apprends, mon camarade, que l'Amiral n'oublie rien.

— Je m'en suis aperçu, sire.

Et l'expression de George se rembrunit.

— Dis-moi, George, que comptes-tu faire?

— Moi, sire?

— Oui ; parle franchement.

— Sire, je suis un trop pauvre gentilhomme, et l'Amiral est trop vieux pour que je le fasse appeler ; et d'ailleurs, sire, dit-il en s'inclinant, comme s'il tâchait de réparer par une phrase de courtisan l'impression que ce qu'il croyait une hardiesse avait produite sur le roi, si je le pouvais, je craindrais en le faisant de perdre les bonnes grâces de Votre Majesté.

— Bah ! s'écria le roi.

Et il appuya sa main droite sur l'épaule de George.

— Heureusement, poursuivit le capitaine, mon honneur n'est pas entre les mains de l'Amiral ; et, si quelqu'un de ma qualité osait élever des doutes sur mon honneur, alors je supplierais Votre Majesté qu'elle me permît...

— Si bien que tu ne te vengeras pas de l'Amiral? Cependant le... devient furieusement insolent !

George ouvrait de grands yeux étonnés.

— Pourtant, continua le roi, il t'a offensé. Oui, le diable m'emporte ! il t'a gravement offensé, m'a-t-on dit... Un gentilhomme n'est pas un laquais, et il y a des choses que l'on ne peut endurer, même d'un prince.

— Comment pourrais-je me venger de lui? il trouverait au-dessous de sa naissance de se battre avec moi.

— Peut-être. Mais...

Le roi reprit l'arquebuse et la mit en joue.

— Me comprends-tu?

Le capitaine recula deux pas. Le geste du monarque était assez clair, et l'expression diabolique de sa physionomie ne l'expliquait que trop.

— Quoi ! sire, vous me conseilleriez?...

Le roi frappa le plancher avec force de la crosse de l'arquebuse, et s'écria, en regardant le capitaine avec des yeux furieux :

— Te conseiller ! ventre de Dieu ! je ne te conseille rien.

Le capitaine ne savait que répondre ; il fit ce que bien des gens auraient fait à sa place, il s'inclina et baissa les yeux.

Charles reprit bientôt d'un ton plus doux.

— Ce n'est pas que si tu lui tirais une bonne arquebusade pour venger ton honneur... cela me serait fort égal. Par les boyaux du pape ! un gentilhomme n'a pas de plus précieux bien que son honneur, et, pour le réparer, il n'est chose qu'il ne puisse faire. Et puis ces Châtillons sont fiers et insolents comme des valets de bourreau : les coquins voudraient bien me tordre le cou, je le sais, et prendre ma place... Quand je vois l'Amiral, il me prend envie quelquefois de lui arracher tous les poils de la barbe.

A ce torrent de paroles d'un homme qui n'en était pas prodigue d'ordinaire, le capitaine ne répondit pas un mot.

— Eh bien ! par le sang et par la tête ! qu'est-ce que tu veux faire? Tiens, à ta place, je l'attendrais au sortir de son... prêche, et de quelque fenêtre je lui lâcherais une bonne arquebusade dans les reins. Parbleu ! mon cousin de Guise t'en saurait gré, et tu aurais fait beaucoup pour la paix du royaume. Sais-tu que ce parpaillot est plus roi en France que moi même? Cela me lasse à la fin... Je te dis tout net ce que je pense ; il faut apprendre à ce...-là à ne pas faire d'accroc à l'honneur d'un gentilhomme. Un accroc à l'honneur, un accroc à la peau, l'un paye pour l'autre.

— L'honneur d'un gentilhomme se déchire au lieu de se recoudre par un assassinat.

Cette réponse fut comme un coup de foudre pour le prince. Immobile, les mains étendues vers le capitaine, il tenait encore l'arquebuse qu'il semblait lui offrir comme l'instrument de sa vengeance. Sa bouche était pâle et à demi ouverte, et l'on eût dit que ses yeux hagards, fixés sur ceux de George, leur lançaient et en recevaient à la fois une horrible fascination.

L'arquebuse enfin échappa des mains tremblantes du roi, et fit retentir le plancher de sa chute : le capitaine se précipita sur-le-champ pour la ramasser, et le roi s'assit alors dans son fauteuil, et baissa la tête d'un air sombre. Les mouvements précipités de sa bouche et de ses sourcils annonçaient les combats qui se livraient au fond de son cœur.

— Capitaine, dit-il après un long silence, où est ta compagnie de chevau-légers?

— A Meaux, sire.

— Dans peu de jours tu iras la rejoindre, et tu la conduiras toi-même à Paris. Dans... quelques jours tu en recevras l'ordre. Adieu.

Il y avait dans sa voix un accent dur et colère. Le capitaine le salua profondément, et Charles, lui montrant de la main la porte du cabinet, lui annonça que son audience était terminée.

Le capitaine sortait à reculons avec les révérences d'usage, quand le roi, se levant avec impétuosité, lui saisit le bras :

— Bouche cousue, au moins ! Tu m'entends !

George s'inclina, et mit sa main sur sa poitrine. Comme il quittait l'appartement, il entendit le roi qui appelait son lévrier d'une voix dure, et en faisant claquer son fouet de chasse, comme s'il était disposé à décharger sa mauvaise humeur sur l'animal innocent.

De retour chez lui, George écrivit le billet suivant, qu'il fit tenir à l'Amiral.

« Quelqu'un qui ne vous aime pas, mais qui aime l'honneur, vous engage à vous défier du duc de Guise, et même peut-être de quelqu'un, encore plus puissant. Votre vie est menacée. »

Cette lettre ne produisit aucun effet sur l'âme intrépide de Coligny. On sait que peu de temps après, le 22 août 1572, il fut blessé d'un coup d'arquebuse par un scélérat nommé Maurevel, qui reçut, à cette occasion, le surnom de *tueur du roi.*

XVII

LE CATÉCHUMÈNE

Tis pleasing to be school'd in a strange tongue
By female lips and eyes.

LORD BYRON, *Don Juan*, canto II.

Quand deux amants sont discrets, il se passe quelquefois plus de huit jours avant que le public soit dans leur confidence. Après ce temps, la prudence se relâche, on trouve les précautions ridicules ; un coup d'œil est facilement surpris, plus facilement interprété, et tout est su.

Aussi la liaison de la comtesse de Turgis et du jeune Mergy ne fut bientôt plus un secret pour la cour de Catherine. Une foule de preuves *évidentes* auraient ouvert les yeux à des aveugles. Ainsi, madame de Turgis portait d'ordinaire des rubans lilas, et la garde de l'épée de Bernard, le bas de son pourpoint et ses souliers étaient ornés de rosettes de rubans lilas. La comtesse avait professé assez publiquement son horreur pour la barbe au menton, mais elle aimait une moustache galamment relevée ; depuis peu, le menton de Mergy était toujours rasé avec soin, et sa moustache, *désespérément* frisée, empommadée et peignée avec un peigne de plomb, formait comme un croissant dont les pointes se relevaient bien au-dessus du nez. Enfin l'on allait jusqu'à dire qu'un certain gentilhomme sortant de grand matin, et passant par la rue des Assis, avait vu s'ouvrir la porte du jardin de la comtesse, et sortir un homme, lequel, quoique soigneusement enveloppé jusqu'au nez dans son manteau, il avait reconnu sans peine pour le seigneur de Mergy.

Mais ce qui semblait encore plus concluant, et ce qui surprenait tout le monde, c'était de voir le jeune huguenot, ce railleur impitoyable de toutes les cérémonies du culte catholique, aujourd'hui fréquentant les églises avec assiduité, ne manquant guère de processions, et même trempant ses doigts dans l'eau bénite, ce que, peu de jours auparavant, il aurait considéré comme un sacrilège horrible. On se disait à l'oreille que Diane venait de gagner une âme à Dieu, et les jeunes gentilshommes de la religion réformée déclaraient qu'ils songeraient peut-être sérieusement à se convertir, si, au lieu de capucins et de cordeliers, on leur envoyait pour les prêcher de jeunes et jolies dévotes comme madame de Turgis.

Il s'en fallait de beaucoup pourtant que Bernard fût converti. Il est vrai qu'il accompagnait la comtesse à l'église ; mais il se plaçait à côté d'elle, et, tant que durait la messe, il ne cessait de lui parler à l'oreille, au grand scandale des dévots. Ainsi, non seulement il n'écoutait pas l'office, mais encore il empêchait les fidèles d'y prêter l'attention convenable. On sait qu'une procession était alors une partie de plaisir aussi amusante qu'une mascarade. Enfin, Mergy ne se faisait plus de scrupule de tremper ses doigts dans l'eau bénite, puisque cela lui donnait le droit de serrer en public une jolie main qui tremblait toujours en touchant la sienne. Au reste, s'il conservait sa croyance, il avait de rudes combats à soutenir, et Diane argumentait contre lui avec d'autant plus d'avantage qu'elle choisissait ordinairement, pour entamer ses disputes théologiques, les instants où Mergy avait le plus de peine à lui refuser quelque chose.

— Cher Bernard, lui disait-elle un soir, appuyant sa tête sur l'épaule de son amant, tandis qu'elle enlaçait son cou avec les longues tresses de ses cheveux noirs ; cher Bernard, tu as été aujourd'hui au sermon avec moi. Eh bien, tant de belles paroles n'ont-elles produit aucun effet sur ton cœur? Veux-tu donc rester toujours insensible?

— Bon ! chère amie, comment veux-tu que la voix nasillarde d'un capucin puisse opérer ce que n'a pu faire ta voix si douce et tes argumentations religieuses si bien soutenues par tes regards amoureux, ma chère Diane?

— Méchant ! je veux t'étrangler.

Et, serrant légèrement une natte de ses cheveux, elle l'attirait encore plus près d'elle.

— Sais-tu à quoi j'ai passé mon temps pendant le sermon. A compter toutes les perles qui étaient dans tes cheveux. Vois comme tu les as répandues par la chambre,

— J'en étais sûre. Tu n'as pas écouté le sermon ; c'est toujours la même histoire. Va, dit-elle avec un peu de tristesse, je vois bien que tu ne m'aimes pas comme je t'aime ; si cela était, il y a longtemps que tu serais converti.

— Ah ! ma Diane, pourquoi ces éternelles discussions? Laissons-les aux docteurs de Sorbonne et à nos ministres ; mais nous, passons mieux notre temps.

— Laisse-moi... Si je pouvais te sauver, que je serais heureuse ! Tiens, Bernardo, pour te sauver, je consentirais à doubler le nombre des années que je dois passer en purgatoire.

Il la pressa dans ses bras en souriant, mais elle le repoussa avec une expression de tristesse indicible.

— Toi, Bernard, tu ne ferais pas cela pour moi ; tu ne t'inquiètes pas du danger que court mon âme tandis que je me donne ainsi à toi...

Et des larmes roulaient dans ses beaux yeux.

— Chère amie, ne sais-tu pas que l'amour excuse bien des choses, et...?

— Oui, je le sais bien. Mais, si je pouvais sauver ton âme, tous mes péchés me seraient remis ; tous ceux que nous avons commis ensemble, tous ceux que nous pourrons commettre encore... tout cela nous serait remis. Que dis-je? nos péchés auraient été l'instrument de notre salut !

En parlant ainsi, elle le serrait dans ses bras de toute sa force, et la véhémence de l'enthousiasme qui l'animait en parlant avait, dans sa situation, quelque chose de si comique, que Mergy eut besoin de se contraindre pour ne pas éclater de rire à cette étrange façon de prêcher.

— Attendons encore un peu pour nous convertir, ma Diane. Quand nous serons vieux l'un et l'autre... quand nous serons trop vieux pour faire l'amour...

— Tu me désoles, méchant ; pourquoi ce sourire diabolique sur tes lèvres ? Crois-tu que j'aie envie de les baiser maintenant?

— Tu vois que je ne souris plus.

— Voyons, soyez tranquille. Dis-moi, *querido Bernardo*, as-tu lu le livre que je t'ai donné?

— Oui, je l'ai achevé hier.

— Eh bien, comment l'as-tu trouvé? C'est là du raisonnement ! et les incrédules ont la bouche close.

— Ton livre, ma Diane, n'est qu'un tissu de mensonges et d'impertinences. C'est le plus sot qui soit jusqu'à ce jour sorti de dessous une presse papiste. Gageons que tu ne l'as pas lu, toi qui m'en parles avec tant d'assurance !

— Non, je ne l'ai pas encore lu, répondit-elle en rougissant un peu ; mais je suis sûre qu'il est plein de raison et de vérité. Je n'en veux pas d'autre preuve que l'acharnement des huguenots à le dépriser.

— Veux-tu, par passe-temps, que, l'Écriture à la main, je te montre...?

— Oh ! garde-t'en bien, Bernard ! Merci de moi ! je ne lis pas les Écritures, comme font les hérétiques. Je ne veux pas que tu affaiblisses ma croyance. D'ailleurs tu perdrais ton temps. Vous autres huguenots, vous êtes toujours armés d'une science qui désespère. Vous nous la jetez au nez dans la dispute, et les pauvres catholiques, qui n'ont pas lu comme vous Aristote et la Bible, ne savent comment vous répondre.

— Ah ! c'est que vous autres catholiques vous voulez croire à tout prix, sans vous mettre en peine d'examiner si cela est raisonnable ou non. Nous, du moins, nous étudions notre religion avant de la défendre, et surtout avant de vouloir la propager.

— Ah ! que je voudrais avoir l'éloquence du révérend père Giron, cordelier !

— C'est un sot et un hâbleur. Mais il eut beau crier, il y a six ans, dans une conférence publique, notre ministre Houdart l'a mis à *quia*.

— Mensonges ! Mensonges des hérétiques !

— Comment ! ne sais-tu pas que dans le cours de la discussion on vit de grosses gouttes de sueur tomber du front du bon père sur un Chrysostôme qu'il tenait à la main ? Sur quoi un plaisant fit ces vers...

— Je ne veux pas les entendre. N'empoisonne pas mes oreilles de tes hérésies. Bernard, mon cher Bernard, je t'en conjure, n'écoute pas tous ces suppôts de Satan, qui te trompent et te mènent en enfer ! Je t'en supplie, sauve ton âme, et reviens à notre Église !

Et comme, malgré ses instances, elle lisait sur les lèvres de son amant le sourire de l'incrédulité :

— Si tu m'aimes, s'écria-t-elle, renonce pour moi, par amour pour moi, à tes damnables opinions !

— Il me serait bien plus facile, ma chère Diane, de renoncer pour toi à la vie qu'à ce que ma raison m'a démontré véritable. Comment veux-tu que l'amour puisse m'empêcher de croire que deux et deux font quatre?

— Cruel !...

Mergy avait un moyen infaillible pour terminer les discussions de cette espèce, il l'employa.

— Hélas ! cher Bernardo, dit la comtesse d'une voix languissante quand le jour qui se levait obligea Mergy à se retirer, je me damnerai pour toi, et, je le vois bien, je n'aurai pas la consolation de te sauver !

— Allons donc, mon ange ! le père Giron nous donnera une bonne absolution *in articulo mortis*.

XVIII

LE CORDELIER

> Monachus in claustra
> Non valet ova duo;
> Sed quando est extra,
> Bene valet triginto.

Le lendemain du mariage de Marguerite avec le roi de Navarre, le capitaine George, sur un ordre de la cour, quitta Paris pour se mettre à la tête de sa compagnie de chevau-légers en garnison à Meaux. Son frère lui dit adieu assez gaiement, et, s'attendant à le revoir avant la fin des fêtes, il se résigna de bonne grâce à loger seul pendant quelques jours. Madame de Turgis l'occupait assez pour que quelques moments de solitude n'eussent pour lui rien de trop effrayant. La nuit il n'était jamais à la maison, et le jour il dormait.

Le vendredi 22 août 1572, l'Amiral fut blessé grièvement d'un coup d'arquebuse par un scélérat nommé Maurevel. Le bruit public ayant attribué ce lâche assassinat au duc de Guise, ce seigneur quitta Paris le jour suivant, comme pour se soustraire aux plaintes et aux menaces des réformés. Le roi paraissait d'abord vouloir le poursuivre avec la dernière rigueur : mais il ne s'opposa point à son retour, qui allait être signalé par l'horrible massacre du 24 Août.

Un assez grand nombre de jeunes gentilshommes protestants bien montés, après avoir rendu visite à l'Amiral, se répandirent dans les rues avec l'intention de chercher le duc de Guise ou ses amis, et de leur faire une querelle s'ils les rencontraient. Néanmoins tout se passa d'abord paisiblement. Le peuple, effrayé de leur nombre, ou peut-être se réservant pour une autre occasion, gardait le silence sur leur passage, et, sans paraître ému, les entendait crier : *Mort aux assassins de monsieur l'Amiral ! A bas les guisards !*

Au détour d'une rue, une douzaine de jeunes gentilshommes catholiques, et parmi eux plusieurs serviteurs de la maison de Guise, se présentèrent inopinément devant la troupe protestante. On s'attendait à une querelle sérieuse, mais il n'en fut rien. Les catholiques, peut-être par prudence, peut-être parce qu'ils agissaient d'après des ordres précis, ne répondirent pas aux cris injurieux des protestants, et un jeune homme de bonne mine, qui marchait à leur tête, s'avança vers Mergy, et, le saluant avec politesse, lui dit d'un ton familier et amical :

— Bonjour, monsieur de Mergy. Vous avez sans doute vu monsieur de Châtillon? Comment se porte-t-il? L'assassin est-il pris?

Les deux troupes s'arrêtèrent. Mergy reconnut le baron de Vaudreuil, lui rendit son salut et répondit à ses questions. Plusieurs conversations particulières s'établirent, et, comme elles durèrent peu, on se sépara sans dispute. Les catholiques cédèrent le haut du pavé, et chacun poursuivit son chemin.

Le baron de Vaudreuil avait retenu Mergy quelque temps, de sorte qu'il était resté un peu en arrière de ses compagnons. En le quittant, Vaudreuil lui dit en examinant la selle de son cheval :

— Prenez garde ! je me trompe fort, ou votre courtaud est mal sanglé. Faites-y attention.

Mergy mit pied à terre et resangla son cheval. Il était à peine remonté, qu'il entendit quelqu'un qui venait au grand trot derrière lui. Il tourna la tête et vit un jeune homme dont la figure lui était inconnue, mais qui faisait partie de la troupe qu'ils venaient de rencontrer.

— Dieu me damne ! dit celui-ci en l'abordant ; je serais ravi de rencontrer seul un de ceux qui criaient tout à l'heure *à bas les guisards* !

— Vous n'irez pas bien loin pour en trouver un, lui répondit Mergy. Qu'y a-t-il pour votre service?

— Seriez-vous par hasard du nombre de ces coquins-là?

Mergy dégaina sur-le-champ, et du plat de son épée frappa au visage cet ami des Guises. Celui-ci saisit aussitôt un pistolet d'arçon, et le tira à bout portant sur Mergy. Heureusement l'amorce seule prit feu. L'amant de Diane riposta par un grand coup d'épée sur la tête de son ennemi, et le fit tomber à bas de cheval, baigné dans son sang. Le peuple, jusqu'alors spectateur impassible, prit à l'instant parti pour le blessé. Le jeune huguenot fut assailli à coups de pierres et de bâtons, et, toute résistance étant inutile contre une telle multitude, il prit le parti de piquer des deux et de s'échapper au galop. En voulant tourner trop court un angle de rue, son cheval s'abattit et le renversa, sans le blesser, mais sans lui permettre de remonter assez tôt pour empêcher la populace furieuse de l'entourer. Alors il s'adossa contre un mur et repoussa quelque temps ceux qui se présentèrent à portée de son épée. Mais un grand coup de bâton en ayant brisé la lame, il fut terrassé, et allait être mis en pièces, si un cordelier, s'élançant devant les gens qui le pressaient, ne l'eût couvert de son corps.

— Que faites-vous, mes enfants ! s'écria-t-il ; lâchez cet homme, il n'est point coupable.

— C'est un huguenot ! hurlèrent cent voix furieuses.

— Eh bien, laissez-lui le temps de se repentir. Il le peut encore.

Les mains qui tenaient Mergy le lâchèrent aussitôt. Il se releva, ramassa le tronçon de son épée, et se disposa à vendre chèrement sa vie, s'il avait à soutenir une nouvelle attaque.

— Laissez vivre cet homme, poursuivit le moine, et prenez patience. Avant peu les huguenots iront à la messe.

— Patience, patience ! répétèrent plusieurs voix avec humeur. Il y a bien longtemps qu'on nous dit de prendre patience, et, en attendant, chaque dimanche, dans leurs prêches, leurs chants scandalisent tous les honnêtes chrétiens.

— Eh ! ne savez-vous pas le proverbe, reprit le moine d'un ton enjoué : *Tant chante le hibou qu'à la fin il s'enroue?* Laissez-les brailler encore quelque peu bientôt, par la grâce de Notre-Dame d'août, vous les entendrez chanter la messe en latin. Quant à ce jeune parpaillot, laissez-le-moi, je veux en faire un bon chrétien. Allez, et ne brûlez pas le rôti pour le manger plus vite.

La foule se dispersa en murmurant, mais sans faire la moindre injure à Mergy. On lui rendit même son cheval.

— Voici la première fois de ma vie, dit-il, que j'ai du plaisir à voir votre robe, mon père. Croyez à ma reconnaissance, et veuillez accepter cette bourse.

— Si vous la destinez aux pauvres, mon garçon, je la prends. Sachez que je m'intéresse à vous. Je connais votre frère, et je vous veux du bien. Convertissez-vous dès aujourd'hui ; venez avec moi, et votre affaire sera bientôt faite.

— Pour cela, mon père, je vous remercie. Je n'ai nulle envie de me convertir. Mais comment me connaissez-vous? Quel est votre nom?

— On m'appelle le frère Lubin... et... petit coquin, je vous vois rôder bien souvent autour d'une maison... Chut! Dites-moi, monsieur de Mergy, croyez-vous maintenant qu'un moine puisse faire du bien?

— Je publierai partout votre générosité, père Lubin.

— Vous ne voulez pas quitter le prêche pour la messe?

— Non, encore une fois ; et je n'irai jamais à l'église que pour entendre vos sermons.

— Vous êtes homme de goût, à ce qu'il paraît.

— Et de plus votre grand admirateur.

— Ma foi, je suis fâché pour vous que vous vouliez rester dans l'hérésie. Je vous ai prévenu, j'ai fait ce que j'ai pu ; il en sera ce qui pourra; pour moi, je m'en lave les mains. Adieu, mon garçon.

— Adieu, mon père.

Mergy remonta sur son cheval et regagna son logis, un peu moulu, mais fort content de s'être tiré à bon marché d'un si mauvais pas.

XIX

LES CHEVAU-LÉGERS

JAFFIER.

He amongts us
That spares his father, brother, or his friend
Is damned.

OTWAY, *Venice preserved.*

Le soir du 24 Août, une compagnie de chevau-légers entrait dans Paris par la porte Saint-Antoine. Les bottes et les habits des cavaliers, tout couverts de poussière, annonçaient qu'ils venaient de faire une longue traite. Les dernières lueurs du jour expirant éclairaient les visages basanés de ces soldats ; on y pouvait lire cette inquiétude vague qui se fait sentir à l'approche d'un événement que l'on ne connaît point encore, mais que l'on soupçonne être d'une nature funeste.

La troupe se dirigea au petit pas vers un grand espace sans maisons, qui s'étendait près de l'ancien palais des Tournelles. Là, le capitaine ordonna de faire halte, puis envoya en reconnaissance une douzaine d'hommes commandés par son cornette, et posta lui-même à l'entrée des rues voisines des sentinelles à qui il fit allumer la mèche, comme en présence de l'ennemi. Après avoir pris cette précaution extraordinaire, il revint devant le front de sa compagnie.

— Sergent ! dit-il d'une voix plus dure et plus impérieuse que de coutume.

Un vieux cavalier, dont le chapeau était orné d'un galon d'or, et qui portait une écharpe brodée, s'approcha respectueusement de son chef.

— Tous nos cavaliers sont pourvus de mèches?

— Oui, capitaine.

— Les flasques sont-elles garnies? Y a-t-il des balles en quantité suffisante?

— Oui, capitaine.

— Bien.

Il fit marcher au pas sa jument devant le front de sa petite troupe. Le sergent le suivait à la distance d'une longueur de cheval. Il s'était aperçu de l'humeur de son capitaine, et il hésitait à l'aborder. Enfin il prit courage :

— Capitaine, puis-je permettre aux cavaliers de donner à manger à leurs bêtes? Vous savez qu'elles n'ont pas mangé depuis ce matin.

— Non.

— Une poignée d'avoine? cela serait bien vite fait.

— Que pas un cheval ne soit débridé.

— C'est que si l'on a besoin de les faire travailler cette nuit... comme l'on dit... que peut-être...

L'officier fit un geste d'impatience.

— Retournez à votre poste, dit-il sèchement.

Et il continua de se promener.

Le sergent revint au milieu des soldats.

— Eh bien, sergent, est-ce vrai? Que va-t-on faire? Qu'y a-t-il? Qu'a dit le capitaine?

Une vingtaine de questions lui furent adressées toutes à la fois par de vieux soldats, dont les services et une longue habitude autorisaient cette familiarité à l'égard de leur supérieur.

— Nous allons en voir de belles, dit le sergent du ton capable d'un homme qui en sait plus qu'il n'en dit.

— Comment? comment?

— Il ne faut pas débrider, même pour un instant... car, qui sait? d'un moment à l'autre on peut avoir besoin de nous.

— Ah! est-ce qu'on va se battre? dit le trompette. Et contre qui, s'il vous plaît?

— Contre qui? dit le sergent, répétant la question pour se donner le temps de réfléchir. Parbleu! belle demande! Contre qui veux-tu qu'on se batte, sinon contre les ennemis du roi?

— Oui, mais qu'est-ce que ces ennemis du roi? continua l'opiniâtre questionneur.

— Les ennemis du roi! il ne sait pas qui sont les ennemis du roi!

Et il haussa les épaules de pitié.

— C'est l'Espagnol qui est l'ennemi du roi; mais il ne serait pas venu comme cela *en catimini* sans qu'on s'en aperçût, observa l'un des cavaliers.

— Bah! reprit un autre : j'en connais bien des ennemis du roi qui ne sont pas Espagnols?

— Bertrand a raison, dit le sergent; et je sais bien de qui il veut parler.

— Et de qui donc enfin?

— Des huguenots, dit Bertrand. Il ne faut pas être sorcier pour s'en apercevoir. Tout le monde sait que les huguenots ont pris leur religion de l'Allemagne; et je suis bien sûr que les Allemands sont nos ennemis, car j'ai fait bien souvent le coup de pistolet contre eux, notamment à Saint-Quentin, où ils se battaient comme des diables.

— Tout cela est bel et bon, dit le trompette; mais la paix a été conclue avec eux, et l'on a sonné assez de fanfares à cette occasion pour qu'il m'en souvienne.

— La preuve qu'ils ne sont pas nos ennemis, dit un jeune cavalier mieux habillé que les autres, c'est que ce sera le comte de la Rochefoucauld qui commandera les chevau-légers dans la guerre que nous allons faire en Flandre; or, qui ne sait que La Rochefoucauld est de la religion? Le diable m'emporte s'il n'en est pas depuis les pieds jusqu'à la tête! Il a des éperons *à la Condé*, et porte un chapeau *à la huguenote*.

— Que la peste le crève! s'écria le sergent. Tu ne sais pas cela, toi, Merlin; tu n'étais pas encore avec nous : c'est La Rochefoucauld qui commandait l'embuscade où nous avons manqué de demeurer tous à La Robraye en Poitou. C'est un gaillard qui est tout confit en malices.

— Et il a dit, ajouta Bertrand, qu'une compagnie de reîtres valait mieux qu'un escadron de chevau-légers. J'en suis sûr comme voilà un cheval rouan. Je le tiens d'un page de la reine.

Un mouvement d'indignation se manifesta dans l'auditoire; mais il céda bientôt à la curiosité de savoir contre qui étaient dirigés les préparatifs de guerre et les précautions extraordinaires qu'ils voyaient prendre.

— Est-ce vrai, sergent, demanda le trompette, que l'on a voulu tuer le roi hier?

— Je parie que ce sont ces... d'hérétiques.

— L'aubergiste de la Croix-de-Saint-André, chez qui nous avons déjeuné, dit Bertrand, nous a conté comme cela qu'ils voulaient défaire la messe.

— En ce cas nous ferons gras tous les jours, observa Merlin très philosophiquement ; le morceau de petit salé au lieu de la gamelle de fèves ! Il n'y a pas là de quoi s'affliger.

— Oui ; mais si les huguenots font la loi, la première chose qu'ils feront, ce sera de casser comme verre toutes les compagnies de chevau-légers, pour mettre à la place leurs chiens de reîtres allemands.

— Si cela est ainsi, je leur taillerais volontiers des croupières. Mort de ma vie ! cela me rend bon catholique. Dites donc, Bertrand, vous qui avez servi avec les protestants, est-ce vrai que l'Amiral ne donnait que huit sous à ses cavaliers?

— Pas un denier de plus, le vieux ladre vert ! Aussi l'ai-je quitté après la première campagne.

— Comme le capitaine est de mauvaise humeur aujourd'hui, dit le trompette. Lui qui d'ordinaire est si bon diable, et qui parle volontiers avec le soldat, il n'a pas desserré les dents tout le long de la route.

— Ce sont ces nouvelles-là qui le chagrinent, répondit le sergent.

— Quelles nouvelles?

— Oui ; apparemment ce que veulent faire les huguenots.

— La guerre civile va recommencer, dit Bertrand.

— Tant mieux pour nous, dit Merlin, qui voyait toujours le bon côté des choses ; il y aura des coups à donner, des villages à brûler, et des huguenotes à houspiller.

— Il y a de l'apparence qu'ils ont voulu recommencer leur vieille affaire d'Amboise, dit le sergent ; c'est pour cela que l'on nous fait venir. Nous y mettrons bon ordre.

Dans ce moment le cornette revint avec son escouade ; il s'approcha du capitaine et lui parla bas, tandis que les soldats qui l'avaient accompagné se mêlaient à leurs camarades.

— Par ma barbe ! dit un de ceux qui avaient été en reconnaissance, je ne sais ce qui se passe aujourd'hui dans Paris. Nous n'avons pas vu un chat dans la rue ; mais, en récompense, la Bastille est pleine de troupes : j'ai vu des piques de Suisses qui foisonnaient dans la cour comme des épis de blé, quoi !

— Il n'y en avait pas plus de cinq cents, repartit un autre.

— Ce qui est certain, dit le premier, c'est que les huguenots ont voulu assassiner le roi, et que l'Amiral a été blessé dans la bagarre de la propre main du grand duc de Guise.

— Ah ! le brigand ! c'est bien fait ! s'écria le sergent.

— Tant il y a, continua le cavalier, que ces Suisses disaient, dans leur diable de baragouin, qu'il y a trop longtemps que l'on souffre les hérétiques en France.

— C'est vrai que depuis un temps ils font bien les fiers, dit Merlin.

— Ne dirait-on pas qu'ils nous ont battus à Jarnac et à Moncontour, tant ils piaffent et font les fendants?

— Ils voudraient, dit le trompette, manger le gigot et ne nous donner que le manche.

— Il est bien temps que les bons catholiques leur donnent un tour de peigne.

— Pour moi, dit le sergent, si le roi me disait : « Tue-moi ces coquins-là ! » que je perde mon baudrier si je me le faisais dire deux fois !

— Belle-Rose, dis-nous donc un peu ce qu'a fait notre cornette? demanda Merlin.

— Il a parlé avec une espèce d'officier des Suisses ; mais je n'ai pu entendre ce qu'il disait. Il faut toujours que cela soit curieux, car il s'écriait à tout moment : « Ah ! mon Dieu ! ah ! mon Dieu ! »

— Tiens, voici des cavaliers qui viennent à nous au grand galop ; c'est sans doute un ordre que l'on nous apporte.

— Ils ne sont que deux, ce me semble ; et le capitaine et le cornette vont à leur rencontre.

Deux cavaliers se dirigeaient rapidement vers la compagnie de chevau-légers. L'un, richement vêtu, et portant un chapeau couvert de plumes et une écharpe verte, montait un cheval de bataille. Son compagnon était un homme gros, court, ramassé dans sa petite taille ; il était vêtu d'une robe noire, et portait un grand crucifix de bois.

— On va se battre, sûr, dit le sergent ; voici un aumônier qu'on nous envoie pour confesser les blessés.

— Il n'est guère agréable de se battre sans avoir dîné, murmura tout bas Merlin.

Les deux cavaliers ralentirent l'allure de leurs chevaux, de manière qu'en joignant le capitaine ils purent les arrêter sans effort,

— Je baise les mains de monsieur de Mergy, dit l'homme à l'écharpe verte. Reconnait-il son serviteur, Thomas de Maurevel ?

Le capitaine ignorait encore le nouveau crime de Maurevel ; il ne le connaissait que comme l'assassin du brave de Mouy. Il lui répondit fort sèchement :

— Je ne connais point de monsieur Maurevel. Je suppose que vous venez nous dire enfin pourquoi nous sommes ici.

— Il s'agit, monsieur, de sauver notre bon roi et notre sainte religion du péril qui les menace.

— Quel est donc ce péril? demanda George d'un ton de mépris.

— Les huguenots ont conspiré contre Sa Majesté ; mais leurs coupables complots ont été découverts à temps, grâce à Dieu, et tous les bons chrétiens doivent se réunir cette nuit pour les exterminer pendant leur sommeil.

— Comme furent exterminés les Madianites par le fort Gédéon, dit l'homme en robe noire.

— Qu'entends-je ! s'écria Mergy frémissant d'horreur.

— Les bourgeois sont armés, poursuivit Maurevel ; les gardes françaises et trois mille Suisses sont dans la ville. Nous avons près de soixante mille hommes à nous ; à onze heures le signal sera donné, et le branle commencera.

— Misérable coupe-jarret ! quelle infâme imposture viens-tu nous débiter? Le roi n'ordonne point les assassinats... et tout au plus il les paye.

Mais, en parlant ainsi, George se souvint de l'étrange conversation qu'il avait eue quelques jours auparavant avec le roi.

— Pas d'emportement, monsieur le capitaine ; si le service du roi ne réclamait tous mes soins je répondrais à vos injures. Écoutez-moi : je viens, de la part de Sa Majesté, vous requérir de m'accompagner avec votre troupe. Nous sommes chargés de la rue Saint-Antoine et du quartier avoisinant. Je vous apporte une liste exacte des personnes qu'il nous faut expédier. Le révérend père Malebouche va exhorter vos gens, et leur distribuer des croix blanches comme en porteront tous les catholiques, afin que, dans l'obscurité, on ne prenne pas les fidèles pour des hérétiques.

— Et je consentirais à prêter mes mains pour massacrer des gens endormis !

— Êtes-vous catholique, et reconnaissez-vous Charles IX pour votre roi? Connaissez-vous la signature du maréchal de Retz, à qui vous devez obéissance ?

Et il lui remit un papier qu'il avait à sa ceinture.

Mergy fit approcher un cavalier, et, à la lueur d'une torche de paille allumée à la mèche d'une arquebuse, il lut un ordre en bonne forme enjoignant de par

le roi au capitaine de Mergy de prêter main-forte à la garde bourgeoise, et d'obéir à M. de Maurevel pour un service que le susdit devait lui expliquer. A cet ordre était joint une liste de noms avec ce titre : *Liste des hérétiques qui doivent être mis à mort dans le quartier Saint-Antoine.* La lueur de la torche qui brûlait dans la main du cavalier montrait à tous les chevau-légers l'émotion profonde que causait à leur chef cet ordre qu'il ne connaissait pas encore.

— Jamais mes cavaliers ne voudront faire le métier d'assassin, dit George en jetant le papier au visage de Maurevel.

— Il n'est point question d'assassinat, dit froidement le prêtre : il s'agit d'hérétiques, et c'est justice que l'on va faire à leur endroit.

— Braves gens ! s'écria Maurevel en élevant la voix et s'adressant aux chevau-légers, les huguenots veulent assassiner le roi et les catholiques : il faut les prévenir : cette nuit nous allons les tuer tous pendant qu'ils sont endormis...et le roi vous accorde le pillage de leurs maisons !

Un cri de joie féroce partit de tous les rangs :

— Vive le roi ! mort aux huguenots !

— Silence dans les rangs ! s'écria le capitaine d'une voix tonnante. Seul ici j'ai le droit de commander à ces cavaliers. Camarades, ce que dit ce misérable ne peut être vrai, et, le roi l'eût-il ordonné, jamais mes chevau-légers ne voudraient tuer des gens qui ne se défendent pas.

Les soldats gardèrent le silence.

— Vive le roi ! mort aux huguenots ! s'écrièrent à la fois Maurevel et son compagnon.

Et les cavaliers répétèrent un instant après eux :

Vive le roi ! mort aux huguenots !

— Eh bien ! capitaine, obéirez-vous? demanda Maurevel.

— Je ne suis plus capitaine ! s'écria George.

Et il arracha son hausse-col et son écharpe, insignes de sa dignité.

— Saisissez-vous de ce traître ! s'écria Maurevel en tirant son épée ; tuez ce rebelle qui désobéit à son roi.

Mais pas un soldat n'osa lever la main contre son chef... George fit sauter l'épée des mains de Maurevel ; mais, au lieu de le percer de la sienne, il se contenta de le frapper du pommeau au visage, si violemment qu'il le fit tomber à bas de son cheval.

— Adieu, lâches ! dit-il à sa troupe ; je croyais avoir des soldats, et je n'avais que des assassins.

Puis se tournant vers son cornette :

— Alphonse, si vous voulez être capitaine, voici une belle occasion. Mettez-vous à la tête de ces brigands.

A ces mots il piqua des deux et s'éloigna au galop, se dirigeant vers l'intérieur de la ville. Le cornette fit quelques pas comme pour le suivre ; mais bientôt il ralentit l'allure de son cheval, le mit au pas, puis enfin il s'arrêta, tourna bride et revint à sa compagnie, jugeant sans doute que le conseil de son capitaine, pour être donné dans un moment de colère, n'en était pas moins bon à suivre.

Maurevel, encore un peu étourdi du coup qu'il avait reçu, remontait à cheval en blasphémant ; et le moine, élevant son crucifix, exhortait les soldats à ne pas faire grâce à un seul huguenot, à noyer l'hérésie dans des flots de sang.

Les soldats avaient été un moment retenus par les reproches de leur capitaine; mais, se voyant débarrassés de sa présence et ayant sous les yeux la perspective d'un beau pillage, ils brandirent leurs sabres au-dessus de leurs têtes, et jurèrent d'exécuter tout ce que Maurevel leur commanderait.

XX

DERNIER EFFORT

SOOTHSAYER.
Beware the Ides of March !
SHAKESPEARE, *Julius Cæsar.*

Le même soir, à l'heure accoutumée, Mergy sortit de la maison, et, bien enveloppé dans un manteau couleur de muraille, le chapeau rabattu sur les yeux, avec la discrétion convenable, il se dirigea vers la maison de la comtesse. Il avait à peine fait quelques pas qu'il rencontra le chirurgien Ambroise Paré qu'il connaissait pour en avoir reçu des soins lorsqu'il avait été blessé. Paré revenait sans doute de l'hôtel de Châtillon ; et Mergy, s'étant fait connaître, lui demanda des nouvelles de l'Amiral.

— Il va mieux, dit le chirurgien. La plaie est belle, et le malade sain. Dieu aidant, il guérira. J'espère que la potion que je lui ai prescrite pour ce soir lui sera salutaire et qu'il aura une nuit tranquille.

Un homme du peuple, qui passait auprès d'eux, avait entendu qu'ils parlaient de l'Amiral. Quand il se fut assez éloigné pour être insolent sans crainte de s'attirer une correction, il s'écria :

— Il ira bientôt danser la sarabande à Montfaucon, votre Amiral du diable !

Et il prit la fuite à toutes jambes.

— Misérable canaille ! dit Mergy. Je suis fâché que notre grand Amiral soit obligé de demeurer dans une ville où tant de gens lui sont ennemis.

— Heureusement que son hôtel est bien gardé, répondit le chirurgien. Quand je l'ai quitté, les escaliers étaient remplis de soldats, et déjà ils allumaient leurs mèches. Ah ! monsieur de Mergy, les gens de cette ville ne nous aiment pas... Mais il se fait tard, et il faut que je rentre au Louvre.

Ils se séparèrent en se souhaitant le bonsoir, et Mergy continua son chemin, livré à des pensées couleur de rose qui lui firent oublier bien vite l'Amiral et la haine des catholiques. Cependant il ne put s'empêcher de remarquer un mouvement extraordinaire dans les rues de Paris, toujours peu fréquentées aussitôt après la nuit close. Tantôt il rencontrait des crocheteurs portant sur leurs épaules des fardeaux d'une forme étrange, que dans l'obscurité il était tenté de prendre pour des faisceaux de piques ; tantôt c'était un détachement de soldats marchant en silence, les armes hautes et les mèches allumées ; ailleurs on ouvrait précipitamment des fenêtres, quelques figures s'y montraient un instant avec des lumières et disparaissaient aussitôt.

— Holà ! cria-t-il à un crocheteur, bonhomme, où portez-vous cette armure si tard?

— Au Louvre, mon gentilhomme, pour le divertissement de cette nuit.

— Camarade, dit Mergy à un sergent qui commandait une patrouille, où allez-vous donc ainsi en armes?

— Au Louvre, mon gentilhomme, pour le divertissement de cette nuit.

— Holà ! page, n'êtes-vous point au roi? Où donc allez-vous avec vos camarades, menant ces chevaux harnachés en guerre?

— Au Louvre, mon gentilhomme, pour le divertissement de cette nuit.

— Le divertissement de cette nuit ! se disait Mergy. Il paraît que tout le monde, excepté moi, est dans la confidence. Au reste, peu m'importe ; le roi peut s'amuser sans moi, et je suis peu curieux de voir son divertissement.

Un peu plus loin, il remarqua un homme mal vêtu qui s'arrêtait devant quelques maisons et qui marquait les portes en faisant une croix blanche avec de la craie.

— Bonhomme, êtes-vous donc un fourrier pour marquer ainsi les logements?

L'inconnu disparut sans répondre.

Au détour d'une rue, comme il entrait dans celle qu'habitait la comtesse, il faillit heurter un homme enveloppé, comme lui, d'un grand manteau, et qui tournait le même coin de rue, mais en sens contraire. Malgré l'obscurité et le soin que tous deux semblaient mettre à se cacher l'un de l'autre, ils se reconnurent aussitôt.

— Ah ! bonsoir, monsieur de Béville, dit Mergy en lui tendant la main.

Pour lui donner la main droite, Béville fit un mouvement singulier sous son manteau : il passa de la main droite à la main gauche quelque chose d'assez lourd qu'il portait. Le manteau s'entr'ouvrit un peu.

— Salut au vaillant champion chéri des belles ! s'écria Béville. Je parierais que mon noble ami s'en va de ce pas en bonne fortune.

— Et vous-même, monsieur?... Il paraît que les maris sont d'humeur fâcheuse de votre côté : car je me trompe fort ou ce que je vois sur vos épaules, c'est une cotte de mailles, et ce que vous tenez là sous votre manteau, cela ressemble furieusement à des pistolets.

— Il faut être prudent, monsieur Bernard, très prudent, dit Béville.

En prononçant ces mots, il arrangeait son manteau de manière à cacher soigneusement les armes qu'il portait.

— Je regrette infiniment de ne pouvoir vous offrir ce soir mes services et mon épée pour garder la rue et faire sentinelle à la porte de votre maîtresse. Cela m'est impossible aujourd'hui, mais, en toute occasion, veuillez disposer de moi.

— Ce soir vous ne pouvez venir avec moi, monsieur de Mergy.

Il accompagna ce peu de mots d'un sourire étrange.

— Allons, bonne chance ! Adieu.

— Je vous souhaite aussi *bonne chance!*

Il y avait une certaine emphase dans sa manière de prononcer cet adieu.

Ils se quittèrent, et Mergy avait déjà fait quelques pas quand il s'entendit rappeler par Béville. Il se retourna et le vit qui revenait à lui.

— Votre frère est-il à Paris?

— Non ; mais je l'attends tous les jours. — Ah ! dites-moi, êtes-vous du divertissement de cette nuit?

— Du divertissement?

— Oui ; on dit partout qu'il y aura ce soir un grand divertissement à la cour.

Béville murmura tout bas quelques mots entre ses dents.

— Adieu encore une fois, dit Mergy. Je suis un peu pressé, et... Vous savez ce que je veux dire?

— Écoutez, écoutez ! encore un mot. Je ne puis vous laisser aller sans vous donner un conseil en véritable ami.

— Quel conseil?

— N'allez pas chez *elle* ce soir. Croyez-moi, vous me remercierez demain.

— C'est là votre conseil? Mais je ne vous comprends pas. Qui, *elle*.

— Bah ! nous nous entendons. Mais, si vous êtes sage, passez la Seine ce soir même.

— Est-ce une plaisanterie qui vient au bout de tout cela !

— Point. Je n'ai jamais parlé plus sérieusement. Passez la Seine, vous dis-je. Si le diable vous presse trop, allez-vous-en auprès du couvent des Jacobins, dans la rue Saint-Jacques. A deux portes des bons pères, vous verrez un grand crucifix de bois, cloué contre une maison d'assez chétive apparence. C'est une drôle d'enseigne : n'importe ! Vous frapperez, et vous trouverez une vieille fort accorte qui vous recevra bien à ma considération... Allez passer votre fureur de l'autre côté de la Seine. La mère Brûlard a des nièces gentilles et polies... M'entendez-vous?

— Vous êtes trop bon. Je vous baise les mains.

— Non ; suivez l'avis que je vous donne Foi de gentilhomme ! vous vous en trouverez bien.

— Grand merci, j'en profiterai une autre fois. Aujourd'hui je suis attendu...

Et Mergy fit un pas en avant.

— Passez la Seine, mon brave ; c'est mon dernier mot. S'il vous arrive malheur pour n'avoir point voulu m'écouter, je m'en lave les mains.

Il y avait dans le ton de Béville un sérieux inaccoutumé qui frappa Mergy. Béville avait déjà tourné le dos, ce fut Mergy qui le retint cette fois.

— Que diable voulez-vous dire? expliquez-vous, monsieur de Béville, et ne me parlez plus par énigmes.

— Mon cher, je ne devrais pas peut-être vous parler si clairement ; mais *passez l'eau avant qu'il soit minuit* : et adieu.

— Mais...

Béville était déjà loin. Mergy le suivit un instant ; mais bientôt, honteux de perdre un temps qui pouvait être mieux employé, il revint sur ses pas et s'approcha du jardin où il devait entrer. Il fut obligé de se promener quelque temps de long en large en attendant que plusieurs passants se fussent éloignés. Il craignait qu'ils ne fussent un peu surpris de le voir entrer à cette heure par une porte de jardin. La nuit était belle, un doux zéphyr avait tempéré la chaleur ; la lune paraissait et disparaissait au milieu de légers nuages blancs. C'était une nuit faite pour l'amour.

La rue fut déserte pendant un instant : il ouvrit aussitôt la porte du jardin et la referma sans bruit. Son cœur battait avec force, mais il ne pensait qu'aux plaisirs qui l'attendaient chez sa Diane ; et les idées sinistres que les étranges propos de Béville avaient fait naître dans son esprit en étaient maintenant bien éloignées.

Il s'approcha de la maison sur la pointe du pied. Une lampe derrière un rideau rouge brillait à une fenêtre entr'ouverte : c'était le signal convenu.

Dans un clin d'œil il fut dans l'oratoire de sa maîtresse.

Elle était à moitié couchée sur un lit de repos fort bas et recouvert en damas bleu foncé. Ses longs cheveux noirs en désordre couvraient tout le coussin sur lequel sa tête était appuyée. Ses yeux étaient fermés, et elle semblait faire un effort pour les tenir ainsi. Une seule lampe d'argent suspendue au plafond éclairait l'appartement et projetait toute sa lumière sur la figure pâle et les lèvres de feu de Diane de Turgis. Elle ne dormait pas : mais, à la voir, on eût dit qu'elle était tourmentée d'un cauchemar pénible. Au premier craquement des bottes de Mergy sur le tapis de l'oratoire, elle leva la tête, ouvrit les yeux et la bouche, tressaillit, et avec peine étouffa un cri d'effroi.

— T'ai-je fait peur, mon ange? dit Mergy à genoux devant elle et se penchant sur ce coussin où la belle comtesse venait de laisser retomber sa tête.

— Te voilà donc enfin ! Dieu soit loué !

— Me suis-je fait attendre? Il est encore loin de minuit.

— Ah ! laissez-moi, Bernard... On ne vous a pas vu entrer ?

— Personne... Mais qu'as-tu, mon amour? Pourquoi donc ces jolies petites lèvres fuient-elles les miennes?

— Ah ! Bernard, si tu savais... Oh ! ne me tourmente pas, je t'en prie... Je souffre horriblement, j'ai une migraine effroyable... Ma pauvre tête est en feu.

— Pauvre amie !

— Assieds-toi près de moi... et, de grâce, ne me demande rien aujourd'hui... Je suis bien malade.

Elle enfonça sa jolie figure dans un des coussins du lit de repos, et laissa échapper un gémissement douloureux. Puis tout d'un coup elle se releva sur le coude, secoua ses cheveux épais qui lui couvraient toute la figure, et, saisissant la main de Mergy, elle la posa sur sa tempe. Il sentit battre l'artère avec force.

— Ta main est froide : elle me fait du bien, dit-elle.

— Ma bonne Diane ! que je voudrais avoir la migraine à ta place ! dit-il en baisant ce front brûlant.

— Ah ! oui... et moi je voudrais.... Pose le bout de tes doigts sur mes paupières, cela me soulagera... Il me semble que si je pleurais je souffrirais moins ; mais je ne puis pleurer.

Il y eut un long silence, interrompu seulement par la respiration irrégulière et oppressée de la comtesse. Mergy, à genoux auprès du lit, frottait doucement et baisait quelquefois les paupières baissées de sa belle Diane. Sa main gauche était appuyée sur le coussin, et les doigts de sa maîtresse, enlacés dans les siens, les serraient de temps en temps et comme par un mouvement convulsif. L'haleine de Diane, douce et brûlante à la fois, venait chatouiller voluptueusement les lèvres de Mergy.

— Chère amie, dit-il enfin, tu me parais tourmentée par quelque chose de plus qu'une migraine. As-tu quelque sujet de chagrin?... Et pourquoi ne me le dis-tu pas, à moi? Ne sais-tu pas que, si nous nous aimons, c'est pour partager nos peines aussi bien que nos plaisirs?

La comtesse secoua la tête sans ouvrir les yeux. Ses lèvres remuèrent, mais sans former un son articulé ; puis, comme épuisée par cet effort, elle laissa retomber sa tête sur l'épaule de Mergy. En ce moment l'horloge sonna onze heures et demie. Diane tressaillit et se leva sur son séant toute tremblante.

— En vérité, vous m'effrayez, belle amie !

— Rien... rien encore, dit-elle d'une voix sourde... Le son de cette horloge est affreux ! A chaque coup, il me semble sentir un fer rouge qui me traverse la tête.

Mergy ne trouva pas de meilleur remède et de meilleure réponse que de baiser le front qu'elle penchait vers lui. Tout d'un coup elle étendit les mains ; et, les posant sur les épaules de son amant, tandis que, toujours à demi couchée, elle attachait sur lui des regards étincelants qui semblaient pouvoir le traverser :

— Bernard, dit-elle, quand te convertiras-tu?

— Mon cher ange, ne parlons pas de cela aujourd'hui, cela te rendrait encore plus malade.

— C'est ton opiniâtreté qui me rend malade... mais il t'importe peu. D'ailleurs le temps presse ; et, fussé-je mourante, je voudrais employer pour t'exhorter jusqu'à mon dernier soupir...

Mergy voulut lui fermer la bouche par un baiser. C'est un argument assez bon, et qui sert de réponse à toutes les questions qu'un amant peut entendre de sa maîtresse. Mais Diane, qui d'ordinaire lui épargnait la moitié du chemin, le repoussa cette fois avec force et presque avec indignation.

— Écoutez-moi, monsieur de Mergy, tous les jours je verse des larmes de sang en pensant à vous et à votre erreur. Vous savez si je vous aime ! Jugez quelles doivent être les souffrances que j'endure quand je songe que celui qui est pour moi bien plus cher que la vie peut, dans un moment peut-être, périr corps et âme.

— Diane, vous savez que nous étions convenus de ne plus parler ensemble de pareils sujets.

— Il le faut, malheureux! Qui te dit que tu as encore une heure pour te repentir?

Le ton extraordinaire de sa voix et son langage bizarre rappelèrent involontairement à Mergy l'avis singulier qu'il venait de recevoir de Béville. Il ne put s'empêcher d'en être ému, cependant il se contint ; mais il n'attribua qu'à la dévotion ce redoublement de ferveur convertissante.

— Que voulez-vous dire, belle amie? Croyez-vous que le plafond, pour tuer un huguenot, va tomber tout exprès sur sa tête, comme la nuit dernière le ciel de votre lit? Heureusement nous en fûmes quittes pour un peu de poussière.

— Votre opiniâtreté me met au désespoir !... Tenez, j'ai rêvé que vos ennemis se disposaient à vous tuer... et je vous voyais, sanglant et déchiré par leurs mains, rendre l'âme avant que je pusse amener mon confesseur auprès de vous.

— Mes ennemis? je ne croyais pas en avoir.

— Insensé ! n'avez-vous pas pour ennemis tous ceux qui détestent votre hérésie? N'est-ce pas toute la France? Oui, tous les Français doivent être vos ennemis tant que vous serez l'ennemi de Dieu et de l'Église.

— Laissons cela, ma reine. Quant à vos rêves, adressez-vous à la vieille Camille pour vous les faire expliquer ; moi, je n'y entends rien. Mais parlons d'autre chose. — Vous avez été à la cour aujourd'hui, ce me semble : c'est de là, je pense, que vous avez rapporté cette migraine qui vous fait souffrir et me fait enrager?

— Oui, je viens de la cour, Bernard. J'ai vu la reine, et je suis sortie de chez elle... déterminée à tenter un dernier effort pour vous faire changer... Il le faut, il le faut absolument !...

— Il me semble, interrompit Bernard, il me semble, ma belle amie, que, puisque vous avez la force de prêcher avec tant de véhémence malgré votre maladie, nous pourrions, si vous vouliez bien le permettre nous pourrions encore mieux employer notre temps.

Elle reçut cette raillerie avec un regard de dédain mêlé de colère.

— Réprouvé ! dit-elle à voix basse et comme se parlant à elle-même, pourquoi faut-il que je sois si faible avec lui ?

Puis, continuant plus haut :

— Je le vois assez clairement, vous ne m'aimez pas, et je suis auprès de vous en même estime qu'un cheval. Pourvu que je serve à vos plaisirs, qu'importe que je souffre mille maux !... C'est pour vous, pour vous seul, que j'ai consenti à souffrir les tourments de ma conscience, auprès desquels toutes les tortures que peut inventer la rage des hommes ne sont rien. Un seul mot de votre bouche me rendrait la paix de l'âme ; mais ce mot, jamais vous ne le prononcerez ! Vous ne voudriez pas me faire le sacrifice d'un de vos préjugés.

— Chère Diane, quelle persécution faut-il que j'endure ! Soyez juste, et que votre zèle pour votre religion ne vous aveugle pas. Répondez-moi : pour tout ce que mon bras et mon esprit peuvent faire, trouverez-vous ailleurs un esclave plus soumis que moi? Mais, s'il faut vous le répéter encore, je pourrais mourir pour vous, mais non croire à de certaines choses.

Elle haussait les épaules en l'écoutant, et le regardait avec une expression qui allait jusqu'à la haine.

— Je ne pourrais pas, continua-t-il, changer pour vous mes cheveux châtains en cheveux blonds. Je ne pourrais pas changer la forme de mes membres pour vous plaire. Ma religion est un de mes membres, chère amie, et un membre que l'on ne pourrait m'arracher qu'avec la vie. On aurait beau me prêcher pendant vingt ans, jamais on ne me fera croire qu'un morceau de pain sans levain...

— Tais-toi, interrompit-elle d'un ton d'autorité ; point de blasphème. J'ai tout essayé, rien n'a réussi. Vous tous, qui êtes infectés du poison de l'hérésie, vous êtes un peuple à la tête dure, et vous fermez vos yeux et vos oreilles à la vérité : vous craignez de voir et d'entendre. Eh bien, le temps est venu où vous ne verrez plus, où vous n'entendrez plus... Il n'y avait qu'un moyen pour détruire cette plaie dans l'Église, et ce moyen, on va l'employer.

Elle fit quelques pas dans la chambre, d'un air agité, et poursuivit aussitôt :

— Dans moins d'une heure, on va couper les sept têtes du dragon de l'hérésie. Les épées sont aiguisées et les fidèles sont prêts. Les impies vont disparaître de la face de la terre.

Puis, étendant le doigt vers l'horloge placée dans un des coins de la chambre :

— Vois, dit-elle ; tu as encore un quart d'heure pour te repentir. Quand cette aiguille sera parvenue à ce point, ton sort sera décidé.

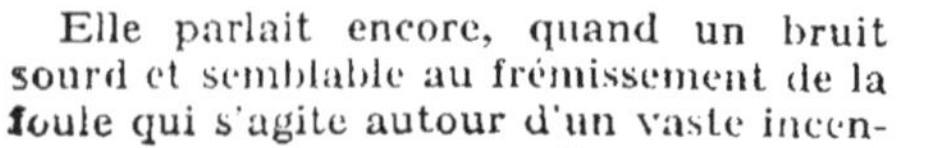

Elle parlait encore, quand un bruit sourd et semblable au frémissement de la foule qui s'agite autour d'un vaste incendie se fit entendre, d'abord confusément; puis il sembla croître avec rapidité ; au bout de peu de minutes, on reconnaissait déjà dans le lointain le tintement des cloches et les détonations d'armes à feu.

— Quelles horreurs m'annoncez-vous? s'écria Mergy.

La comtesse s'était élancée vers la fenêtre, qu'elle avait ouverte.

Alors le bruit, que les vitres et les rideaux n'arrêtaient plus, arriva plus distinct. On croyait y démêler des cris de douleur et des hurlements de joie. Une fumée rougeâtre montait vers le ciel et s'élevait de toutes les parties de la ville aussi loin que la vue pouvait s'étendre. On eût dit un immense incendie, si une odeur de résine, qui ne pouvait être produite que par des milliers de torches allumées n'eût aussitôt rempli la chambre. En même temps, la lueur d'une arquebusade qui semblait tirée dans la rue éclaira un moment les vitres d'une maison voisine.

— Le massacre est commencé ! s'écria la comtesse en portant les mains à sa tête avec effroi.

— Quel massacre? Que voulez-vous dire?

— Cette nuit on égorge tous les huguenots ; la roi l'a ordonné. Tous les catholiques ont pris les armes, et pas un seul hérétique ne doit être épargné. L'Église et la France sont sauvées ; mais tu es perdu si tu n'abjures pas ta fausse croyance.

Mergy sentit une sueur froide qui se répandait sur tous ses membres. Il considérait d'un œil hagard Diane de Turgis, dont les traits exprimaient un mélange singulier d'angoisse et de triomphe. Le vacarme effroyable qui retentissait à ses oreilles et remplissait toute la ville, lui prouvait assez la vérité de l'affreuse nouvelle qu'elle venait de lui apprendre. Pendant quelques instants la comtesse demeura immobile, les yeux fixés sur lui sans parler ; seulement, un doigt étendu vers la fenêtre, elle semblait vouloir s'en rapporter à l'imagination de Mergy, pour lui représenter les scènes sanglantes que laissaient deviner ces clameurs et cette illumination de cannibales. Par degrés, son expression se radoucit ; la joie sauvage disparut, et la terreur resta. Enfin, tombant à genoux, et d'un ton de voix suppliant :

— Bernard ! s'écria-t-elle, je t'en conjure, sauve ta vie, convertis-toi ! Sauve ta vie, sauve la mienne qui en dépend.

Mergy lança sur elle un regard farouche, tandis qu'elle le suivait par la chambre, marchant sur les genoux et les bras étendus. Sans lui répondre un mot, il courut au fond de l'oratoire, où il se saisit de son épée qu'en entrant il avait posée sur un fauteuil.

— Malheureux ! que veux-tu faire? s'écria la comtesse en courant à lui.

— Me défendre ! On ne m'égorgera pas comme un mouton.

« Si j'abjurais, pensa Mergy, je me mépriserais moi-même toute ma vie. »

Cette pensée suffit pour lui rendre son courage, qui fut doublé par la honte d'avoir un instant faibli. Il enfonça son chapeau sur sa tête, boucla son ceinturon, et, ayant roulé son manteau autour de son bras gauche en guise de bouclier, il fit un pas vers la porte d'un air résolu.

— Où vas-tu, malheureux ?

— Dans la rue. Je ne veux pas que vous ayez le regret de me voir égorger sous vos yeux et dans votre maison.

Il y avait dans sa voix quelque chose de si méprisant, que la comtesse en fut accablée. Elle s'était placée au-devant de lui. Il la repoussa, et durement.

-- Mille épées ne pourraient te sauver, insensé que tu es ! Toute la ville est en armes. La garde du roi, les Suisses, les bourgeois et le peuple, tous prennent part au massacre, et il n'y a pas un huguenot qui n'ait en ce moment dix poignards sur sa poitrine. Il n'est qu'un seul moyen de t'arracher à la mort ; fais-toi catholique.

Mergy était brave ; mais, en songeant aux dangers que cette nuit semblait promettre, il sentit, pour un instant, une crainte lâche descendre au fond de son cœur ; et même l'idée de se sauver en abjurant sa religion se présenta à son esprit avec la rapidité d'un éclair.

— Je réponds de ta vie si tu te fais catholique, dit Diane en joignant les mains.

Mais elle saisit un pan de son pourpoint, et elle se traînait à genoux après lui.

— Laissez-moi ! s'écria-t-il. Voulez-vous me livrer vous-même aux poignards des assassins ! La maîtresse d'un huguenot peut racheter ses péchés en offrant à son Dieu le sang de son amant.

— Arrête, Bernard, je t'en supplie ! ce n'est que ton salut que je veux. Vis pour moi, cher ange ! Sauve-toi, au nom de notre amour !... Consens à prononcer un seul mot, et, je le jure, tu seras sauvé.

— Qui? moi, prendre une religion d'assassins et de bandits ! Saints martyrs de l'Évangile, je vais vous rejoindre !

Et il se dégagea si impétueusement que la comtesse tomba rudement sur le

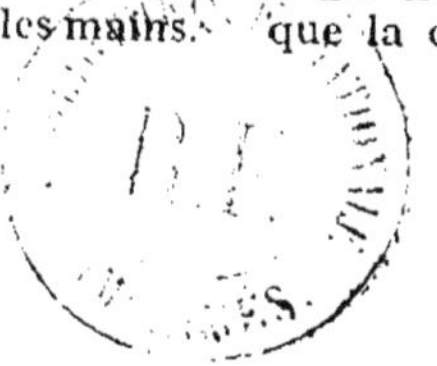

parquet. Il allait ouvrir la porte pour sortir, quand Diane, se relevant avec l'agilité d'une jeune tigresse s'élança sur lui, et le serra dans ses bras d'une étreinte plus forte que celle d'un homme robuste.

— Bernard ! s'écria-t-elle hors d'elle-même et les larmes aux yeux, je t'aime mieux ainsi que si tu te faisais catholique !

Et, l'entraînant sur le lit de repos, elle s'y laissa tomber avec lui, en le couvrant de baisers et de larmes.

— Reste ici, mon seul amour ; reste avec moi, mon brave Bernard, disait-elle en le serrant et l'enveloppant de son corps comme un serpent qui se roule autour de sa proie. Ils ne viendront pas te chercher ici, jusque dans mes bras ; et il faudra me tuer pour parvenir jusqu'à ton sein. Pardonne-moi, cher amour ; je n'ai pu t'avertir plus tôt du danger qui te menaçait. J'étais liée par un serment terrible. Mais je te sauverai, ou je périrai avec toi.

En ce moment, on frappa rudement à la porte de la rue. La comtesse poussa un cri perçant, et Mergy s'étant dégagé de son étreinte, sans quitter son manteau roulé autour de son bras gauche, se sentit alors si fort et si résolu, qu'il n'eût pas hésité à se jeter tête baissée au milieu de cent massacreurs, s'ils se fussent présentés à lui.

Dans presque toutes les maisons de Paris, il y avait à la porte d'entrée une petite ouverture carrée, avec un grillage de fer serré, de manière que les habitants de la maison pussent par avance reconnaître s'il y aurait sûreté pour eux à ouvrir.

Souvent même des portes massives en chêne, garnies de gros clous et de bandes de fer, ne rassuraient pas encore les gens précautionnés, et qui ne voulaient pas se rendre avant un siège en règle. Des meurtrières étroites étaient en conséquence ménagées des deux côtés de la porte, et de là, sans être aperçu, on pouvait tout à son aise canarder les assaillants.

Un vieil écuyer de confiance de la comtesse, ayant examiné par un semblable grillage la personne qui se présentait, et lui ayant fait subir un interrogatoire convenable, revint dire à sa maîtresse que le capitaine de Mergy demandait instamment à être introduit. La crainte cessa et la porte s'ouvrit.

XXI

LE VINGT-QUATRE AOUT

« Saignez ! saignez ! »
Mot du maréchal de Tavannes.

Après avoir quitté sa compagnie, le capitaine George courut à sa maison, espérant y trouver son frère; mais il l'avait déjà quittée après avoir dit aux domestiques qu'il s'absentait pour toute la nuit. George en avait conclu sans peine qu'il était chez la comtesse, et il s'était empressé de l'y chercher. Mais déjà le massacre avait commencé ; le tumulte, la presse des assassins, et les chaînes tendues au milieu des rues l'arrêtaient à chaque pas. Il fut forcé de passer auprès du Louvre, et c'était là que le fanatisme déployait toutes ses fureurs. Un grand nombre de protestants habitaient ce quartier, envahi en ce moment par les bourgeois catholiques et les soldats des gardes, le fer et la flamme à la main. Là, selon l'expression énergique d'un écrivain contemporain [1], *le sang courait de tous côtés cherchant la rivière*, et l'on ne pouvait traverser les rues sans courir le risque d'être écrasé à tout moment par les cadavres que l'on précipitait des fenêtres.

Par une prévoyance infernale, la plupart des bateaux qui d'ordinaire étaient amarrés le long du Louvre avaient été conduits sur l'autre rive ; de sorte que beaucoup de fugitifs qui couraient au bord de la Seine, espérant s'y embarquer et se dérober aux coups de leurs ennemis, se trouvaient n'avoir à choisir qu'entre les flots ou les hallebardes des soldats qui les poursuivaient. Cependant, à l'une des fenêtres de son palais, on voyait, dit-on, Charles IX armé d'une longue arquebuse, qui *giboyait* aux pauvres passants [2].

Le capitaine, enjambant des corps morts, et s'éclaboussant avec du sang, poursuivait son chemin, exposé à chaque pas à tomber victime de la méprise d'un massacreur. Il avait remarqué que les soldats et les bourgeois armés portaient tous une écharpe blanche au bras et une croix blanche au chapeau. Il aurait pu facilement prendre ce signe de reconnaissance ; mais l'horreur que lui inspiraient les assassins s'étendait jusqu'aux marques qui leur servaient à se faire reconnaître.

Sur le bord de la rivière, près du Châtelet, il s'entendit appeler. Il tourna la tête, et vit un homme armé jusqu'aux dents, mais qui ne paraissait pas faire usage de ses armes, portant d'ailleurs la croix blanche à son chapeau, et roulant un morceau de papier entre ses doigts d'un air tout à fait dégagé. C'était Béville. Il regardait froidement les cadavres et les hommes vivants que l'on jetait dans la Seine par-dessus le pont au Meunier.

— Que diable fais-tu ici, George? Est-ce un miracle, ou bien est-ce la grâce qui te donne ce beau zèle, car tu m'as l'air d'aller à la chasse aux huguenots?

— Et toi-même, que fais-tu au milieu de ces misérables?

— Moi ? parbleu, je regarde ; c'est un spectacle. Et sais-tu le bon tour que j'ai fait? Tu connais bien le vieux Michel Cornabon, cet usurier huguenot qui m'a tant rançonné?...

— Tu l'as tué, malheureux.

— Moi? fi donc ! Je ne me mêle point d'affaires de religion. Loin de le tuer, je l'ai caché dans ma cave, et lui m'a donné quittance de tout ce que je lui dois. Ainsi j'ai fait une bonne action, et j'en suis récompensé. Il est vrai que, pour qu'il signât plus facilement la quittance, je lui ai mis deux fois le pistolet à la tête, mais le diable m'emporte si j'aurais tiré... — Tiens, regarde donc cette femme arrêtée par ses jupons à une des poutres du pont. Elle tombera... non, elle ne tombera pas ! Peste ! ceci est curieux, et mérite qu'on le voie de plus près.

George le quitta, et il se disait en se frappant la tête :

« Et voilà un des plus honnêtes gentilshommes que je connaisse aujourd'hui dans cette ville ! »

Il entra dans la rue Saint-Josse, qui était déserte et sans lumière ; sans doute pas un seul réformé ne l'habitait. Cependant on y entendait distinctement le tumulte qui partait des rues voisines. Tout à coup les murs blancs sont éclairés par la lumière rouge des torches. Il entend des cris perçants, et il voit une femme à demi nue, les cheveux épars, tenant un enfant dans ses bras. Elle fuyait avec une vitesse surnaturelle. Deux hommes la poursuivaient, s'animant l'un l'autre par des cris sauvages, comme des chasseurs qui suivent une bête fauve. La femme allait se jeter dans une allée ouverte, quand un des poursuivants fit feu sur elle d'une arquebuse dont il était armé. Le coup l'atteignit dans le dos et la renversa. Elle se releva aussitôt, fit un pas vers George, et retomba sur les genoux ; puis, faisant un dernier effort, elle souleva son enfant vers le capitaine, comme si elle le confiait à sa générosité. Elle expira sans proférer une parole.

— Encore une de ces chiennes d'hérétiques à bas ! s'écria l'homme qui avait tiré le coup d'arquebuse. Je ne me reposerai que lorsque j'en aurai expédié douze.

— Misérable ! s'écria le capitaine.

Et il lui lâcha à bout pourtant un coup de pistolet.

La tête du scélérat frappa la muraille opposée. Il ouvrit les yeux d'une manière effrayante, et glissant sur les talons tout d'une pièce, ainsi qu'une planche mal appuyée, il tomba à terre raide mort.

— Comment ! tuer un catholique ! s'écria le compagnon du mort, qui tenait

1. D'Aubigné, *Histoire universelle*.
2. Id., *Ibid*.

une torche d'une main et une épée sanglante de l'autre. Qui donc êtes-vous? Par la messe ! mais vous êtes des chevau-légers du roi. Mordieu ! il y a méprise, mon officier.

Le capitaine prit à sa ceinture son second pistolet et l'arma. Ce mouvement et le léger bruit du ressort furent parfaitement compris. Le massacreur jeta sa torche et prit la fuite à toutes jambes. George ne daigna pas tirer sur lui. Il se baissa, examina la femme étendue par terre, et reconnut qu'elle était morte. La balle l'avait percée de part en part ; son enfant, les bras passés autour de son cou, criait et pleurait ; il était couvert de sang, mais par miracle il n'avait pas été blessé. Le capitaine eut quelque peine à l'arracher de sa mère, qu'il serrait de toute sa force, puis il l'enveloppa dans son manteau ; et, rendu prudent par la rencontre qu'il venait de faire, il ramassa le chapeau du mort, en ôta la croix blanche et la mit sur le sien. De la sorte, il parvint, sans être arrêté, jusqu'à la maison de la comtesse.

Les deux frères tombèrent dans les bras l'un de l'autre, et pendant quelque temps se tinrent étroitement embrassés sans pouvoir proférer une parole. Enfin le capitaine rendit compte en peu de mots de l'état où se trouvait la ville. Bernard maudissait le roi, les Guises et les prêtres ; il voulait sortir et chercher à se réunir à ses frères, s'ils essayaient quelque part de résister à leurs ennemis. La comtesse pleurait et le retenait, et l'enfant criait et demandait sa mère.

Après beaucoup de temps perdu à crier, gémir et pleurer, il fallait enfin prendre un parti. Quant à l'enfant, l'écuyer de la comtesse se chargea de trouver une femme qui en prît soin. Pour Mergy, il ne pouvait fuir dans ce moment. D'ailleurs où se rendre? savait-on si le massacre ne s'étendait pas d'un bout à l'autre de la France? Des corps de garde nombreux occupaient les ponts par lesquels les réformés auraient pu passer dans le faubourg Saint-Germain, d'où ils pouvaient plus facilement s'échapper de la ville et gagner les provinces du Midi, de tout temps affectionnées à leur cause. D'un autre côté, il paraissait peu probable et même imprudent, d'implorer la pitié du monarque dans un moment où, échauffé par le carnage, il ne pensait qu'à faire de nouvelles victimes. La maison de la comtesse, à cause de sa réputation de dévotion, n'était pas exposée à des recherches sérieuses de la part des meurtriers, et Diane croyait être sûre de ses gens. Ainsi Mergy ne pouvait nulle part trouver une retraite où il courût moins de risques. Il fut résolu qu'il s'y tiendrait caché en attendant l'événement.

Le jour, au lieu de faire cesser les massacres, sembla plutôt les accroître et les régulariser. Il n'y eut catholique qui, sous peine d'être suspect d'hérésie, ne prît la croix blanche, et ne s'armât ou ne dénonçât les huguenots qui vivaient encore. Cependant le roi, renfermé dans son palais, était inaccessible pour tous autres que les chefs des massacreurs. La populace, attirée par l'espoir du pillage, s'était jointe à la garde bourgeoise et aux soldats, et les prédicateurs exhortaient les fidèles dans les églises à redoubler de cruauté.

— Écrasons en une fois, disaient-ils, toutes les têtes de l'hydre, et mettons fin pour toujours aux guerres civiles.

Et, pour persuader à ce peuple avide de sang et de miracles que le ciel approuvait ses fureurs et qu'il avait voulu les encourager par un prodige éclatant :

— Allez au cimetière des Innocents, criaient-ils, allez voir cette aubépine qui vient de refleurir, comme rajeunie et fortifiée pour être arrosée d'un sang hérétique!

Des processions nombreuses de massacreurs en armes allaient en grande cérémonie adorer la sainte épine, et sortaient du cimetière animées d'un nouveau zèle pour découvrir et mettre à mort ceux que le ciel condamnait ainsi manifestement. Un mot de Catherine était dans toutes les bouches ; on se répétait en égorgeant les enfants et les femmes : *Che pietà lor ser crudele, che crudeltà lor ser pietoso ;* aujourd'hui il y a de l'humanité à être cruel, de la cruauté à être humain.

Chose étrange ! parmi tous ces protestants, il y en avait peu qui n'eussent fait la guerre et n'eussent assisté à des batailles acharnées, où ils avaient essayé, souvent avec succès, de balancer l'avantage du nombre par la valeur ; et pourtant, durant cette tuerie, *deux* seulement opposèrent quelque résistance à leurs assassins, et de ces deux hommes un seul avait fait la guerre. Peut-être l'habitude de combattre en troupe et d'une manière régulière les avait-elle privés de cette énergie individuelle qui pouvait exciter chaque protestant à se défendre dans sa maison comme une forteresse. On voyait, tels que des victimes dévouées, de vieux guerriers tendre leur gorge à des misérables qui, la veille, auraient tremblé devant eux. Ils prenaient leur résignation pour du courage, et préféraient la gloire des martyrs à celle des soldats.

Quand la première soif de sang fut apaisée, on vit les plus cléments des massacreurs offrir la vie à leurs victimes pour prix de leur abjuration. Un bien petit nombre de calvinistes profita de cette offre, et consentit à se racheter de la mort et même des tourments par un mensonge peut-être excusable. Des femmes, des enfants, répétaient leur symbole au milieu des épées levées sur leur tête, et mouraient sans proférer une plainte.

Après deux jours, le roi essaya d'arrêter le carnage; mais, quand on a lâché la bride aux passions de la multitude, il n'est plus possible de l'arrêter. Non seulement les poignards ne cessèrent point de frapper, mais le monarque lui-même, accusé d'une compassion impie, fut obligé de révoquer ses paroles de clémence et d'exagérer jusqu'à la méchanceté, qui faisait cependant un des traits principaux de son caractère.

Pendant les premiers jours qui suivirent la Saint-Barthélemy, Mergy fut visité régulièrement dans sa retraite par son frère, qui lui apprenait chaque fois de nouveaux détails sur les scènes horribles dont il était témoin.

— Ah! quand pourrai-je quitter ce pays de meurtres et de crimes? s'écriait George. J'aimerais mieux vivre au milieu des bêtes sauvages que de vivre parmi les Français.

— Viens avec moi à La Rochelle, disait Mergy ; j'espère que les massacreurs ne l'ont point encore. Viens mourir avec moi, et faire oublier ton apostasie en défendant ce dernier boulevard de notre religion.

— Eh! que deviendrai-je ? disait Diane.

— Allons plutôt en Allemagne ou en Angleterre, répondait George. Là, du moins, nous ne serons pas égorgés, et nous n'égorgerons pas.

Ces projets n'eurent pas de suite. George fut mis en prison pour avoir désobéi aux ordres du roi ; et la comtesse, tremblant que son amant ne fût découvert ne songea plus qu'à lui faire quitter Paris.

XXII

LES DEUX MOINES

> Lui mettant un capuchon,
> Ils en firent un moine.
> *Chanson populaire.*

Dans un cabaret, sur les bords de la Loire, à peu de distance d'Orléans, en descendant vers Beaugency, un jeune moine en robe brune garnie d'un grand capuchon qu'il tenait à demi baissé, était assis devant une table, les yeux attachés sur son bréviaire avec une attention tout à fait édifiante, bien qu'il eût choisi un coin un peu sombre pour lire. Il avait à sa ceinture un chapelet dont les grains étaient plus gros que des œufs de pigeon, et une ample provision de médailles de saints suspendues au même cordon résonnaient à chaque mouvement qu'il faisait. Quand il levait la tête pour regarder du côté de la porte, on remarquait une bouche bien faite, ornée d'une moustache retroussée en forme d'*arc turquois*, et si galante, qu'elle aurait fait honneur à un capitaine de gendarmes. Ses mains étaient fort blanches, ses ongles longs et taillés avec soin ; et rien n'annonçait que le jeune frère, suivant la coutume de son ordre, eût jamais manié la bêche ou le râteau.

Une grosse paysanne joufflue, qui remplissait les fonctions de servante et de cuisinière dans ce cabaret, dont elle était de plus la maîtresse, s'approcha du jeune moine, et, après lui avoir fait une révérence assez gauche, lui dit :

— Eh bien ! mon père, n'ordonnerez-vous rien pour votre dîner? Il est plus de midi, savez-vous?

— Est-ce que le bateau de Beaugency doit encore tarder longtemps?

— Qui sait? L'eau est basse, et l'on ne va pas comme on veut. Et puis, quand même, il n'est pas l'heure. Tenez, à votre place, moi, je dînerais ici.

— Eh bien, j'y dînerai ; mais n'y a-t-il pas une autre salle que celle-ci où je pourrais manger? Je sens ici une odeur qui n'est pas agréable.

— Vous êtes bien délicat, mon père. Quant à moi, je ne sens rien du tout.

— Est-ce qu'on flambe des cochons près de cette auberge?

— Des cochons? Ah! voilà qui est plaisant! Des cochons? Oui, à peu près; ce sont bien des cochons, car, comme dit l'autre, de leur vivant ils étaient habillés de soie; mais ces cochons-là, ça n'est pas pour manger. Ce sont des huguenots, révérence parler, mon père, que l'on brûle au bord de l'eau, à cent pas d'ici, et c'est leur fumet que vous sentez.

— Des huguenots!

— Oui, des huguenots. Est-ce que ça vous fait quelque chose? Il ne faut pas que cela vous ôte l'appétit. Quant à changer de salle pour dîner, je n'en ai qu'une; ainsi vous serez bien obligé de vous en contenter. Bah! le huguenot, cela ne sent pas déjà si mauvais. Au reste, si on ne les brûlait pas, peut-être qu'ils pueraient bien davantage. Il y en avait un tas ce matin sur le sable, un tas aussi haut... quoi! aussi haut que voilà cette cheminée.

— Et vous allez voir ces cadavres?

— Ah! vous me dites cela parce qu'ils étaient nus. Mais des morts, mon révérend, ça ne compte pas; ça ne me faisait pas plus d'effet que si j'avais vu un tas de grenouilles mortes. Il paraît tout de même qu'ils ont joliment travaillé hier à Orléans, car la Loire nous en a furieusement apporté de ce poisson hérétique-là, et, comme les eaux sont basses, on en trouve tous les jours sur le sable qui restent à sec. Même hier, comme le garçon meunier regardait s'il y avait des tanches dans son filet, voilà-t-il pas qu'il trouve dedans une femme morte qui avait un fier coup de hallebarde dans l'estomac. Tenez, ça lui entrait par là et ça sortait entre les épaules. Il aurait mieux aimé trouver une belle carpe, tout de même... Mais qu'avez-vous donc, mon révérend?... Est-ce que vous voulez tomber en pâmoison? Voulez-vous que je vous donne en attendant votre dîner, un coup de vin de Beaugency? ça vous remettra le cœur au ventre.

— Je vous remercie.

— Eh bien, que voulez-vous pour votre dîner?

— La première chose venue... peu m'importe.

— Quoi, encore? J'ai un garde-manger qui est bien garni, voyez-vous.

— Eh bien, donnez-moi un poulet, et laissez-moi lire mon bréviaire.

— Un poulet! un poulet! mon révérend! ah! bien! en voici d'une bonne! Ce n'est pas sur vos dents que les araignées feront leurs toiles en temps de jeûne. Vous avez une dispense du pape pour manger du poulet le vendredi?

— Ah! que je suis distrait!... Oui, sans doute, c'est aujourd'hui vendredi... *Vendredi chair ne mangeras.* Donnez-moi des œufs. Je vous remercie bien de m'avoir averti à temps pour éviter un si grand péché.

— Voyez donc! dit la cabaretière à demi-voix, ces messieurs, si on ne les avertissait pas, ils vous mangeraient des poulets un jour maigre, et, pour un mauvais morceau de lard qu'ils trouveront dans la soupe d'une pauvre femme, ils feront un bruit à vous faire tourner le sang.

Cela dit, elle s'occupa de préparer ses œufs, et le moine se remit à lire son bréviaire.

— *Ave, Maria,* ma sœur, dit un autre moine en entrant dans le cabaret, au moment où dame Marguerite tenait la queue de sa poêle et s'apprêtait à retourner une volumineuse omelette.

Le nouveau venu était un beau vieillard à barbe grise, grand, fort et replet; il avait la figure enluminée; mais ce qui attirait d'abord la vue, c'était un énorme emplâtre qui lui cachait un œil et lui couvrait la moitié de la joue. Il parlait français facilement, mais on distinguait dans son langage un léger accent étranger.

Au moment où il entra, le jeune moine baissa encore davantage son capuchon, de manière à ne pouvoir être vu; et ce qui surprit plus encore dame Marguerite, c'est que le moine survenant, qui avait son capuchon levé à cause de la chaleur, se hâta de le baisser aussitôt qu'il eut aperçu son confrère en religion.

— Ma foi! mon père, dit la cabaretière, vous arrivez à propos pour dîner; vous n'attendrez pas, et vous allez vous trouver en pays de connaissance.

Puis s'adressant au jeune moine:

— N'est-ce pas, mon révérend, que vous êtes enchanté de dîner avec sa révérence que voilà? L'odeur de mon omelette vient de l'attirer. Dame, aussi, c'est que je n'y épargne pas le beurre!

Le jeune moine répondit avec timidité et en balbutiant :

— Je craindrais de gêner monsieur.

Le vieux moine dit de son côté, en baissant fort la tête :

— Je suis un pauvre moine alsacien... Je parle mal français... et je crains que ma compagnie ne soit pas agréable à mon confrère.

— Allons donc ! dit dame Marguerite, vous feriez des façons? Entre moines, et moines du même ordre, il ne doit y avoir qu'une seule table et qu'un seul lit.

Et, prenant un escabeau, elle le plaça auprès de la table, précisément en face du jeune moine. Le vieux s'y assit de côté, évidemment fort empêché de sa personne ; il semblait combattu entre le désir de dîner et une certaine répugnance à se trouver face à face avec un confrère.

L'omelette fut servie.

— Allons, mes pères, dépêchez bien vite votre bénédicité, et ensuite vous me direz si mon omelette est bonne.

A ce mot de bénédicité, les deux moines parurent encore plus mal à leur aise. Le plus jeune dit au plus vieux :

— C'est à vous de le dire ; vous êtes mon ancien, et cet honneur vous est dû.

— Non, pas du tout. Vous étiez ici avant moi, c'est à vous de le dire.

— Non ; je vous en prie.

— Je ne le ferai pas, certainement.

— Il le faut absolument.

— Vous allez voir, dit dame Marguerite qu'ils laisseront refroidir mon omelette. A-t-on jamais vu deux franciscains aussi cérémonieux? Que le plus vieux dise le bénédicité, et le plus jeune dira les grâces.

— Je ne sais dire le bénédicité que dans ma langue, dit le vieux moine.

Le jeune parut surpris, et jeta un coup d'œil à la dérobée sur son compagnon. Cependant ce dernier, joignant les mains d'une façon fort dévote, commença à marmotter sous son capuchon quelques paroles que personne n'entendit. Puis il se rassit, et en moins de rien, sans dire une parole, il eut englouti les trois quarts de l'omelette et vidé la bouteille placée en face de lui. Son compagnon, le nez sur son assiette, n'ouvrit la bouche que pour manger. L'omelette achevée, il se leva, joignit les mains, et prononça fort vite et en bredouillant quelques mots latins dont les derniers étaient : *Et beata viscera virginis Mariæ*. Ce furent les seuls que Marguerite entendit.

— Quelles drôles de grâces, révérence parler, nous dites-vous là, mon père ! Il me semble que ce n'est pas comme celles que dit notre curé.

— Ce sont les grâces de notre couvent, dit le jeune franciscain,

— Le bateau va-t-il bientôt venir? demanda l'autre moine.

— Patience ! Il s'en faut qu'il soit près d'arriver, répondit dame Marguerite.

Le jeune frère parut contrarié, du moins à en juger par un mouvement de tête qu'il fit. Cependant, il ne hasarda pas la moindre observation ; et, prenant son bréviaire, il se mit à lire avec un redoublement d'attention.

De son côté, l'Alsacien, tournant le dos à son compagnon, faisait rouler les grains de son chapelet entre son index et son pouce, tandis qu'il remuait les lèvres, sans qu'il en sortît le moindre son.

— Voici les deux plus étranges moines que j'aie jamais vus, et les plus silencieux, pensa dame Marguerite, en se plaçant à côté de son rouet, qu'elle mit bientôt en mouvement.

Depuis un quart d'heure le silence n'avait été interrompu que par le bruit du rouet, lorsque quatre hommes armés et de fort mauvaise mine entrèrent dans l'auberge. Ils touchèrent légèrement le bord de leur chapeau à la vue des deux moines, et l'un d'eux, saluant Marguerite du nom familier de « ma petite Margot », lui demanda du vin d'abord, et à dîner bien vite, « car, disait-il, la mousse m'est crue au gosier, faute de remuer les mâchoires ».

— Du vin, du vin ! murmura dame Marguerite, voilà qui est bientôt dit, monsieur Bois-Dauphin. Mais est-ce vous qui payerez l'écot? Vous savez que Jérôme Crédit est mort ; et d'ailleurs vous me devez, tant en vin qu'en dîners et soupers, plus de six écus, aussi vrai que je suis une honnête femme !

— Aussi vrai l'un que l'autre, répondit en riant Bois-Dauphin ; c'est-à-dire que je ne vous dois que deux écus, la mère Margot, et pas un denier de plus.

Il se servit d'un terme plus énergique.

— Ah ! Jésus ! Maria ! peut-on dire?...

— Allons, allons, ne braillez pas, notre ancienne. Va pour six écus. Je te les payerai, Margoton, avec ce que nous dépenserons ici ; car j'en ai du sonnant aujourd'hui, quoique nous ne gagnions guère au métier que nous faisons. Je ne sais pas ce que ces gredins-là font de leur argent.

— C'est bien possible qu'ils l'avalent, comme font les Allemands, dit un de ses camarades.

— Malepeste ! s'écria Bois-Dauphin, il faut y regarder de près. Les bonnes pistoles sont, dans une carcasse hérétique, une bonne farce qu'il ne faut pas jeter aux chiens.

— Comme elle criait, la fille de ce ministre de ce matin ! dit le troisième.

— Et le gros ministre ! ajouta le dernier ; comme j'ai ri ! Il était si gros qu'il ne pouvait enfoncer dans l'eau.

— Vous avez donc bien travaillé ce matin? demanda Marguerite, qui revenait de la cave avec des bouteilles pleines.

— Comme cela, dit Bois-Dauphin. Hommes, femmes et petits enfants, c'est douze en tout que nous avons jetés à l'eau ou dans le feu. Mais le malheur, Margot, c'est qu'ils n'avaient ni sou ni maille ; hormis la femme, qui avait quelques babioles, tout ce gibier-là ne valait pas les quatre fers d'un chien. Oui, mon père, continua-t-il en s'adressant au plus jeune des moines, nous avons bien gagné des indulgences, ce matin, en tuant ces chiens d'hérétiques, vos ennemis.

Le moine le regarda un instant, et se remit à lire ; mais son bréviaire tremblait visiblement dans sa main gauche, et il serrait son poing droit comme un homme agité par une émotion concentrée.

— A propos d'indulgences, dit Bois-Dauphin en se tournant vers ses camarades savez-vous que je voudrais bien en avoir une pour faire gras aujourd'hui? Je vois dans la basse-cour de dame Margot des poulets qui me tentent furieusement.

— Parbleu ! dit un des scélérats, mangeons-en, nous ne serons pas damnés pour cela. Nous irons demain à confesse, voilà tout.

— Écoutez, compères, dit un autre, il me vient une idée. Demandons à ces gros frocards-là de nous donner la permission de faire gras.

— Oui, comme s'ils le pouvaient ! répondit son camarade.

— Par les tripes de Notre-Dame ! s'écria Bois-Dauphin, je sais un meilleur moyen que tout cela, et je vais vous le dire à l'oreille.

Les quatre coquins s'approchèrent aussitôt tête contre tête, et Bois-Dauphin leur expliqua tout bas son projet, qui fut accueilli par de grands éclats de rire. Un seul des bandits montra quelque scrupule.

— C'est une méchante idée que tu as là, Bois-Dauphin, et cela peut porter malheur ; moi je n'en suis pas.

— Tais-toi donc, Guillemain. Comme si c'était un gros péché que de faire flairer à quelqu'un la lame d'un poignard !

— Oui, mais un tonsuré !...

Ils parlaient à voix basse, et les deux moines semblaient chercher à deviner leurs projets par quelques mots qu'ils saisissaient dans leur conversation.

— Bah ! il n'y a guère de différence, repartit Bois-Dauphin d'un ton plus haut. Et puis, comme cela, c'est lui qui fera le péché, et ce ne sera pas moi.

— Oui, oui ! Bois-Dauphin a raison ! s'écrièrent les deux autres.

Aussitôt Bois-Dauphin se leva et sortit de la salle. Un instant après, on entendit des poules crier, et le brigand reparut bientôt, tenant une poule morte de chaque main.

— Ah ! le maudit ! s'écriait dame Marguerite. Tuer mes poulets ! et un vendredi ! Qu'en veux-tu faire, brigand?

— Silence, dame Margoton, et ne m'échauffez pas les oreilles ; vous savez que je suis un méchant garçon. Préparez vos broches et me laissez faire.

Puis s'approchant du frère alsacien :

— Çà, mon père, dit-il, vous voyez bien ces deux bêtes-ci ? eh bien, je voudrais que vous me fissiez la grâce de les baptiser.

Le moine recula de surprise ; l'autre ferma son livre, et dame Marguerite commença à dire des injures à Bois-Dauphin.

— Que je les baptise dit le moine.

— Oui, mon père. Moi, je serai le parrain, et Margot que voici sera la marraine. Or, voici les noms que je donne à mes filleules : celle-ci se nommera *Carpe* et celle-là *Perche*. Voilà deux jolis noms.

— Baptiser des poules ! s'écria le moine en riant.

— Eh oui, morbleu ! mon père ; allons, vite en besogne !

— Ah ! scélérat ! s'écria Marguerite ; tu crois que je te laisserai faire ce commerce-là dans ma maison? Crois-tu être chez des juifs ou au sabbat, pour baptiser des bêtes?

— Délivrez-moi donc de cette braillarde, dit Bois-Dauphin à ses camarades ; et vous, mon père, ne sauriez-vous lire le nom du coutelier qui a fait cette lame-ci?

En parlant ainsi, il passait son poignard nu sous le nez du vieux moine. Le jeune se leva sur son banc ; mais presque aussitôt, comme par l'effet d'une réflexion prudente, il se rassit déterminé à prendre patience.

— Comment voulez-vous que je baptise des volailles, mon enfant?

— Parbleu! c'est bien facile ; comme vous nous baptisez, nous autres enfants de femmes. Jetez-leur un peu d'eau sur la tête, et dites : *Baptizo te Carpam et Percham* : seulement dites cela dans votre baragouin. Allons, Petit-Jean, apporte-nous ce verre d'eau, et vous tous, à bas les chapeaux, et du recueillement, noble Dieu !

A la surprise générale, le vieux cordelier prit un peu d'eau, la répandit sur la tête des poules, et prononça fort vite et très indistinctement quelque chose qui avait l'air d'une prière. Il finit par : *Baptizo te Carpam et Percham.* Puis il se rassit, et reprit son chapelet avec beaucoup de calme et comme s'il n'avait fait qu'une chose ordinaire.

L'étonnement avait rendu muette dame Marguerite. Bois-Dauphin triomphait.

Allons, Margot, dit-il en lui jetant les deux poulets, apprête-nous cette carpe et cette perche ; c'est un très bon manger maigre.

Mais, malgré leur baptême, Marguerite se refusait encore à les regarder comme un manger de chrétiens. Il fallut que les bandits la menaçassent de mauvais traitements pour qu'elle pût se décider à mettre à la broche ces poissons improvisés.

Cependant Bois-Dauphin et ses compagnons buvaient largement ; ils portaient des santés et menaient grand bruit.

- Écoutez ! cria Bois-Dauphin en frappant un grand coup de poing sur la table pour obtenir du silence, je propose de boire à la santé de notre saint-père le pape, et à la mort de tous les huguenots; et il faut que nos deux frocards et dame Marguerite boivent avec nous.

BAPTIZO TE CARPAM ET PERCHAM.

La proposition fut accueillie par acclamation de ses trois camarades.

Il se leva en chancelant un peu, car il était déjà plus qu'à moitié ivre, et, avec une bouteille qu'il avait à la main, il emplit le verre du jeune moine.

— Allons, bon père, dit-il, à la sainteté de sa santé !... Je me trompe. A la santé de Sa Sainteté ! et à la mort...

— Je ne bois jamais entre mes repas, répondit froidement le jeune homme.

— Oh ! parbleu ! vous boirez, ou le diable m'emporte si vous ne dites pourquoi !

A ces mots, il posa la bouteille sur la table, et, prenant le verre, il l'approcha des lèvres du moine, qui se penchait sur son bréviaire avec un grand calme en apparence. Quelques gouttes de vin tombèrent sur le livre. Aussitôt le moine se leva, saisit le verre ; mais, au lieu de le boire, il en jeta le contenu au visage de Bois-Dauphin. Tout le monde se prit à rire. Le frère, adossé contre la muraille et les bras croisés, regardait fixement le scélérat.

— Savez-vous bien, mon petit père, que cette plaisanterie-là ne me plaît point? Jour de Dieu, si vous n'étiez pas un frocard, pour tout potage, je vous apprendrais bien à connaître votre monde.

En parlant ainsi, il étendit la main jusqu'à la figure du jeune homme, et de l'extrémité de ses doigts il effleura sa moustache.

La figure du moine devint d'un pourpre éclatant. D'une main il prit au collet l'insolent bandit, et de l'autre, s'armant de la bouteille, il la lui cassa sur la tête si violemment, que Bois-Dauphin tomba sans connaissance sur le carreau, inondé à la fois de sang et de vin.

— A merveille, mon brave ! s'écria le vieux moine, et pour un calotin vous faites rage.

— Bois-Dauphin est mort ! s'écrièrent les trois brigands, voyant que leur camarade ne remuait pas. Ah ! coquin ! nous allons vous étriller d'importance.

Ils saisirent leurs épées; mais le jeune moine, avec une agilité surprenante, retroussa les longues manches de sa robe, s'empara de l'épée de Bois-Dauphin, et se mit en garde de la manière du monde la plus résolue. En même temps, son confrère tira de dessous sa robe un poignard dont la lame avait bien dix-huit pouces de long, et se mit à ses côtés d'un air tout aussi martial.

— Ah ! canaille, s'écriait-il, nous allons vous apprendre à vivre, et vous montrer votre mérite !

En un tour de main, les trois coquins, blessés ou désarmés, furent obligés de sauter par la fenêtre.

— Jésus ! Maria ! s'écria dame Marguerite, quels champions êtes-vous, mes bons pères ! Vous faites honneur à la religion. Avec tout cela, voilà un homme mort, et cela est désagréable pour la réputation de cette auberge.

— Oh ! que nenni, il n'est pas mort, dit le vieux moine : je le vois qui grouille ; mais je m'en vais lui donner l'extrême onction.

Et il s'approcha du blessé, qu'il prit par les cheveux, et lui posant son poignard tranchant sur la gorge, il se mettait en devoir de lui couper la tête si dame Marguerite et son compagnon ne l'eussent retenu.

— Que faites-vous, bon Dieu ! disait Marguerite, tuer un homme ! et un homme qui passe pour bon catholique encore, quoiqu'il n'en soit rien, comme il paraît assez !

— Je suppose, dit le jeune moine à son confrère, que des affaires *pressantes* vous appellent, ainsi que moi, à Beaugency. Voici le bateau. Hâtons-nous.

— Vous avez raison et je vous suis.

Il essuya son poignard et le remit sous sa robe. Alors, les deux vaillants moines, ayant payé leur écot, s'acheminèrent de compagnie vers la Loire, laissant Bois-Dauphin entre les mains de Marguerite, qui commença par se payer en fouillant dans ses poches ; puis elle s'occupa d'ôter les morceaux de verre dont sa figure était hérissée, afin de le panser suivant toutes les règles usitées par les commères en cas semblables.

— Je me trompe fort, ou je vous ai vu quelque part, dit le jeune homme au vieux cordelier.

— Le diable m'emporte si votre figure m'est inconnue ! Mais...

— Quand je vous ai vu pour la première fois, il me semble que vous ne portiez pas cette robe.

— Et vous-même?

— Vous êtes le capitaine...

— Dietrich Hornstein, pour vous servir; et vous êtes le jeune gentilhomme avec qui j'ai dîné près d'Étampes.

— Lui-même.

— Vous vous nommez Mergy?

— Oui ; mais ce n'est pas mon nom maintenant. Je suis le frère Ambroise.

— Et moi, le frère Antoine d'Alsace.

— Bien. Et vous allez?

— A La Rochelle, si je puis.

— Et moi de même.

— Je suis charmé de vous rencontrer... Mais, diable ! vous m'avez furieusement embarrassé avec votre bénédicité. C'est que je n'en savais pas un mot ; et moi, je vous prenais d'abord pour un moine, s'il en fut.

— Je vous en présente autant.

— D'où vous êtes-vous échappé?

— De Paris. Et vous?

— D'Orléans. J'ai été contraint de me cacher pendant plus de huit jours. Mes pauvres reîtres... Mon cornette... sont dans la Loire.

— Et Mila?

— Elle s'est faite catholique.

— Et mon cheval, capitaine?

— Ah! votre cheval? J'ai fait passer par les verges le coquin de trompette qui vous l'avait dérobé... Mais, ne sachant où vous demeuriez, je n'ai pu vous le faire rendre... Et je le gardais en attendant l'honneur de vous rencontrer. Maintenant il appartient sans doute à quelque coquin de papiste.

— Chut! ne prononcez pas ce mot si haut. Allons, capitaine, unissons nos fortunes, et entr'aidons-nous comme nous venons de faire tout à l'heure.

— Je le veux : et, tant que Dietrich Hornstein aura une goutte de sang dans les veines, il sera prêt à jouer des couteaux à vos côtés.

Ils se serrèrent la main avec joie.

— Ah çà! dites-moi donc quelle diable d'histoire me sont-ils venus conter avec leurs poules et leur *Carpam, Percham?* Il faut convenir que ces papaux sont une bien sotte espèce.

— Chut! encore une fois : voici le bateau.

En devisant de la sorte, ils arrivèrent au bateau, où ils s'embarquèrent. Ils parvinrent à Beaugency sans autre accident que celui de rencontrer plusieurs cadavres de leurs coreligionnaires flottant sur la Loire.

Un batelier remarqua que la plupart étaient couchés sur le dos.

— Ils demandent vengeance au ciel, dit tout bas Mergy au capitaine des reîtres.

Dietrich lui serra la main sans répondre.

XXIII

LE SIÈGE DE LA ROCHELLE

Still hope and suffer all who can?
MOORE, *Fudge family.*

La Rochelle, dont presque tous les habitants professaient la religion réformée était alors comme la capitale des provinces du Midi, et le plus ferme boulevard du parti protestant. Un commerce étendu avec l'Angleterre et l'Espagne y avait introduit des richesses considérables, et cet esprit d'indépendance qu'elles font naître et qu'elles soutiennent. Les bourgeois, pêcheurs ou matelots, souvent corsaires, familiarisés de bonne heure avec les dangers d'une vie aventureuse, possédaient une énergie qui leur tenait lieu de discipline et d'habitude de la guerre. Aussi, à la nouvelle du massacre du 24 Août, loin de s'abandonner à cette résignation stupide qui s'était emparée de la plupart des protestants et les avait fait désespérer de leur cause, les Rochelois furent animés de ce courage actif et redoutable que donne quelquefois le désespoir.

D'un commun accord, ils résolurent de subir les dernières extrémités plutôt que d'ouvrir leurs portes à un ennemi qui venait de leur donner une preuve si éclatante de sa mauvaise foi et de sa barbarie. Tandis que les ministres entretenaient ce zèle par leurs discours fanatiques, femmes, enfants, vieillards, travaillaient à l'envi à réparer les anciennes fortifications, à en élever de nouvelles. On ramassait des vivres et des armes, on équipait des barques et des navires ; enfin, on ne perdait pas un moment pour organiser et préparer tous les moyens de défense dont la ville était susceptible. Plusieurs gentilshommes échappés au massacre se joignirent aux Rochelois, et, par le tableau qu'ils faisaient des crimes de la Saint-Barthélemy, donnaient du courage aux plus timides. Pour des hommes sauvés d'une mort qui semblait certaine, la guerre et ses hasards étaient comme un vent léger pour des matelots qui viennent d'échapper à une tempête. Mergy et son compagnon furent du nombre de ces réfugiés qui vinrent grossir les rangs des défenseurs de La Rochelle.

La cour de Paris, alarmée de ces préparatifs, se repentit de ne pas les avoir prévenus. Le maréchal de Biron s'approcha de La Rochelle, porteur des propositions d'accommodement. Le roi avait quelques raisons d'espérer que le choix de Biron serait agréable aux Rochelois ; car ce maréchal, loin de prendre part aux massacres de la Saint-Barthélemy, avait sauvé plusieurs protestants de marque, et même avait pointé les canons de l'Arsenal, qu'il commandait, contre les assassins qui portaient les insignes royales.

Il ne demandait que d'être reçu dans la ville et reconnu en qualité de gouverneur pour le roi, promettant de respecter les privilèges et les franchises des habitants, et de leur laisser le libre exercice de leur religion. Mais, après l'assassinat de soixante mille protestants, pouvait-on croire encore aux promesses de Charles IX? D'ailleurs, pendant le cours même des négociations, les massacres continuaient à Bordeaux. les soldats de Biron pillaient le territoire de La Rochelle et une flotte royale arrêtait les bâtiments marchands et bloquait le port.

Les Rochelois refusèrent de recevoir Biron, et répondirent qu'ils ne pourraient traiter avec le roi tant qu'il serait captif des Guises, soit qu'ils crussent ces derniers les seuls auteurs des maux que souffrait le calvinisme, soit que par cette fiction, depuis souvent répétée, ils voulussent rassurer la conscience de ceux qui auraient cru que la fidélité à leur roi devait l'emporter sur les intérêts de la religion. Dès lors il n'y eut plus moyen de s'entendre. Le roi s'avisa d'un autre négociateur, et ce fut La Noue qu'il envoya. La Noue, surnommé *Bras de Fer*, à cause d'un bras postiche par lequel il avait remplacé celui qu'il avait perdu dans un combat, était un calviniste zélé, qui, dans les dernières guerres civiles, avait fait preuve d'un grand courage et de talents militaires.

L'Amiral, dont il était l'ami, n'avait pas eu de lieutenant plus habile ni plus dévoué. Au moment de la Saint-Barthélemy, il était dans les Pays-Bas, dirigeant les bandes sans discipline des Flamands insurgés contre la puissance espagnole. Trahi par la fortune, il avait été contraint de se rendre au duc d'Albe, qui l'avait assez bien traité. Depuis, et lorsque tant de sang versé eut excité quelques remords. Charles IX le réclama. et. contre toute attente, le reçut avec la plus grande affabilité. Ce prince, extrême en tout, accablait de caresses un protestant. et venait d'en faire égorger cent mille. Une espèce de fatalité semblait protéger le destin de La Noue ; déjà dans la troisième guerre civile il avait été fait prisonnier, d'abord à Jarnac, puis à Moncontour. et toujours relâché sans rançon par le frère du roi[1], malgré les instances d'une partie de ses capitaines, qui le pressaient de sacrifier un homme trop dangereux pour être épargné et trop honnête pour être séduit. Charles pensa que La Noue se souviendrait de sa clémence, et le chargea d'exhorter les Rochelois à la soumission. La Noue accepta, mais à condition que le roi n'exigerait rien de lui qui ne fût compatible avec son honneur. Il partit, accompagné d'un prêtre italien qui devait le surveiller.

D'abord il éprouva la mortification de s'apercevoir qu'on se défiait de lui. Il ne put être admis dans La Rochelle, mais on lui assigna pour lieu d'entrevue un petit village des environs. Ce fut à Tadon qu'il rencontra les députés de La Rochelle. Il les connaissait tous comme l'on connaît de vieux compagnons d'armes ; mais à son aspect pas un seul ne lui tendit une main amie, pas un seul ne parut le reconnaître. Il se nomma et exposa les propositions du roi. La substance de son discours était :

— Fiez-vous aux promesses du roi ; la guerre civile est le pire des maux.

Le maire de La Rochelle répondit avec un sourire amer :

— Nous voyons bien un homme qui ressemble à La Noue, mais La Noue n'aurait pas proposé à ses frères de se soumettre à des assassins. La Noue aimait feu monsieur l'Amiral, et il aurait voulu le venger plutôt que de traiter avec ses meurtriers. Non, vous n'êtes point La Noue.

Le malheureux ambassadeur, que ces reproches perçaient jusqu'à l'âme, rappela les services qu'il avait rendus à la cause des calvinistes, montra son bras mutilé, et protesta de son dévouement à sa religion. Peu à peu la méfiance des Rochelois se dissipa ; leurs portes s'ouvrirent pour La Noue ; ils lui montrèrent leurs ressources, et le pressèrent même de se mettre à leur tête. L'offre était bien tentante pour un vieux soldat. Le serment fait à Charles avait été prêté à une condition que l'on pouvait interpréter suivant sa conscience. La Noue espéra qu'en se mettant à la tête des Rochelois il serait plus à même de les ramener à des dispositions pacifiques ; il crut qu'il pourrait en même temps concilier la fidélité jurée à son roi et celle qu'il devait à sa religion. Il se trompait.

Une armée royale vint attaquer La

1. Le duc d'Anjou, depuis Henri III.

Rochelle. La Noue conduisait toutes les sorties, tuait bon nombre de catholiques; puis, rentré dans la ville, exhortait les habitants à faire la paix. Qu'arriva-t-il? Les catholiques criaient qu'il avait manqué de parole au roi : les protestants l'accusaient de les trahir.

Dans cette position, La Noue, abreuvé de dégoûts, cherchait à se faire tuer en s'exposant vingt fois par jour.

XXIV

LA NOUE

FŒNESTE.
Cap de you ! cet homme ne se mouche pas du talon !
D'AUBIGNÉ, *le Baron de Fœneste.*

Les assiégés venaient de faire une sortie heureuse contre les ouvrages avancés de l'armée catholique. Ils avaient comblé plusieurs toises de tranchées, culbuté des gabions et tué une centaine de soldats. Le détachement qui avait remporté cet avantage rentrait dans la ville par la porte de Tadon. D'abord marchait le capitaine Dietrich avec une compagnie d'arquebusiers, tous le visage échauffé, haletants et demandant à boire, marque certaine qu'ils ne s'étaient pas épargnés. Venait ensuite une grosse troupe de bourgeois, parmi lesquels on remarquait plusieurs femmes qui paraissaient avoir pris part au combat. Suivait une quarantaine de prisonniers, la plupart couverts de blessures et placés entre deux files de soldats qui avaient beaucoup de peine à les défendre de la fureur du peuple rassemblé sur leur passage. Environ vingt cavaliers formaient l'arrière-garde. La Noue, à qui Mergy servait d'aide de camp, marchait le dernier. Sa cuirasse avait été faussée par une balle, et son cheval était blessé en deux endroits. De sa main gauche il tenait encore un pistolet déchargé, et, au moyen d'un crochet qui sortait, au lieu de main, de son brassard droit, il gouvernait la bride de son cheval.

— Laissez passer les prisonniers, mes amis ! s'écriait-il à tous moments. Soyez humains, bons Rochelois. Ils sont blessés, ils ne peuvent plus se défendre : ils ne sont plus ennemis.

Mais la canaille lui répondait par des vociférations sauvages : « Au gibet, les papistes ! à la potence ! et vive La Noue ! »

Mergy et les cavaliers, en distribuant à propos quelques coups du bois de leurs lances, ajoutèrent à l'effet des recommandations généreuses de leur capitaine. Les prisonniers furent enfin conduits dans la prison de la ville et placés sous bonne garde dans un endroit où ils n'avaient rien à craindre des fureurs de la populace. Le détachement se dispersa, et La Noue, accompagné de quelques gentilshommes seulement, mit pied à terre devant l'hôtel de ville au moment où le maire en sortait, suivi de plusieurs bourgeois et d'un ministre âgé, nommé Laplace.

— Eh bien, vaillant La Noue, dit le maire en lui tendant la main, vous venez de montrer à ces massacreurs que tous les braves ne sont pas morts avec monsieur l'Amiral.

— L'affaire a tourné assez heureusement, monsieur, répondit La Noue avec modestie. Nous n'avons eu que cinq morts et peu de blessés.

— Puisque vous conduisiez la sortie, monsieur de La Noue, reprit le maire, d'avance nous étions sûrs du succès.

— Eh ! que ferait La Noue sans le secours de Dieu? s'écria aigrement le vieux ministre. C'est le Dieu fort qui a combattu pour nous aujourd'hui ; il a écouté nos prières.

— C'est Dieu qui donne et qui ôte la victoire à son gré, dit La Noue d'une voix calme, et ce n'est que lui qu'il faut remercier des succès de la guerre.

Puis, se tournant vers le maire : — Eh bien, monsieur, le conseil a-t-il délibéré sur les nouvelles propositions de Sa Majesté.

— Oui, répondit le maire ; nous venons de renvoyer le trompette à Monsieur en le priant de s'épargner la peine de nous adresser de nouvelles sommations. Dorénavant ce n'est qu'à coups d'arquebuse que nous y répondrons.

— Vous auriez dû faire pendre le trompette, observa le ministre ; car n'est-il pas écrit : *Quelques méchants garnements sont sortis du milieu de toi, qui ont voulu séduire les habitants de leur ville... Mais tu ne manqueras point de les faire mourir : ta main sera la première sur eux, et ensuite la main de tout le peuple.*

La Noue soupira et leva les yeux au ciel sans répondre.

— Quoi ! nous rendre ! poursuivit le maire, nous rendre quand nos murailles sont encore debout, lorsque l'ennemi n'ose même les attaquer de près, tandis que tous les jours nous allons l'insulter dans ses tranchées ! Croyez-moi, monsieur de La Noue, s'il n'y avait pas de soldats à La Rochelle, les femmes seules suffiraient pour repousser les écorcheurs de Paris.

— Monsieur, quand on est le plus fort, il faut parler avec menagement de son ennemi, et quand on est le plus faible...

— Eh ! qui vous dit que nous sommes les plus faibles? interrompit Laplace. Dieu ne combat-il pas pour nous? Et Gédéon avec trois cents Israélites n'était-il pas plus fort que toute l'armée des Madianites?

— Vous savez mieux que personne, monsieur le maire, combien les approvisionnements sont insuffisants. La poudre est rare, et j'ai été contraint de défendre aux arquebusiers de tirer de loin.

— Montgomery nous en enverra d'Angleterre, dit le maire.

— Le feu du ciel tombera sur les papistes, dit le ministre.

— Le pain enchérit tous les jours, monsieur le maire.

— Un jour ou l'autre nous verrons paraître la flotte anglaise, et alors l'abondance renaîtra dans la ville.

— Dieu fera tomber la manne s'il le faut ! s'écria impétueusement Laplace.

— Quant au secours dont vous parlez, reprit La Noue, il suffit d'un vent de sud de quelques jours pour qu'il ne puisse entrer dans notre port. D'ailleurs il peut être pris.

— Le vent soufflera du nord ! Je te le prédis, homme de peu de foi, dit le ministre. Tu as perdu le bras droit et ton courage en même temps.

La Noue paraissait décidé à ne pas lui répondre. Il poursuivit, s'adressant toujours au maire :

— Perdre un homme est pour nous plus grave que pour l'ennemi d'en perdre dix. Je crains que, si les catholiques pressent le siège avec vigueur, nous ne soyons contraints d'accepter des conditions plus dures que celles que vous rejetez maintenant avec mépris. Si, comme je l'espère, le roi veut bien se contenter de voir son autorité reconnue dans cette ville, sans exiger d'elle des sacrifices qu'elle ne peut faire, je crois qu'il est de notre devoir de lui ouvrir nos portes ; car il est notre maître, après tout.

— Nous n'avons d'autre maître que le Christ ! et il n'y a qu'un impie qui puisse appeler son maître le féroce Achab, Charles, qui boit le sang des prophètes!...

Et la fureur du ministre redoublait en voyant l'imperturbable sang-froid de La Noue.

— Pour moi, dit le maire, je me souviens bien que la dernière fois que monsieur l'Amiral passa par notre ville, il nous dit : « Le roi m'a donné sa parole que ses sujets protestants et ses sujets catholiques seraient traités de même. » Six mois après, le roi qui lui avait donné sa parole, l'a fait assassiner. Si nous ouvrons nos portes, la Saint-Barthélemy se fera chez nous comme à Paris.

— Le roi a été trompé par les Guises. Il s'en repent, et voudrait racheter le sang versé. Si par votre entêtement à ne pas traiter vous irritez les catholiques, toutes les forces du royaume vous tomberont sur les bras, et alors sera détruit le seul refuge de la religion réformée. La paix ! la paix ! croyez-moi, monsieur le maire.

— Lâche ! s'écria le ministre, tu désires la paix parce que tu crains pour ta vie.

— Oh ! monsieur Laplace !... dit le maire.

— Bref, poursuivit froidement La Noue, mon dernier mot est que, si le roi consent à ne pas mettre garnison dans La Rochelle et à laisser nos prêches libres, il faut lui porter nos clefs et l'assurer de notre soumission.

— Tu es un traître ! cria Laplace ; et tu es gagné par les tyrans.

— Bon Dieu ! que dites-vous là, monsieur Laplace? répéta le maire.

La Noue sourit légèrement et d'un air de mépris :

— Vous le voyez, monsieur le maire, le temps où nous vivons est étrange : les gens de guerre parlent de paix, et les ministres prêchent la guerre. — Mon cher monsieur, continua-t-il, s'adressant enfin à Laplace, il est heure de dîner, ce me semble, et votre femme vous attend sans doute dans votre maison.

Ces derniers mots achevèrent de rendre furieux le ministre. Il ne sut trouver aucune injure à dire; et, comme un soufflet dispense de réponse raisonnable, il en donna un sur la joue du vieux capitaine.

— Jour de Dieu ! que faites-vous ! s'écria le maire. Frapper monsieur de La Noue, le meilleur citoyen et le plus brave soldat de la Rochelle !

Mergy, qui était présent, se disposait à donner à Laplace une correction dont il aurait gardé le souvenir ; mais La Noue le retint.

Quand sa barbe grise fut touchée par la main de ce vieux fou, il y eut un instant rapide comme la pensée où ses yeux brillèrent d'un éclair d'indignation et de courroux. Aussitôt sa physionomie reprit son impassibilité : on eût dit que le ministre avait frappé le buste de marbre d'un sénateur romain, ou bien que La Noue n'avait été touché que par une chose inanimée et poussée par le hasard.

— Ramenez ce vieillard à sa femme, dit-il à un des bourgeois qui entraînaient le vieux ministre. Dites-lui d'en avoir soin ; certainement il ne se porte pas bien aujourd'hui. — Monsieur le maire, je vous prie de me procurer cent cinquante volontaires parmi les habitants, car je voudrais faire demain une sortie à la pointe du jour, au moment où les soldats qui ont passé la nuit dans les tranchées sont encore tout engourdis par le froid, comme les ours que l'on attaque au dégel. J'ai remarqué que des gens qui ont dormi sous un toit ont bon marché le matin de ceux qui viennent de passer la nuit à la belle étoile.

— Monsieur de Mergy, si vous n'êtes pas trop pressé pour dîner, voulez-vous faire un tour avec moi au bastion de l'Évangile? je voudrais voir où en sont les travaux de l'ennemi.

Il salua le maire, et s'appuyant sur l'épaule du jeune homme, il se dirigea vers le bastion.

Ils y entrèrent un instant après qu'un coup de canon venait d'y blesser mortellement deux hommes. Les pierres étaient toutes teintes de sang, et l'un de ces malheureux criait à ses camarades de l'achever. La Noue, le coude appuyé sur le parapet, regarda quelque temps en silence les travaux des assiégeants ; puis, se tournant vers Mergy :

— C'est une horrible chose que la guerre, dit-il ; mais une guerre civile !... Ce boulet a été mis dans un canon français; c'est un Français qui a pointé le canon et qui vient d'y mettre le feu, et ce sont deux Français que ce boulet a tués. Encore n'est-ce rien que de donner la mort à un demi-mille de distance ; mais, monsieur de Mergy, quand il faut plonger son épée dans le corps d'un homme qui vous crie grâce dans votre langue !... Et cependant nous venons de faire cela ce matin même.

— Ah ! monsieur, si vous aviez vu les massacres du 24 Août ! si vous aviez passé la Seine quand elle était rouge et qu'elle portait plus de cadavres qu'elle ne charrie de glaçons après une debâcle, vous éprouveriez peu de pitié pour les hommes que nous combattons. Pour moi, tout papiste est un massacreur...

— Ne calomniez pas votre pays. Dans cette armée qui nous assiège, il y a bien peu de ces monstres dont vous parlez. Les soldats sont des paysans français qui ont quitté leur charrue pour gagner la paye du roi ; et les gentilshommes et les capitaines se battent parce qu'ils ont prêté serment de fidélité au roi. Ils ont raison peut-être, et nous... nous sommes des rebelles.

— Rebelles ! Notre cause est juste ; nous combattons pour notre religion et pour notre vie.

— A ce que je vois, vous avez peu de scrupules ; vous êtes heureux, monsieur de Mergy.

Et le vieux guerrier soupira profondément.

— Morbleu ! dit un soldat qui venait de décharger son arquebuse, il faut que ce diable-là ait un charme ! depuis trois jours je le vise, et je n'ai pu parvenir à le toucher.

— Qui donc? demanda Mergy.

— Tenez, voyez-vous ce gaillard en pourpoint blanc, avec l'écharpe et la plume rouges? Tous les jours il se promène à notre barbe, comme s'il voulait nous narguer. C'est une de ces épées dorées de la cour qui est venue avec Monsieur.

— La distance est grande, dit Mergy ; n'importe, donnez-moi une arquebuse.

Un soldat remit son arme entre ses mains. Mergy appuya le bout du canon sur le parquet, et visa avec beaucoup d'attention.

— Si c'était quelqu'un de vos amis? dit La Noue. Pourquoi voulez-vous faire ainsi le métier d'arquebusier?

Mergy allait presser la détente ; il retint son doigt.

— Je n'ai point d'amis parmi les catholiques, excepté un seul... Et celui-là, j'en suis bien sûr, n'est pas à nous assiéger.

— Si c'était votre frère qui, ayant accompagné Monsieur...

L'arquebuse partit ; mais la main de Mergy avait tremblé, et l'on vit s'élever la poussière produite par la balle assez loin du promeneur. Mergy ne croyait pas que son frère pût être dans l'armée catholique ; cependant il fut bien aise de voir qu'il avait manqué son coup. La personne sur laquelle il venait de tirer continua de marcher à pas lents, et disparut ensuite derrière les amas de terre fraîchement remuée qui s'élevaient de toutes parts autour de la ville.

XXV

LA SORTIE

HAMLET.
Dead, for a ducat ! dead !
SHAKESPEARE.

Une pluie fine et froide, qui était tombée sans interruption pendant toute la nuit, venait enfin de cesser au moment où le jour naissant s'annonçait dans le ciel par une lumière blafarde du côté de l'orient. Elle perçait avec peine un brouillard lourd et rasant la terre, que le vent déplaçait çà et là en y faisant comme d larges trouées ; mais ces flocons grisâtres se réunissaient bientôt, comme les vagues séparées par un navire retombent et remplissent le sillage qu'il vient de tracer. Couverte de cette vapeur épaisse que perçaient les cimes de quelques arbres, la campagne ressemblait à une vaste inondation.

Dans la ville, la lumière incertaine du matin, mêlée à la lueur des torches, éclairait une troupe assez nombreuse de soldats et de volontaires rassemblés dans la rue qui conduisait au bastion de l'Évangile. Ils frappaient le pavé du pied, et s'agitaient sans changer de place comme des gens pénétrés par ce froid humide et perçant qui accompagne le lever du soleil en hiver. Les jurements et les imprécations énergiques n'étaient point épargnés contre celui qui leur avait fait prendre les armes de si grand matin ; mais, malgré leurs injures, on démêlait dans leurs discours la bonne humeur et l'espérance qui anime des soldats conduits par un chef estimé. Ils disaient d'un ton moitié plaisant, moitié colère :

— Ce maudit *Bras-de-fer*, ce *Jean-qui-ne-dort*, ne saurait déjeuner qu'il n'ait donné un réveille-matin à nos tueurs de petits enfants ! — Que la fièvre le serre ! Le diable d'homme ! avec lui on n'est jamais sûr de faire une bonne nuit. — Par la barbe de feu monsieur l'Amiral ! si je n'entends ronfler bientôt les arquebusades, je vais m'endormir comme si j'étais encore dans mon lit. — Ah ! vivat ! voici le brandevin qui va nous remettre le cœur au ventre, et nous empêcher de gagner des rhumes au milieu de ce brouillard du diable.

Pendant que l'on distribuait du brandevin aux soldats, les officiers, entourant La Noue debout sous l'auvent d'une boutique, écoutaient avec intérêt le plan de l'attaque qu'il se proposait de faire contre l'armée assiégeante. Un roulement de tambours se fit entendre ; chacun reprit son poste ; un ministre s'avança, bénit les soldats, les exhortant à bien faire, sous la promesse de la vie éternelle s'il leur arrivait de ne pouvoir, et pour cause, rentrer dans la ville et recevoir les récompenses et les remerciements de leurs concitoyens. Le sermon fut court, et La Noue le trouva trop long. Ce n'était plus le même homme qui, la veille, regrettait chaque goutte de sang français répandu dans cette guerre. Il n'était plus qu'un soldat, et semblait avoir hâte de revoir une scène de carnage. Aussitôt que le discours du ministre fut terminé et que les soldats eurent répondu *Amen*, il s'écria d'un ton de voix ferme et dur :

— Camarades ! monsieur vient de vous dire vrai ; recommandons-nous à Dieu et à Notre-Dame de Frappe-Fort. Le premier qui tirera avant que sa bourre entre dans le ventre d'un papiste, je le tuerai, si j'en réchappe.

– Monsieur, lui dit tout bas Mergy, voilà un discours bien différent de ceux d'hier.

— Savez-vous le latin? lui demanda La Noue d'un ton brusque.

— Oui, monsieur.

— Eh bien ! souvenez-vous de ce beau dicton : *Age quod agis*.

Il fit un signal : on tira un coup de canon ; et toute la troupe se dirigea à grands pas vers la campagne : en même temps de petits pelotons de soldats, sortant par différentes portes, allèrent donner l'alarme sur plusieurs points des lignes ennemies, afin que les catholiques, se croyant assaillis de toutes parts, n'osassent porter des secours contre l'attaque principale, de peur de dégarnir un endroit de leurs retranchements partout menacés.

Le bastion de l'Évangile, contre lequel les ingénieurs de l'armée catholique avaient dirigé leurs efforts, avait surtout à souffrir d'une batterie de cinq canons, établie sur une petite éminence surmontée d'un bâtiment ruiné qui, avant le siège, avait été un moulin. Un fossé avec un parapet en terre défendait les approches du côté de la ville, et en avant du fossé on avait placé plusieurs arquebusiers en sentinelle. Mais, ainsi que l'avait prévu le capitaine protestant, leurs arquebuses, exposées pendant plusieurs heures à l'humidité, devaient être à peu près inutiles, et les assaillants, bien pourvus de tout, préparés à l'attaque, avaient un grand avantage sur des gens surpris à l'improviste, fatigués par les veilles, trempés de pluie et transis de froid.

Les premières sentinelles sont égorgées. Quelques arquebusades, parties par miracle, éveillent la garde de la batterie à temps pour voir l'ennemi déjà maître du parapet et grimpant contre la butte du moulin. Quelques-uns essayent de résister ; mais leurs armes échappent à leurs mains raidies par le froid ; presque toutes leurs arquebuses ratent, tandis que pas un seul coup des assaillants ne se perd. La victoire n'est plus douteuse, et déjà les protestants, maîtres de la batterie, poussent le cri féroce de :

Point de quartier ! Souvenez-vous du 24 août.

Une cinquantaine de soldats avec leur capitaine étaient logés dans la tour du moulin ; le capitaine, en bonnet de nuit et en caleçon, tenant un oreiller d'une main et son épée de l'autre, ouvre la porte, et sort en demandant d'où vient ce tumulte. Loin de penser à une sortie de l'ennemi, il s'imaginait que le bruit provenait d'une querelle entre ses propres soldats. Il fut cruellement détrompé ; un coup de hallebarde l'étendit par terre baigné dans son sang. Les soldats eurent le temps de barricader la porte de la tour, et pendant quelque temps ils se défendirent avec avantage en tirant par les fenêtres ; mais il y avait tout contre ce bâtiment un grand amas de paille et de foin, ainsi que des branchages qui devaient servir à faire des gabions. Les protestants y mirent le feu qui, en un instant, enveloppa la tour et monta jusqu'au sommet. Bientôt on entendit des cris lamentables en sortir. Le toit était en flammes et allait tomber sur la tête des malheureux qu'il couvrait. La porte brûlait, et les barricades qu'ils avaient faites les empêchaient de sortir par cette issue. S'ils tentaient de sauter par les fenêtres, ils tombaient dans les flammes, ou bien étaient reçus sur la pointe des piques. On vit alors un spectacle affreux. Un enseigne, revêtu d'une armure complète, essaya de sauter comme les autres par une fenêtre étroite. Sa cuirasse se terminait, suivant une mode alors assez commune, par une espèce de jupon en fer [1] qui couvrait les cuisses et le ventre, et s'élargissait comme le haut d'un entonnoir, de manière à permettre de marcher facilement. La fenêtre n'était pas assez large pour laisser passer cette partie de son armure, et l'enseigne, dans son trouble, s'y était précipité avec tant de violence, qu'il se trouva avoir la plus grande partie du corps en dehors sans pouvoir remuer, et pris comme dans un étau. Cependant les flammes montaient jusqu'à lui, échauffaient son armure, et l'y brûlaient lentement comme dans une fournaise ou dans ce fameux taureau d'airain inventé par Phalaris. Le malheureux poussait des cris épouvantables, et agitait vainement les bras comme pour demander du secours. Il se fit un moment de silence parmi les assaillants ; puis, tous ensemble, et comme par un commun accord, ils poussèrent une clameur de guerre pour s'étourdir et ne pas entendre les gémissements de l'homme qui brûlait. Il disparut dans un tourbillon de flammes et de fumée, et l'on vit tomber au milieu des débris de la tour un casque rouge et fumant.

Au milieu d'un combat, les sensations d'horreur et de tristesse sont de courte durée : l'instinct de sa propre conservation parle trop fortement à l'esprit du soldat pour qu'il soit longtemps sensible aux misères des autres. Pendant qu'une partie des Rochelois poursuivait les fuyards, les autres enclouaient les canons, en brisaient les roues, et précipitaient dans le fossé les gabions de la batterie et les cadavres de ses défenseurs.

Mergy, qui avait été des premiers à escalader le fossé et l'épaulement, reprit haleine un instant pour graver avec la pointe de son poignard le nom de Diane sur une des pièces de la batterie ; puis il aida les autres à détruire les travaux des assiégeants.

Un soldat avait pris par la tête le capitaine catholique, qui ne donnait aucun signe de vie ; un autre tenait ses pieds, et tous deux s'apprêtaient en le balançant en mesure, à le lancer dans le fossé. Tout à coup le prétendu mort, ouvrant les yeux, reconnut Mergy, et s'écria :

— Monsieur de Mergy, grâce ! je suis prisonnier, sauvez-moi ! Ne reconnaissez-vous pas votre ami Béville ?

Ce malheureux avait la figure couverte de sang, et Mergy eut peine à reconnaître dans ce moribond le jeune courtisan qu'il avait quitté plein de vie et de gaieté. Il le fit déposer avec précaution sur l'herbe, banda lui-même sa blessure, et, l'ayant placé en travers sur un cheval, il donna l'ordre de l'emporter doucement dans la ville.

Comme il lui disait adieu et qu'il aidait à conduire le cheval hors de la batterie, il aperçut dans une éclaircie un gros de cavaliers qui s'avançaient au trot entre la ville et le moulin. Suivant toute apparence c'était un détachement de l'armée catholique qui voulait leur couper la retraite. Mergy courut aussitôt en prévenir La Noue :

— Si vous voulez me confier seulement quarante arquebusiers, dit-il, je vais me jeter derrière la haie qui borde ce chemin creux par où ils vont passer, et, s'ils ne tournent bride au plus vite, faites-moi pendre.

— Très bien, mon garçon, tu seras un jour un bon capitaine. Allons, vous autres, suivez ce gentilhomme et faites ce qu'il vous commandera.

En un instant Mergy eut disposé ses arquebusiers le long de la haie ; il leur fit mettre un genou en terre, préparer leurs armes et sur toute chose il leur défendit de tirer avant son ordre.

Les cavaliers ennemis s'avançaient rapidement, et déjà on entendait distinctement le trot de leurs chevaux dans la boue du chemin creux.

— Leur capitaine, dit Mergy, à voix basse, est ce drôle à la plume rouge que nous avons manqué hier. Ne le manquons pas aujourd'hui.

L'arquebusier qu'il avait à sa droite

1. On peut voir de pareilles armures au Musée de l'artillerie. Une fort belle esquisse de Rubens, qui représente un tournoi, explique comment, avec ce jupon de fer, on pouvait cependant monter à cheval. Les selles sont garnies d'une espèce de petit tabouret qui entre sous le jupon, exhaussant le cavalier de manière que ses genoux sont presque au niveau de la tête du cheval. — Voyez, pour l'homme brûlé vif dans son armure, l'*Histoire universelle* de d'Aubigné.

baissa la tête, comme pour dire qu'il en faisait son affaire. Les cavaliers, n'étaient plus qu'à vingt pas, et leur capitaine, se tournant vers ses gens, semblait prêt à leur donner un ordre, quand Mergy, s'élevant tout à coup, s'écria :

— Feu !

Le capitaine à la plume rouge tourna la tête, et Mergy reconnut son frère. Il étendit la main vers l'arquebuse de son voisin pour la détourner ; mais, avant qu'il pût la toucher, le coup était parti. Les cavaliers, surpris de cette décharge inattendue, se dispersèrent fuyant dans la campagne ; le capitaine George tomba percé de deux balles.

XXVI

L'HOPITAL

FATHER. — Why are you so obstinate?
PIERRE. — Why you so troublesome, that a poor wretch
Cant die in peace? —
But you, like ravens, will be croaking round him.
OTWAY, *Venice preserved.*

Un ancien couvent de religieux, d'abord confisqué par le conseil de la ville de La Rochelle, avait été transformé pendant le siège en un hôpital pour les blessés. Le pavé de la chapelle, dont on avait retiré les bancs, l'autel et tous les ornements, était couvert de paille et de foin : c'était là que l'on transportait les simples soldats. Le réfectoire était destiné aux officiers et aux gentilshommes. C'était une assez grande salle, bien lambrissée de vieux chêne, et percée de larges fenêtres en ogive qui donnaient suffisamment de jour pour les opérations chirurgicales qui s'y pratiquaient continuellement.

Là, le capitaine George était couché sur un matelas rougi de son sang et de celui de bien d'autres malheureux qui l'avaient précédé dans ce lieu de douleur. Une botte de paille lui servait d'oreiller. On venait de lui ôter sa cuirasse et de déchirer son pourpoint et sa chemise. Il était nu jusqu'à la ceinture ; mais son bras était encore armé de son brassard et de son gantelet d'acier. Un soldat étanchait le sang qui coulait de ses blessures, l'une dans le ventre, juste au-dessous de la cuirasse, l'autre légère au bras gauche. Mergy était tellement abattu par la douleur, qu'il était incapable de lui porter secours avec quelque efficacité. Tantôt pleurant à genoux devant lui, tantôt se roulant par terre avec des cris de désespoir, il ne cessait de s'accuser d'avoir tué le frère le plus tendre et son meilleur ami. Le capitaine, cependant, était calme, et s'efforçait de modérer ses transports.

A deux pieds de son matelas, il y en avait un autre sur lequel gisait le pauvre Béville en aussi fâcheuse posture. Ses traits n'exprimaient point cette résignation tranquille que l'on remarquait sur ceux du capitaine. Il laissait échapper de temps en temps un gémissement sourd, et tournait les yeux vers son voisin, comme pour lui demander un peu de son courage et de sa fermeté.

Un homme d'une quarantaine d'années à peu près, sec, maigre, chauve et très ridé, entra dans la salle, et s'approcha du capitaine George, tenant à la main un sac vert d'où sortait certain cliquetis fort effrayant pour les pauvres malades. C'était maître Brisart, chirurgien assez habile pour le temps, disciple et ami du célèbre Ambroise Paré. Il venait de faire quelque opération, car ses bras étaient nus jusqu'au coude, et il avait encore devant lui un grand tablier tout sanglant.

— Que me voulez-vous, et qui êtes-vous? lui demanda George.

— Je suis chirurgien, mon gentilhomme, et si le nom de maître Brisart ne vous est pas connu, c'est que vous ignorez bien des choses. Allons, courage de brebis! comme dit l'autre. Je me connais en arquebusades, Dieu merci, et je voudrais avoir autant de sacs de mille livres que j'ai retiré de balles du corps à des gens qui se portent aujourd'hui tout aussi bien que moi.

— Or çà, docteur, dites-moi la vérité. Le coup est mortel, si je m'y connais?

Le chirurgien examina d'abord le bras gauche, et dit : « Bagatelle ! » Puis il commença à sonder l'autre plaie, opération qui fit bientôt faire d'horribles grimaces au blessé. De son bras droit il repoussa assez fortement encore la main du chirurgien.

Parbleu ! n'allez pas plus avant, docteur du diable ! s'écria-t-il ; je vois bien à votre mine que mon affaire est faite.

— Mon gentilhomme, voyez-vous, je crains fort que la balle n'ait d'abord traversé le petit oblique du bas-ventre, et qu'en remontant elle ne se soit logée dans l'épine dorsale, que nous nommons autrement en grec *rachis*. Ce qui me fait penser de la sorte, c'est que vos jambes sont sans mouvement et déjà froides. Ce signe pathognomonique ne trompe guère ; auquel cas...

— Un coup de feu tiré à brûle-pourpoint, et une balle dans l'épine dorsale ! Peste ! docteur, en voilà plus qu'il n'en faut pour envoyer *ad patres* un pauvre diable. Çà, ne me tourmentez plus, et laissez-moi mourir en repos.

— Non, il vivra ! il vivra ! s'écria Mergy fixant des yeux égarés sur le chirurgien, et lui saisissant fortement le bras.

— Oui, encore une heure, peut-être deux, dit froidement maître Brisart, car c'est un homme robuste.

Mergy retomba sur ses genoux, saisit la main droite du capitaine, et arrosa d'un torrent de larmes le gantelet dont elle était couverte.

— Deux heures? reprit George. Tant mieux, je craignais d'avoir plus longtemps à souffrir.

— Non, cela est impossible ! s'écria Mergy en sanglotant. George, tu ne mourras pas. Un frère ne peut mourir de la main de son frère.

— Allons, tiens-toi tranquille, et ne me secoue pas. Chacun de tes mouvements me répond là. Je ne souffre pas trop maintenant ; pourvu que cela dure... C'est ce que disait Zany en tombant du haut du clocher.

Mergy s'assit auprès du matelas, la tête appuyée sur ses genoux et cachée dans ses mains. Il était immobile et comme assoupi ; seulement, par intervalles, des mouvements convulsifs faisaient tressaillir tout son corps comme dans le frisson de la fièvre, et des gémissements qui n'avaient rien de la voix humaine s'échappaient de sa poitrine avec effort.

Le chirurgien avait attaché quelques bandes, seulement pour arrêter le sang, et il essuyait sa sonde avec beaucoup de sang-froid.

— Je vous engage fort à faire vos préparatifs, dit-il ; si vous voulez un ministre, il n'en manque pas ici. Si vous aimez mieux un prêtre, on vous en donnera un. J'ai vu tout à l'heure un moine que nos gens ont fait prisonnier. Tenez, il confesse là-bas cet officier papiste qui va mourir.

— Qu'on me donne à boire, dit le capitaine.

— Gardez-vous-en bien ! vous allez mourir une heure plus tôt.

— Une heure de vie ne vaut pas un verre de vin. Allons ! adieu, docteur ; voici à côté de moi quelqu'un qui vous attend avec impatience.

— Faut-il que je vous envoie un ministre, ou le moine?

— Ni l'un ni l'autre.

— Comment?

— Laissez-moi en repos.

Le chirurgien haussa les épaules, et s'approcha de Béville.

— Par ma barbe ! s'écria-t-il, voici une belle plaie. Ces diables de volontaires frappent comme des sourds.

— J'en reviendrai, n'est-ce pas? demanda le blessé d'une voix faible.

— Respirez un peu, dit maître Brisart.

On entendit alors une espèce de sifflement faible ; il était produit par l'air qui sortait de la poitrine de Béville, par sa blessure en même temps que par sa bouche, et le sang coulait de la plaie comme une mousse rouge.

Le chirurgien siffla comme pour imiter ce bruit étrange ; puis il posa une compresse à la hâte, et sans dire un mot, il reprit sa trousse et se disposait à sortir. Cependant les yeux de Béville, brillant comme deux flambeaux, suivaient tous ses mouvements.

— Eh bien, docteur? demanda-t-il d'une voix tremblante.

— Faites vos paquets, répondit froidement le chirurgien.

Et il s'éloigna.

— Hélas ! mourir si jeune ! s'écria le malheureux Béville en laissant retomber sa tête sur la botte de paille qui lui servait d'oreiller.

Le capitaine George demandait à boire ; mais personne ne voulait lui donner un verre d'eau, de peur de hâter sa fin. Étrange humanité, qui ne sert qu'à prolonger la souffrance ! En ce moment La Noue et le capitaine Dietrich, ainsi que plusieurs autres officiers, entrèrent dans la salle pour voir les blessés. Ils s'arrêtèrent tous devant le matelas de George, et La Noue, s'appuyant sur la pommeau de son épée, regardait alternativement les deux frères avec des yeux où se peignait toute l'émotion que lui faisait éprouver ce triste spectacle.

Une gourde que le capitaine allemand portait au côté attira l'attention de George.

— Capitaine, lui dit-il, vous êtes un vieux soldat?...

— Oui, vieux soldat. La fumée de la poudre grisonne une barbe plus vite que les années. Je m'appelle le capitaine Dietrich Hornstein.

— Dites-moi, que feriez-vous si vous étiez blessé comme moi?

Le capitaine Dietrich regarda un instant ses blessures, en homme qui était accoutumé d'en voir et de juger de leur gravité.

— Je mettrais ordre à ma conscience, répondit-il, et je demanderai un bon verre de vin du Rhin, s'il y en avait une bouteille aux environs.

— Eh bien, moi, je ne leur demande qu'un peu de leur mauvais vin de La Rochelle, et les imbéciles ne veulent pas m'en donner.

Dietrich détacha sa gourde, qui était d'une grosseur très imposante, et se disposait à la remettre au blessé.

— Que faites-vous, capitaine ! s'écria un arquebusier ; le médecin dit qu'il mourra tout de suite s'il boit.

— Qu'importe? il aura du moins un petit plaisir avant sa mort. Tenez, mon brave, je suis fâché de n'avoir pas de meilleur vin à vous offrir.

— Vous êtes un galant homme, capitaine Dietrich, dit George après avoir bu.

Puis tendant la gourde à son voisin :

— Et toi, mon pauvre Béville, veux-tu me faire raison?

Mais Béville secoua la tête sans répondre.

— Ah ! ah ! dit George, autre tourment ! Quoi ! ne me laissera-t-on pas mourir en paix?

Il voyait s'avancer un ministre portant une Bible sous le bras.

— Mon fils, dit le ministre, lorsque vous allez...

— Assez, assez ! Je sais ce que vous allez me dire, mais c'est peine perdue. Je suis catholique.

— Catholique ! s'écria Béville. Tu n'es donc plus athée?

— Mais autrefois, dit le ministre, vous avez été élevé dans la religion réformée ; et dans ce moment solennel et terrible, lorsque vous êtes près de paraître devant le juge suprême des actions et des consciences...

— Je suis catholique. Par les cornes du diable ! laissez-moi tranquille !

— Mais...

— Capitaine Dietrich, n'aurez vous point pitié de moi ! Vous m'avez déjà rendu un grand service ; je vous en demande un autre encore. Faites que je puisse mourir sans exhortations et sans jérémiades.

— Retirez-vous, dit le capitaine au ministre ; vous voyez qu'il n'est pas d'humeur à vous entendre.

La Noue fit signe au moine, qui s'approcha sur-le-champ.

— Voici un prêtre de votre religion, dit-il au capitaine George ; nous ne prétendons point gêner les consciences.

— Moine ou ministre, qu'ils aillent au diable ! répondit le blessé.

Le moine et le ministre étaient chacun d'un côté du lit, et semblaient disposés à se disputer le moribond.

— Ce gentilhomme est catholique, dit le moine.

— Mais il est né protestant, dit le ministre ; il m'appartient.

— Mais il s'est converti.

— Mais il veut mourir dans la foi de ses pères.

— Confessez-vous, mon fils.

— Dites votre symbole, mon fils.

— N'est-ce pas que vous mourez bon catholique...?

— Écartez cet envoyé de l'Antéchrist ! s'écria le ministre, qui se sentait appuyé par la majorité des assistants.

Aussitôt un soldat, huguenot zélé, saisit

le moine par le cordon de sa robe, et le repoussa en lui criant :

— Hors d'ici, tonsuré ! gibier de potence ! Il y a longtemps qu'on ne chante plus de messes à La Rochelle.

— Arrêtez ! dit La Noue, si ce gentilhomme veut se confesser, je jure ma parole que personne ne l'en empêchera.

— Grand merci, monsieur de La Noue... dit le mourant d'une voix faible.

— Vous en êtes tous témoins, interrompit le moine, il veut se confesser.

— Non, le diable m'emporte !

— Il revient à la foi de ses ancêtres ! s'écria le ministre.

— Non, mille tonnerres ! Laissez-moi tous les deux. Suis-je déjà mort, pour que les corbeaux se disputent ma carcasse? Je ne veux ni de vos messes ni de vos psaumes.

— Il blasphème ! s'écrièrent à la fois les deux ministres des cultes ennemis.

— Il faut bien croire à quelque chose, dit le capitaine Dietrich avec un flegme imperturbable.

— Je crois que vous êtes un brave homme, qui me délivrerez de ces harpies... Oui, retirez-vous, et laissez-moi mourir comme un chien.

— Oui, meurs comme un chien ! dit le ministre en s'éloignant avec indignation.

Le moine fit le signe de la croix et s'approcha du lit de Béville.

La Noue et Mergy arrêtèrent le ministre.

— Encore un dernier effort, dit Mergy. Ayez pitié de lui, ayez pitié de moi !

— Monsieur, dit La Noue au mourant, croyez-en un vieux soldat, les exhortations d'un homme qui s'est voué à Dieu peuvent adoucir les dernières heures d'un mourant. N'écoutez point les conseils d'une vanité coupable, et ne perdez point votre âme par bravade.

— Monsieur, répondit le capitaine, ce n'est point d'aujourd'hui que j'ai pensé à la mort. Je n'ai besoin des exhortations de personne pour m'y préparer. Je n'ai jamais aimé les bravades. Mais, de par le diable ! je n'ai que faire de leurs sornettes.

Le ministre haussa les épaules. La Noue soupira. Tous les deux s'éloignèrent à pas lents et la tête baissée.

— Camarade, dit Dietrich, il faut que vous souffriez diablement pour dire ce que vous dites.

— Oui, capitaine, je souffre diablement !

— Alors j'espère que le bon Dieu ne s'offensera pas de vos paroles, qui ressemblent furieusement à des blasphèmes. Mais quand on a une arquebusade tout au travers du corps, morbleu ! il est bien permis de jurer un peu pour se consoler.

George sourit, et reprit la gourde.

— A votre santé, capitaine ! Vous êtes le meilleur garde-malade que puisse avoir un soldat blessé.

Et en parlant il lui tendit la main.

Le capitaine Dietrich la serra en donnant quelques signes d'émotion.

— *Teufel* ! murmura-t-il tout bas. Pourtant si mon frère Hennig était catholique, et si je lui avais envoyé une arquebusade dans le ventre !... Voilà donc l'explication de la prophétie de Mila.

— George, mon camarade, dit Béville d'une voix lamentable, dis-moi donc quelque chose. Nous allons mourir ; c'est un terrible moment !... Est-ce que tu penses encore maintenant comme tu pensais quand tu m'as converti à l'athéisme?

— Sans doute ; courage ! dans quelques moments nous ne souffrirons plus.

— Mais ce moine me parle de feu... de diables... que sais-je, moi?... mais il me semble que tout cela n'est pas rassurant.

— Fadaises !

— Pourtant si cela était vrai?

— Capitaine, je vous lègue ma cuirasse et mon épée ; je voudrais avoir quelque chose de mieux à vous offrir pour ce bon vin que vous m'avez donné si généreusement.

— George, mon ami, reprit Béville, se serait épouvantable si ce qu'il dit était vrai... l'éternité !

— Poltron !

— Oui, poltron... cela est bientôt dit ; mais il est permis d'être poltron quand il s'agit de souffrir pour l'éternité.

— Eh bien ! confesse-toi.

— Je t'en prie, dis-moi, es-tu sûr qu'il n'y ait point d'enfer?

— Bah !

— Non, réponds-moi ; en es-tu bien sûr? Jure-moi ta parole qu'il n'y a point d'enfer.

— Je ne suis sûr de rien. S'il y a un diable, nous verrons bien s'il est noir.

— Comment ! tu n'en es pas sûr?

— Confesse-toi, te dis-je !

— Mais tu vas te moquer de moi.

Le capitaine ne put s'empêcher de sourire ; puis il dit d'un ton sérieux :

— A ta place, moi, je me confesserais ; c'est toujours le plus sûr parti, et, confessé, huilé, on est prêt à tout événement.

— Eh bien ! je ferai comme tu feras. Confesse-toi d'abord.

— Non.

— Ma foi !... tu diras ce que tu voudras, mais je mourrai en bon catholique. Allons, mon père ! faites-moi dire mon *Confiteor*, et soufflez-moi, car je l'ai un peu oublié.

Pendant qu'il se confessait, le capitaine George but encore une gorgée de vin, puis il étendit la tête sur son mauvais oreiller et ferma les yeux. Il fut tranquille pendant près d'un quart d'heure. Alors il serra les lèvres et tressaillit en poussant un long gémissement que lui arrachait la douleur. Mergy, croyant qu'il expirait, poussa un grand cri, et lui souleva la tête. Le capitaine ouvrit aussitôt les yeux.

— Encore? dit-il en le repoussant doucement. Je t'en prie, Bernard, calme-toi.

— George ! George ! et tu meurs par mes mains !

— Que veux-tu? Je ne suis pas le premier Français tué par un frère... et je ne crois pas être le dernier. Mais je ne dois accuser que moi seul... Lorsque Monsieur, m'ayant tiré de prison, m'emmena avec lui, je m'étais juré de ne pas tirer l'épée... Mais quand j'ai su que ce pauvre diable de Béville était attaqué... quand j'ai entendu le bruit des arquebusades, j'ai voulu voir l'affaire de trop près.

Il ferma encore les yeux, et les rouvrit bientôt en disant à Mergy :

— Madame de Turgis m'a chargé de te dire qu'elle t'aimait toujours.

Il sourit doucement.

Ce furent ses dernières paroles. Il mourut au bout d'un quart d'heure, sans paraître souffrir beaucoup. Quelques minutes après, Béville expira dans les bras du moine, qui assura dans la suite qu'il avait distinctement entendu dans l'air le cri de joie des anges qui recevaient l'âme de ce pécheur repentant, tandis, que sous terre, les diables répondirent par un hurlement de triomphe en emportant l'âme du capitaine George.

On voit dans toutes les histoires de France comment La Noue quitta La Rochelle, dégoûté de la guerre civile, et tourmenté par sa conscience qui lui reprochait de combattre contre son roi ; comment l'armée catholique fut contrainte de lever le siège, et comment se fit la quatrième paix, laquelle fut bientôt suivie de la mort de Charles IX.

Mergy se consola-t-il? Diane prit-elle un autre amant? Je le laisse à décider au lecteur qui, de la sorte, terminera toujours le roman à son gré.

FIN

TABLE

Pour paraître le 1er Janvier 1908, le n° 14 :

NOUVELLE COLLECTION ILLUSTRÉE

CALMANN-LÉVY

L'ouvrage complet, **95** centimes. Relié, **1** fr. **50.**

LE

Mariage de Chiffon

PAR

GYP

Illustrations de René VINCENT

www.ingramcontent.com/pod-product-compliance
Ingram Content Group UK Ltd.
Pitfield, Milton Keynes, MK11 3LW, UK
UKHW020917180726
13838UKWH00002B/603

9 782329 437064